UN ÉTÉ DANS L'OUEST

PHILIPPE LABRO

UN ÉTÉ
DANS L'OUEST

roman

GALLIMARD

Aux enfants : *Valérie,*
Alexandra,
Clarisse,
Jean.

« ... l'intelligence n'est pas l'instrument le plus subtil, le plus puissant, le plus approprié pour saisir le Vrai...

... c'est la vie qui peu à peu, cas par cas, nous permet de remarquer que ce qui est le plus important pour notre cœur, ou pour notre esprit, ne nous est pas appris par le raisonnement mais par des puissances autres. »

MARCEL PROUST.

PROLOGUE

PROLOGUE

Dans l'Ouest, les gens parlaient peu; un sourire, un regard pesaient lourd. On ne se racontait pas de blagues : *talk is cheap*, causer ne vaut pas cher – j'ai appris ce dicton là-bas. Je me suis demandé si quelque piège ne se dissimulait pas derrière ce silence.

Pour moi, l'Ouest, le vrai, avait commencé au-delà du Kansas, au-delà du grand plat, lorsque j'avais vu apparaître les premières pentes annonçant les Rocheuses après l'interminable traversée de La Prairie, un océan d'herbes jaunes et vertes et parfois ocre. Le conducteur à mes côtés avait prononcé deux mots brefs, empreints d'une certaine révérence :
– Les voilà.
J'ai frissonné. Les Rocheuses!... J'ai pensé aux pionniers, aux chasseurs de fourrures, à ceux qu'on nommait les « coureurs de bois », qui avaient poursuivi le soleil et les peaux de castor, qui s'étaient soumis à l'appel de la forêt et s'étaient retrouvés un jour, deux ou trois siècles auparavant, face à cette imposante barrière de montagnes auréolée de

brume bleue et rosâtre. Avaient-ils ressenti la même stupéfaction mêlée au même bonheur?

L'Ouest! J'étais dans l'Ouest! Gentil jeune homme élevé dans les murs gris d'une ville européenne, puis passé à travers une année dans un collège du Sud tout aussi ordonné, je me dirigeais maintenant vers un monde dont je ne connaissais ni la mesure, ni la limite. C'était peut-être cela, la vraie Amérique. Et celle que j'avais connue jusqu'ici n'avait peut-être servi que d'aimable préface, trois petites notes de musique de chambre avant que les cuivres n'éclatent, avec les tambours.

Quand j'ai pris la route cet été-là, quand je me suis retrouvé seul face aux cinq mille kilomètres qu'il faudrait franchir en auto-stop pour atteindre mon rendez-vous dans les forêts de l'Ouest, j'ai su que j'étais au seuil d'une aventure nouvelle. L'initiation que j'avais entamée lorsque j'avais quitté ma famille et mon pays pour me retrouver dans un collège aux mœurs incompréhensibles, que j'avais fini par maîtriser − cette étape de mon initiation arrivait à son terme. Une autre s'amorçait. Convaincu, comme je l'avais appris en lisant Thoreau, que la seule question qui vaille d'être posée était : « Comment vivre? Comment obtenir le plus de vie possible? », je suis parti le cœur ouvert à la recherche de cette vie-là − cette vie de plus qui m'obsédait et que je sentais remuer en moi comme un grondement sourd qui meuble, la nuit, le silence de certaines zones industrielles, dont on ne sait d'où il vient mais qui signifie qu'un haut fourneau, quelque part, ne s'arrête pas de brûler.

Lorsque je me souviens du Colorado, je revois le ciel, le vert, les arbres. Je retrouve les odeurs, les poussées brusques de menthol, de mandarine, d'essences des pins Ponderosa qui se mariaient curieusement, à certaines heures de la soirée, et venaient m'enivrer. Je repense aux hommes, Bill et son visage barbu et impénétrable, Dick et son regard insensé de cascadeur, Mack qui m'a tant appris. Je revois aussi la fille, Amy, avec ses cheveux fous et parfumés, et j'entends sa voix qui m'avait instantanément séduit. Mais je ne pense pas à tout cela nécessairement dans cet ordre. Parfois, cette voix, ces couleurs, ces parfums tournoient en moi comme si cela n'était pas arrivé, comme si je l'avais rêvé. Il me suffit alors de faire le point, comme les cinéastes, de fixer en un lieu de ma mémoire la silhouette des sapins, ou les yeux de la fille, et je sais que je l'ai vécu.

Rien ne vous prépare à l'Ouest. Rien ne m'avait précisément préparé au sud-ouest du Colorado et, plus précisément encore, à cette première scène : le terrain de rodéo vide, humide de rosée, à cinq heures du matin à l'entrée du minuscule village de Norwood, où je tremble de froid, au milieu d'inconnus qui ne parlent pas et qui écoutent un type perché sur le toit d'un véhicule leur expliquer ce que va être leur travail. Et que ça va, véritablement, être du travail.

La convocation de l'US Forest Service stipulait que je devais me présenter à l'appel des employés à cinq heures du matin, pas une minute plus tard, un samedi à Norwood. Je suis arrivé à l'heure — après un ultime parcours en auto-stop, acharné, difficile, petits bouts par petits bouts, pendant une longue nuit d'inquiétude.

Je n'avais aucune idée de la tâche que l'on m'assignerait. Ce n'était pas indiqué sur la feuille de convocation. J'étais venu gagner ma vie d'étudiant de deuxième année, exercer

15

ce que l'on appelle un *summer job* et, accessoirement, découvrir les merveilles de l'Ouest. Debout sur son *pick-up truck* – une camionnette – un homme d'une quarantaine d'années, aux joues brique, coiffé d'une drôle de casquette couleur kaki à visière gondolée, me fit rapidement entrevoir à quoi j'allais consacrer mon été :

— Vous avez été choisis, nous dit-il, pour nettoyer la forêt nationale Uncompaghre.

Il se retourna et tendit le bras vers une lointaine chaîne de montagnes sur les versants desquelles s'étalaient des arbres par milliers. La centaine d'hommes qui l'écoutait se retourna de la même manière, puis revint vers lui.

— C'est une des plus belles forêts du pays, continua-t-il. Les *bugs* sont en train de tout bousiller.

Je ne connaissais pas le sens du mot *bug*, mais je me gardai d'interroger ceux qui m'entouraient, d'autant que je vis mon voisin, un gros lard coiffé d'un chapeau de toile, froncer le sourcil. A peine arrivé au milieu de ces hommes qui paraissaient plus âgés que moi, un instinct m'avait dicté la conduite à suivre : ne pas s'exprimer, se faire discret, anonyme, avant d'en savoir plus. Se fondre dans le groupe.

— Cette saloperie s'est attaquée à toute la région, disait le bonhomme. On a construit des camps partout. On ouvre des chantiers. Le vôtre s'appelle West Beaver, là-haut à dix-huit cents mètres d'altitude. Et vous allez y faire ce qui a déjà été commencé dans tout le territoire Sud-Ouest. Vous allez exterminer les insectes. A la main. La paye est bonne. Le boulot est dur. Lever six heures, breakfast à la cantine. A sept heures, on est dans les arbres. A midi, on arrête une demi-heure pour déjeuner sur place. Fin du boulot à dix-neuf heures. On travaille six jours sur sept. Ceux qui ne peuvent pas tenir s'en vont, une journée commencée est une

16

journée due. Mais si vous avez entamé la semaine, ce n'est pas la semaine qui est payée. Le salaire le plus bas, c'est deux dollars de l'heure. On vous dira là-haut l'échelle des salaires et le système des primes.

Je procédai à un rapide calcul mental : sept heures à deux dollars, six jours sur sept, ça faisait une semaine à quatre-vingt-quatre dollars – soit un mois de trois cent quatre-vingt-six dollars. Si j'arrivais à tenir juillet et août, et même une partie de septembre, je pourrais rentrer à l'université avec un pécule de sept à huit cents dollars – une jolie somme à l'époque – de quoi compléter la bourse qui m'avait été généreusement attribuée.

Je pouvais lire sur le faciès de mes voisins – le gros lard, un Mexicain à la lippe boudeuse et au corps maigre, un grand barbu botté de cuir noir qui se balançait sur une jambe puis sur l'autre – une expression qui devait être la mienne : nous essayions d'enregistrer ces informations et tentions d'imaginer ce que serait le travail « là-haut », tous déjà alertés par la phrase révélatrice : « Ceux qui ne peuvent pas tenir... » L'heure matinale et le froid, qui sévissait encore malgré l'apparition d'un soleil cru et haut dans le ciel bleu délavé, donnaient aux silhouettes et aux gestes quelque chose de figé, de tendu, d'attentif. Une odeur forte de foin mouillé et de genièvre traversait l'air.

Le type à casquette eut un léger ricanement avant de reprendre :

– Les petits malins – il y a toujours des petits malins sur une centaine d'hommes, tout le monde sait cela – vont dire : et pourquoi vous n'arrosez pas les insectes avec des hélicoptères ou des avions ? Eh bien, tout simplement, figurez-vous, parce que les *bugs*, ils montent jamais au sommet des arbres. Ils ne volent pas. Ils bouffent le tronc, ces saligauds, ils s'attaquent aux racines, ils ne vont jamais plus haut que le premier quart de l'arbre. Ils ne vont pas vite, ils s'arrêtent à chaque fois au même endroit, ils pénètrent l'écorce et le tronc pour bousiller l'arbre de l'intérieur et puis ils redescendent et reprennent un autre arbre à la racine. Alors l'hélico, l'avion, c'est pour mes couilles, si vous voyez ce que je veux dire. La *goop*, faut la distribuer depuis le sol. C'est pour ça que vous êtes là. C'est pour ça qu'on va vous payer.

Goop – autre mot inconnu. Mais comme pour *bug*, nous avions compris. *Bug*, c'était les insectes. *Goop*, l'insecticide.

– Alors faut y aller à la main, conclut le type. On vous expliquera là-haut les subdivisions du travail. Vous avez toute la journée de dimanche pour vous installer, vous familiariser avec les outils. Lundi, on commence. On a deux à trois mois, pas plus, pour réussir et sauver un million d'arbres. L'hiver vient vite ici. Allez, embarquez-moi tout ça dans les camions!

Il sauta du toit du *pick-up* et partit vers la tête d'un convoi de camions bâchés, des GMC kaki à calandres renforcées, marqués au sceau de l'US Forest Service, qui attendaient de l'autre côté des barrières blanches du terrain de rodéo. La troupe lui emboîta le pas et comme il avait couru, nous nous mîmes à courir aussi pour escalader l'arrière des camions en y lançant d'abord nos sacs, valises ou baluchons, puis, nous nous assîmes sur des bancs de métal, en groupes de dix ou douze hommes, par camion. Le convoi s'ébranla, s'éloignant de l'unique rue pour quitter le bitume et s'engager au bout de quelques kilomètres dans un chemin étroit et sinueux qui ressemblait plus au lit d'un torrent asséché qu'à une voie praticable, et qui s'enfonçait en grimpant dans un relief d'abord rocailleux, puis broussailleux. A mesure que nous avancions et gagnions en

18

altitude, la vitesse du camion diminuait avec le grincement strident des amortisseurs et les hurlements d'un embrayage primitif, nous nous accrochions à l'amorce des arceaux de sécurité soutenant les bâches, afin de ne pas être projetés les uns contre les autres. Il était impossible d'échanger quelques mots. Parfois, l'un des passagers jurait ou poussait un cri pour accompagner un soubresaut spectaculaire. Les autres, alors, rigolaient par dérision ou bravade. Puis l'on se concentrait sur la seule position efficace : les deux bras tendus pour s'agripper qui aux lattes du banc, qui aux tiges métalliques.

Ça tanguait, ça bringuebalait, ça chahutait de droite à gauche, on manquait de se renverser à chaque virage. La poussière aride soulevée par les GMC qui précédaient le nôtre passait par les interstices de la bâche, et les toux convulsives de certains venaient s'ajouter aux obscénités de plus en plus fréquentes. A un détour du chemin, l'avant droit du véhicule heurta un rocher plus volumineux que d'autres. Le Mexicain, sur ma gauche, lâcha prise et tomba brutalement sur le plancher, s'ouvrant la lèvre inférieure d'où jaillit une mince perle de sang. Je vis le grand barbu aux bottes noires accomplir sans effort apparent un mouvement qui me remplit d'admiration : tout en conservant son équilibre, main gauche accrochée à l'arceau, il put, au milieu des bonds incohérents du camion, fléchir son corps et, avec la seule puissance de sa main droite, réussir à relever le Mexicain par la ceinture à la façon d'une grue mécanique soulevant un fardeau, pour le rétablir debout à ses côtés. Le Mexicain, le bas du visage ensanglanté, eut un sourire ébloui de reconnaissance, puis il baissa les yeux vers sa chemise souillée par le sang. Le grand barbu hocha la tête comme pour prévenir tout remerciement superflu. L'ensemble des passagers avait suivi cette courte scène et je compris que le type venait de leur imposer, d'emblée, sa personnalité, et qu'il faudrait certainement compter avec lui là-haut, au camp. Il en ressentit sans doute l'évidence car il ouvrit enfin la bouche pour dire, à voix haute au-dessus du bruit du camion, sans arrogance mais avec une certitude placide :

— Le nom est Bill.

Chacun, alors, comme si c'était devenu nécessaire, déclina son identité avec la même économie de mots, en gueulant pour se faire comprendre. Certains donnaient leur nom de famille sans prénom, puis l'État d'où ils arrivaient. D'autres, un prénom ou un surnom. J'entendais : « Missouri, Oregon, Mississippi, Oklahoma » — et je m'aperçus que c'était moi qui venais de l'État le plus éloigné, de l'autre côté du pays.

— Virginie ? C'est où, ça ? fit l'un des passagers.

Je répondis :

— Dans l'Est, ce qui parut rassurer tout le monde.

Il ne me vint pas l'idée de préciser ma nationalité. J'étais « venu de l'Est », et cela suffisait.

Cette cérémonie, que je trouvais insolite mais dont j'estimais m'être sorti sans commettre d'erreurs, s'acheva aussi brusquement qu'elle avait commencé. Le Mexicain avait relevé les yeux et il se gardait de les diriger vers le barbu nommé Bill. Les autres, et moi-même, faisions inconsciemment déjà partie de la même équipe. L'attitude de Bill m'avait tellement impressionné que je ne le quittai plus des yeux. Quelque chose avait éveillé ma curiosité, déclenchant dans ma gorge cette petite réaction d'anxiété et d'avidité au seuil d'une énigme : lorsqu'il s'était relevé en soulevant le Mexicain, le colosse barbu avait eu un mouvement des hanches qui avait fugitivement dévoilé, sous le blouson entre la ceinture du jean et la chemise, l'éclat nacré d'une crosse de pistolet. Du moins, c'était ce que je croyais avoir vu en un quart de seconde. Quelqu'un d'autre avait-il saisi ce détail ? Dès lors, je ne cesserais de m'interroger sur cette vision jusqu'à ce que plus tard – beaucoup plus tard ! – les événements m'apportent leur étonnante réponse.

Le GMC a continué de grimper comme ça dans les cahots et la rocaille pendant plus d'une heure et puis il s'est immobilisé, et le moteur s'est tu. On a sauté à terre. Soudain, avec la violence des émotions premières, malgré la lassitude qui m'avait gagné au cours de l'interminable montée, j'ai reçu en plein visage un coup de fouet qui m'a fait oublier ce que je venais de subir. Devant nous, dans un air pur, dans un bouquet d'odeurs de sapins et de résine, de mousses et de sauges, s'étendait le plus beau pays du monde.

C'était beau, parce que c'était immaculé. Parce que rien n'avait entamé ces espaces, ces montagnes, cette infinie verdure. Pour reprendre une émouvante phrase de la légende du peuple Apache, « la terre était comme neuve ». La terre, et le ciel.

Ainsi ai-je découvert le Colorado, à sept heures trente, un matin de juin. C'est à cet instant que j'ai effacé le souvenir saumâtre de ma rencontre avec les deux hommes dans la Ford rouge et blanche, quelques jours auparavant, sur la route 48 en direction de Cincinnati.

PREMIÈRE PARTIE

La route

1

A peine assis à l'arrière de la Ford, j'ai compris que mon instinct ne m'avait pas trompé. Ces deux types étaient des voyous, ils respiraient la menace, le danger. Coincé, maintenant, dans leur voiture je tentais de mettre de l'ordre dans mon esprit affolé par leur curieux système d'interrogation, et par le problème posé : comment s'en sortir ?

— Où tu vas exactement ? fit le premier, celui qui conduisait et avait la mâchoire bleutée des gens mal rasés.

— Tu as de l'argent ? enchaîna l'autre, qui avait un visage de belette.

Ils parlaient d'une voix assourdie, la bouche quasi fermée, avec des accents nasillards et siffleurs, mode d'expression que j'apprendrais, par la suite, à reconnaître comme celui des hommes qui ont vécu de longues années dans l'ombre des prisons. Encore trop innocent, je ne le savais pas mais je devinais qu'ils arrivaient d'un univers aux antipodes du mien.

— Où tu vas, tu nous as dit quoi ? On a pas entendu, répéta le premier.

Je voyais, dans le rétroviseur, ses yeux vifs aux éclats marron qui cherchaient les miens. Je décidai de mentir. La ville la plus proche étant Cincinnati, je répondis que je devais m'y arrêter. Mais ils me relançaient, je me sentais pris dans leur nasse. Qu'attendaient-ils de moi?

— Et où tu vas habiter là-bas? Tu connais des gens? Ils ont de l'argent? disait l'un.

— T'es pas américain toi, t'es un étudiant, t'es un joli petit *college boy*, mais t'es pas d'ici, hein? Alors qui tu connais à Cincinnati? continuait la belette, en questions en rafale.

J'inventai un nom :

— Jim Farley, dis-je. C'est un copain de l'université. Il m'a invité chez ses parents pour l'été.

— Ah bon? Et qu'est-ce qu'ils font ses parents, ils ont de l'argent? Ils habitent où?

L'argent... l'argent... Ils n'avaient que ce mot au bout des lèvres : *money* – ils le prononçaient d'une manière différente, en insistant sur la dernière syllabe, en le chantant, comme l'imitation d'un cri de canard, avec ironie et avec haine. Ils devaient avoir, avec l'argent, un rapport lourd de reproche et d'envie.

— Et toi, t'en as de l'argent? Tu nous as pas répondu.

— Pas trop, dis-je, juste de quoi arriver à Cincinnati.

— On va en avoir besoin pourtant, dit le conducteur, Mâchoire Bleutée. On va bientôt être à court d'essence.

Belette se pencha vers le tableau de bord.

— Merde, fit-il, comme pour lui-même, le ton devenant aigu.

— Tout doux, tout doux, lui répondit son compagnon. On va traiter ça tout doucement.

— T'as raison, répondit Belette, calmé. On va faire ça tout doux.

— Comme on a toujours fait, renchérit Mâchoire Bleutée.

26

Ils m'avaient oublié quelques minutes pour ce dialogue incompréhensible, angoissante révélation : ces types étaient des malfaiteurs.

Je me fustigeais intérieurement. Quelle idée avais-je eu d'accepter de grimper dans la Ford ? Maintenant, j'en étais sûr, ils avaient volé cette voiture, trop neuve, trop chère, et les cartons remplis de vaisselle en argent flambant neuf, à mes pieds à l'arrière, provenaient d'un cambriolage. Leur complicité malsaine m'inquiétait. S'ils étaient en cavale, ou en chasse, ou les deux à la fois, pourquoi m'avaient-ils pris à leur bord ? Devais-je leur servir de « couverture » ? et à quelle fin ? La situation sans précédent dans laquelle j'étais plongé, me poussa à un geste rapide et qui passa inaperçu : je saisis tout mon argent liquide dans la poche de mon pantalon pour le glisser dans ma chaussette sous la plante de mon pied. Je n'étais pas fier de moi, car ce geste m'avait été dicté par la peur, mais il valait mieux reconnaître sa peur et vivre avec, et s'en servir pour sortir de ce mauvais pas. La peur peut vous paniquer, vous aveugler. Elle peut aussi accélérer vos sensations, aiguiser vos réflexes. Je découvris ce phénomène confondant : la peur vous pousse fatalement à une sorte de courage. Un nœud compact s'était formé à hauteur de ma poitrine près de la trachée, les tempes me battaient, je sentais mon bas-ventre près de m'échapper, je n'avais plus de sexe, je me trouvais comme rétréci, inconnu à moi-même. C'était insupportable, comme une maladie brutale qui aurait pris possession de moi et contre laquelle n'existait qu'une solution : en terminer par tous les moyens. Tout valait mieux plutôt que stagner dans cet état d'angoisse, de dépendance. On ne vous dit pas : « La peur ? eh bien voilà : tu seras réduit dans ta chair et souillé dans ton âme. Il faudra accepter ou il faudra s'en défaire. Et personne ne sera là pour t'aider. »

27

La Ford roulait sur une nationale de moyenne envergure, au paysage fade, des petites exploitations agricoles, des hameaux sans éclat.

— On va faire du pétrole, annonça Mâchoire Bleutée.

Une station à essence se présenta et s'il ralentit, il ne s'arrêta pas.

— Pas celle-là, fit-il à l'intention de Belette.

— Bien sûr, répondit Belette, comme s'il s'agissait d'une évidence.

Ils ne me parlaient plus. Je m'évertuai à comprendre pourquoi cette station n'avait pas obtenu leur faveur. Il y avait plusieurs voitures devant les pompes et une certaine activité. Trop d'activité? La Ford quitta la nationale et emprunta une départementale moins fréquentée, puis une autre, puis une autre, virant à droite, puis à gauche, pour éviter de rester en ligne droite. Je sortis ma carte routière de ma poche.

— Qu'est-ce que tu farfouilles, toi, derrière, demanda Mâchoire Bleutée.

— Euh, rien, dis-je. Je regarde où j'en suis de ma route.

— Tu en es nulle part, dit Belette. Tu en es qu'on prend des routes de ploucs. On aime bien les ploucs. On aime pas les gros patelins. On est comme ça. Voilà où tu en es.

— Vous faites ce que vous voulez, dis-je.

Le conducteur éclata de rire et me lança, dans le rétroviseur, un regard de mépris absolu.

— Tu l'as dit, chéri, fit-il. On fait ce qu'on veut.

En vérifiant le nom du dernier bourg que nous venions de traverser, et les numéros successifs des départementales (la 22, puis la 72, puis la 729, puis la 134, puis la 124), je m'aperçus que nous tournions en rond dans le même comté, celui de Highland. Que fuyaient-ils? Ou bien, que cherchaient-ils? Je crus bientôt voir clair : il leur fallait la station-service la plus isolée, la plus inoffensive. Ils finirent par la trouver : sur une petite route étroite, une succursale Texaco, avec une seule pompe, vert, rouge et blanc, et une misérable baraque en tôle ondulée d'où sortit un jeune gars en bleu de chauffe, un vieux chapeau de paille troué sur sa tignasse blonde : une gueule de fils de la terre. Avant d'engager la Ford dans l'allée parallèle à la pompe, Mâchoire Bleutée me prévint, sur un ton autoritaire :

— Tu restes où tu es.

Puis, il arrêta son moteur et descendit de la Ford pour s'adresser au garçon, debout à ses côtés.

— Remplissez-moi ça s'il vous plaît, lui dit-il, avec une politesse que je ne lui avais pas encore connue.

Le pompiste répondit par un « *yes sir* », professionnellement joyeux, et j'entendis Belette, qui était resté assis à l'avant, murmurer :

— C'est bon. Il est bon.

Puis, Belette me parla sans se retourner, sur le même registre tranchant :

— Je vais sortir, dit-il. Toi, reste là.

Ils se trouvaient maintenant chacun d'un côté de la Ford, à la hauteur des deux portes avant. J'ai doucement baissé la vitre arrière pour les écouter. Ils avaient entamé une conversation avec le pompiste. Le temps qu'il faisait, la saison de base-ball qui battait son plein, les Rouges de Cincinnati qui ne jouaient pas trop mal, les chauffards sur la route. Le pompiste répliquait de bon cœur, satisfait de pouvoir bavarder avec des étrangers et rompre la morosité de sa journée. Ils usaient à son égard d'une tactique d'enveloppement : on fait copain très vite, on trouve un terrain d'entente sur lequel on échange quelques rires et opinions, les femmes, les nègres, les politiciens qui sont tous des vendus. Le pompiste était jeune, vingt ans, un an de plus que moi à peine, et tout en suivant le lent débit du carburant – c'était un de ces modèles de pompe à main comme il en existait encore des centaines de milliers dans le pays, dans les années cinquante – il entrait dans leur jeu cordial, cette cordialité que je trouvais si artificielle puisque j'étais convaincu de leur duplicité, mais que le pompiste gobait comme un jobard. Je ne me sentais plus tout à fait le jouet des deux hommes, j'avais échappé à leur emprise et cela avait apaisé mes affres. Après tout, me disais-je, j'étais libre, ils n'avaient proféré aucune menace, je pouvais faire ce que je voulais. Il suffisait de saisir l'occasion. Furtivement, je dirigeai, en m'aidant de mes cuisses, ma valise vers la portière arrière droite, celle qui donnait sur la route.

La sonnette indiquant que le réservoir était plein retentit en même temps que l'accent paysan du pompiste, claironnant, comme s'il voulait s'en persuader lui-même, qu'il y avait une somme à payer.

Mâchoire Bleutée s'approcha et lui décocha un sourire affable.

– Oui, eh bien, vois-tu, on est un peu à court de cash, mon ami et moi, lui dit-il, posément. Alors on voudrait faire un petit échange de marchandise. Aucun inconvénient à ça, non ?

A travers la vitre, je pouvais seulement voir la partie inférieure du visage du pompiste. Il ouvrit la bouche, éberlué. L'autre ne lui laissa pas le temps de répondre :

– Si, si, tu vas voir, tu vas y gagner au change, regarde, on a fait un petit héritage avec mon ami. Suis-moi.

Il le prit par le coude et le força à se déplacer vers l'arrière de la Ford. Belette n'avait pas bougé. Par le rétro, je vis que Mâchoire Bleutée ouvrait le coffre à bagages. J'entendis :

– Tu vois toutes ces caisses? C'est de la vaisselle en argent. L'argent, ça vaut de l'argent, non? Hein? Tu prends ce que tu veux. Tu veux un saladier? Tu veux quatre douzaines de fourchettes? C'est comme tu veux. Ça devrait t'intéresser mon vieux, tu y gagnes au change, je te dis. Ça vaut bien plus qu'un plein de pétrole.

Le pompiste hésitait, traînant sur ses mots, timoré et tenace à la fois.

– Heu, je ne sais pas, moi... Faudrait que je demande à mon patron. J' suis qu'un employé, j'ai jamais fait une chose comme ça, moi.

Avait-il amorcé un pas pour s'écarter de la voiture en direction de la baraque? Belette, avec une agilité de danseur, quitta sa position d'observateur, contourna la Ford par l'avant et vint s'adosser à la pompe, faisant écran entre le jeune homme et le petit bâtiment. Je devais agir sur-le-champ, tout le flanc gauche de la Ford étant libre, et les deux voyous ne faisant attention qu'au pompiste. Si je devais rester avec eux, au départ de la station-service, je me retrouverais dans une situation plus compromettante, car je ne doutais pas que le pompiste alerterait la police, dès notre départ. Je n'avais plus le choix. J'ouvris franchement la portière arrière droite, sortis, ma valise à la main, et fis hâtivement trois mètres pour m'écarter de la Ford. Je ne sentais pas mes jambes.

– Qu'est-ce que tu fous? aboya Mâchoire Bleutée, qui se trouvait toujours devant le coffre grand ouvert.

– Je descends là, dis-je, la voix sèche. C'est là que je descends.

Belette fit un mouvement, mais il se ravisa. Il était plus important pour lui de demeurer entre le pompiste et la baraque – c'est-à-dire entre le pompiste et un refuge, ou un téléphone, et, qui sait, peut-être un fusil à pompe planqué dans un placard.

— Je croyais que tu allais à Cincinnati, fit mon adversaire sans bouger, la voix hostile, contrastant avec le ton enjôleur avec quoi il avait dupé le pompiste.

Je reculais à mesure que nous parlions, et mes pieds foulaient maintenant une motte de terre au bord de l'asphalte.

— J'ai changé d'avis, dis-je. J'ai le droit.

A mesure que je reculais et parlais, je me sentis gagner en assurance. Le pompiste parut me découvrir. Sans doute n'avait-il pas perçu qu'il y avait un troisième passager dans la Ford. Il crut voir un élément favorable dans cette péripétie inattendue. Il ôta son chapeau et se gratta laborieusement le crâne sous la tignasse blonde.

— M'est idée, fit-il sentencieusement et lentement, que tout ça n'est pas bien chrétien, ni blanc, ni civilisé.

Le temps parut s'arrêter. Je me dis que le pompiste n'était pas aussi plouc qu'il en avait l'air. Le bruit que j'avais secrètement espéré depuis notre arrivée dans cette station se fit faiblement entendre dans mon dos. Une autre voiture arrivait, enfin !

Par-dessus le toit de la Ford et les deux voyous, nous échangeâmes, le pompiste et moi un brusque regard de connivence. Belette siffla entre ses dents. Tout alla très vite, ensuite.

— On file, dit Belette.

Mâchoire Bleutée claqua le coffre, jeta entre les mains du pompiste un paquet de plateaux à viande en argent encore enrobés de leur papier de soie, ce qui eut pour effet d'immobiliser le bonhomme.

— Paye-toi avec cela, dit-il, et oublie-nous.

Les deux hommes sautèrent dans la Ford qui démarra en projetant du gravillon. Belette, par la vitre avant ouverte, eut le temps de me crier :

« On te reverra, petit enculé! On te retrouvera! »

Le pompiste courut vers sa baraque.

– J'ai leur numéro, hurlait-il. J'ai leur numéro!

Je me retournai pour accueillir la voiture dont j'avais entendu le moteur mais elle ne s'arrêta pas à la pompe et passa devant moi. J'agitai mon pouce. Trop tard. Je voyais encore distinctement les ailerons arrière de la Ford, courbés comme ceux d'un squale et je me mis à redouter que les deux types décident de faire demi-tour. Je courus vers la baraque, ma valise à la main. L'intérieur sentait le che-wing-gum et l'huile rance. Le pompiste était pendu au téléphone :

– Passez-moi la police d'État, criait-il dans le récepteur. La police d'État!

Je m'assis, les jambes coupées, sur la tranche de ma valise. Dans ma chaussure droite, quelque chose me gênait : la modeste liasse de mon argent de poche que j'avais dissimulée et oubliée. Je me sentais vieilli, désorienté, le cœur au bord des lèvres – mais la peur, cette maladie rampante dans laquelle j'avais failli me perdre, s'était enfuie de moi. La seule image que je ne réussissais pas à chasser était celle de Belette et de son avant-bras tatoué, dépassant des manches courtes de sa chemise hawaïenne. Je me souvenais distinctement du tatouage : une grosse guêpe noire au ventre vert et aux ailes ouvertes et mordorées.

2

Après que j'eus, avec le pompiste, donné le signalement des deux hommes à la police d'État, les patrouilleurs de la route ont confirmé ce que j'avais deviné à la minute où j'avais levé mon pouce et où la Ford s'était arrêtée. Il s'agissait bien de deux *convicts* – des prisonniers, évadés de la ferme-prison d'État du Chillicothe, dans la partie Sud de l'Ohio.

Ils avaient volé la Ford toute neuve d'un représentant de commerce qui vendait de la vaisselle d'argent pour listes de mariage. Ce type avait garé sa voiture devant le drugstore principal de la petite ville de Kinnickinnick, sur la départementale 159, et il avait laissé les clefs sur le tableau de bord – comme le faisaient souvent les braves citoyens américains dans ces années-là. Quand il était ressorti, sa belle Ford rouge et blanc avait disparu – et le précieux chargement avec.

Les deux *convicts* n'étaient pas armés. Le chef des patrouilleurs émit l'hypothèse suivante : ils avaient dû remonter par des petites routes pour éviter les barrages et les contrôles jusqu'à la partie Nord de l'État, au-dessus de la nationale inter-État, la US40, et ils étaient tombés sur moi alors qu'ils cherchaient à pénétrer dans la grande cité, dans

Cincinnati. Et j'aurais pu effectivement leur servir de « couverture », leur être utile. J'étais propre, bien élevé, un *college boy* respectable. En même temps, le chef des patrouilleurs ne comprenait pas très bien pourquoi ils m'avaient pris à leur bord : ils se fabriquaient un témoin gênant. D'une manière ou d'une autre, ajouta le flic, j'avais eu de la chance. Les deux types purgeaient, à la ferme-prison de Chillicothe, une condamnation à perpétuité pour *manslaughter* — traduction littérale du jargon judiciaire américain : crime de sang sur être humain.

3

J'ai souvent pensé à Belette et à Mâchoire Bleutée pendant la longue et fastidieuse traversée du Middle West. Comme si, désormais, les silhouettes de ces deux oiseaux de malheur s'inscrivaient en filigrane sur les routes qui n'en finissent pas de l'Ohio, puis de l'Indiana, de l'Illinois, du Missouri, puis du Kansas, avec leurs villages sans joie, les enfilades de poteaux télégraphiques, les boîtes aux lettres métalliques de forme conique au bord des sentiers qui mènent à des fermes toutes identiques, avec les grands silos à grain, avec des noms dont l'exotisme autrefois m'eût ravi, mais que, depuis cet incident, je voulais détacher de ma mémoire : Loveland, Modock, Cayuga, Terre Haute, Vandalia, Abilene, Salina...
Tant de noms prometteurs qui chantent quand on les prononce à voix basse, le soir, dans sa petite chambre tranquille d'étudiant, quand on prépare son itinéraire, mais qui changent avec la réalité mordante de la route. Ces villes dont je connaissais dorénavant la mélancolie, l'assoupissement, l'indifférence – et que, surtout, j'assimilais à cette petite question taraudante qui me tint constamment aux aguets, debout sur les nationales, mon pouce levé, la valise aux pieds, attendant la prochaine voiture : « Et s'ils revenaient ? »

Mais Belette et Mâchoire Bleutée avaient exercé sur moi une influence plus pernicieuse. Pendant les heures qui ont suivi, j'ai connu le découragement. En revivant l'épisode, j'ai détesté mon comportement même si, à bien y réfléchir, je ne m'en étais pas mal sorti. J'ai eu la tentation de tout abandonner, rentrer vers le vase clos du campus, vide, certes, mais où je trouverais un petit boulot douillet, à l'abri du monde réel qui m'avait paru dur et laid. J'ai aussi joué avec l'idée de retourner au pays natal, en France, en laissant tout tomber, bourse, études, projets, rêves et ambitions. Un court instant, je me suis interrogé : de quoi donc suis-je fait ? Un mélange d'imagination débordante, une propension rare à l'angoisse, une fâcheuse tendance à réfléchir au cœur même d'une action, une sensibilité à fleur de peau, exacerbée sans aucun doute par la solitude, mon lot pendant ce voyage.

Traverser les États-Unis seul d'est en ouest, en auto-stop, quand on est étranger et que l'on n'a pas vingt ans, n'est pas une partie de plaisir. Cela vous contraint à un exercice de patience, d'obstination, et surtout de haute solitude, et la tombée du jour peut vous faire trembler d'effroi.

En même temps, j'étais autant habité par l'orgueil d'agir, la volonté de surmonter les obstacles, l'attrait de l'inconnu, des difficultés, un besoin de m'arracher aux couches protectrices dont on m'avait emmailloté pendant mon enfance; la faim de tout voir, tout comprendre, tout connaître. Tout, le plus sublime, comme le plus laid.

En serait-il ainsi longtemps dans ma vie ? Parviendrais-je un jour, entre ces deux forces opposées, à conquérir ce qui m'apparaissait encore comme une notion abstraite : l'équilibre ? Si la Ford rouge et blanc a frappé aussi fort mon esprit, c'est que ces interrogations ont peut-être commencé de s'inscrire, cet été-là, sur le parchemin indéchiffrable qui se déroule en chacun de nous.

4

La salle d'attente de la gare des autocars Greyhound, dans la partie ville basse de Cincinnati, était bruyante et mal éclairée. Une foule bigarrée allait et venait devant les guichets, dormait sur les banquettes, déambulait entre les stands de cartes postales et les buvettes automatiques. Ça sentait le tabac du Maryland, le café délavé, la guimauve, le caoutchouc brûlé et la sueur humaine. Le ronflement des autocars ponctuait les appels lancés à travers les haut-parleurs par une voix impersonnelle :

– Le car à destination de Cleveland au départ porte G. Cleveland, dernier appel...

Il y avait des grosses mémés aux bras laiteux et enflés, avec leurs bébés qui dormaient dans des couffins en toile, des Noirs qui cherchaient un coin tranquille car même si nous étions dans l'Ohio, non ségrégationniste, et qu'aucun interdit n'était écrit sur les murs, il y avait des endroits plus réservés aux Blancs que d'autres. Je remarquais des conscrits de l'armée de terre dans leurs uniformes d'été, en chemises à poches boutonnées, cols amidonnés et pattes sur les épaules, le calot, de couleur plus foncée que le reste de la tenue, cassé sur leurs fronts rouges, et quand ils vous dépassaient, on remarquait la tonsure de leur crâne et le parfum agressif et vulgaire de leur *after-shave*.

Quiconque a pratiqué l'auto-stop sait qu'il est vain de tendre son pouce au cœur d'une ville. Avant le départ pour le Colorado, mon ami Clem m'avait prévenu :

« Évite les centres urbains. Tu perdrais des heures à t'en extraire et à traverser les banlieues. »

L'incident de la Ford m'avait forcé à un arrêt prolongé chez les flics de Cincinnati et j'avais passé la nuit dans cette cité épaisse, moite, sans joie. Au matin, j'avais décidé d'adopter une tactique conseillée par mon voisin de palier, à l'YMCA où j'avais pris une chambre bon marché : emprunter un autocar qui vous mène en rase campagne au-delà de la ceinture périphérique. Alors, on laisse partir le car et on tape la route à nouveau, pouce en l'air, valise aux pieds. Je me suis servi de ces Greyhound à intervalles réguliers pour faire ainsi quelques sauts de puce quand j'étais en difficulté dans une agglomération. Les Greyhound bus, la façon la moins chère de voyager – un système et un réseau très dense d'autocars, frappés du sigle légendaire du lévrier aux couleurs gris-bleu, allaient de ville en ville, traversaient le pays d'est en ouest et du nord au sud. Les express faisaient des étapes géantes, et les autres desservaient chaque commune. Ceux-là roulaient à une vitesse modérée, s'arrêtant dans les moyennes ou petites bourgades, transportant les représentants de l'Amérique rurale, les basses couches de la province, les ethnies diverses, les petites et les vieilles gens, et aussi tous les jeunes aux portefeuilles plats, aux moyens limités.

J'ai pris un aller simple jusqu'à Batesville dans l'Indiana, de l'autre côté de la frontière de l'État. J'avais bientôt compris le mode d'emploi d'un Greyhound. Il fallait être en bons termes avec le conducteur. C'était l'essentiel : amadouer le chauffeur. Il régnait en maître du navire, il émettait derrière son micro, situé à droite du grand volant, des avis autoritaires à l'intention d'un voyageur qui s'agitait trop dans les rangs, ou proférait des phrases banales à propos de je ne sais quel viaduc franchi, ou quel fleuve dont on s'approchait.

— Nous traversons la capitale mondiale de l'épinard en branches, clamait-il, satisfait de son savoir — et chacun, sur les sièges, de murmurer et commenter l'événement. Les Greyhound *drivers* avaient l'orgueil de leur uniforme; ils se prenaient pour des pilotes de ligne aérienne, d'un niveau social inférieur certes, mais chargés de la même mission : mener une petite communauté d'inconnus à bon port. Les passagers, grappe hétéroclite de citoyens modestes, faisaient rapidement connaissance d'une manière encore plus immédiate que le pratiquent déjà les Américains — comme si le fait de voyager en Greyhound leur donnait conscience d'appartenir à la même classe. Entre passagers Greyhound, il n'y avait pas de barrière — on s'appelait par son prénom tout de suite; aux arrêts pour manger un sandwich, on s'asseyait sur les mêmes tabourets derrière les mêmes comptoirs; on se racontait sa vie. Bien souvent, c'était une vie pleine d'histoires dramatiques, de divorces, de catastrophes naturelles, de fils perdus, de femmes abandonnées; parfois, si le *driver* avait l'humeur à cela, un passager se portait à l'avant de l'autocar et récitait une blague en utilisant le micro prêté par l'homme à casquette gris et bleu. Parfois, quelqu'un chantait et l'autocar reprenait le refrain, au long de l'interminable avancée dans les plaines du Middle West écrasées par le vide, et le soleil, et l'ennui.

C'est comme cela que j'ai connu la fille Clarke. Dans l'autocar qui me conduisait vers Batesville, j'ai entendu les accents soutenus et cadencés d'une guitare sèche et une voix captivante, basse et grave et pourtant juvénile, une voix de femme qui s'élevait pour chanter un air inédit. Le *driver* a murmuré, doucement, pour lui-même, comme pour l'ensemble du car :

– Vas-y, ma fille. Ça sonne bien.

C'était le son du pays, mélancolique, sans aspérités, un son facile et familier, qui semblait épouser le rythme des pneus du Greyhound sur les routes désolées de l'Indiana – et la voix avait quelque chose de prenant : langueur et dérision tout à la fois. Je me suis retourné. J'étais assis à l'avant dans le dos du *driver*, et j'ai vu cette fille, sur la banquette du fond, les jambes en tailleur, la tête penchée sur sa guitare, elle avait la charpente d'un enfant, un petit corps, des bras graciles, un visage qui se perdait dans une masse de cheveux longs et touffus, désordonnés, et j'ai naturellement voulu la connaître. Elle faisait partie de ces êtres qui vous donnent, dès le premier regard, envie de partager leur intimité. Lorsque sa chanson s'est achevée, il y a eu des applaudissements dans l'autocar, quelqu'un a crié : « une autre ! ». J'ai rejoint l'arrière du véhicule pour m'asseoir aux côtés de la fille, après avoir fait un signe au *driver* afin qu'il m'autorise à me déplacer. Il a approuvé en dodelinant de sa grosse tête benoîte. Arrivé à hauteur de la fille, je lui ai dit mon nom et elle m'a répondu :

– Moi, c'est la fille Clarke.

– Comment ça ?

– Oui, a-t-elle expliqué, mon père s'appelle Clarke. Je suis la seule fille de la famille. Mes parents ont fait dix garçons et une fille. Une ! C'est comme cela qu'on a toujours parlé de moi au pays d'où je viens : *The Clarke girl*, la fille Clarke. C'est comme si je n'avais jamais eu de prénom. Ça peut vous paraître drôle mais pour moi c'est normal, et quand on me demande comment je m'appelle, je dis la fille Clarke.

41

Elle ne ressemblait pas aux jeunes filles avec lesquelles j'avais flirté dans les collèges. Sa peau, son teint, son parler et ses gestes appartenaient à un autre type et une autre région. Il m'était difficile de définir ses origines, mais la nouveauté même de la fille Clarke représentait d'ores et déjà une attraction, et j'éprouvais l'envie de l'approcher, la toucher, établir un lien. Elle me plaisait, mais j'imaginais qu'elle aurait plu à tout homme qui aurait décidé de s'asseoir plus d'une minute à ses côtés. Il est vrai que j'étais seul, jeune, et un peu vulnérable, – et que je n'avais pas pris une femme dans mes bras depuis les mois d'hiver.

Elle avait de beaux yeux clairs sous ses sourcils roux et des cheveux couleur de son. Elle tenait la guitare à plat sur sa jupe portefeuille taillée dans une grande toile noire striée de bleu et de jaune. Elle portait aux pieds des *western boots* à talons biseautés et une veste en daim à franges, style Buffalo Bill, sur ses épaules étroites. Une veste magnifique, trop large pour elle. On lui aurait à peine donné seize ans tant l'ovale menu de son visage offrait d'innocence et de fragilité. Sa voix, cependant, lorsqu'elle parlait comme lorsqu'elle avait chanté, contrastait avec cette allure candide. C'était une voix de gorge, chaude, à l'accent vigoureux et mûr, une voix sensuelle. En la voyant, vous auriez d'abord eu tendance à vouloir la protéger, mais dès que vous l'écoutiez, vous étiez saisi par le désir de la posséder. Peut-on tomber amoureux d'une voix ? Je ne m'interrogeai pas. Il m'importait plutôt d'en apprendre davantage sur la fille Clarke qui répondait, lâcha-t-elle avec une certaine pudeur, au prénom réel de Amy.

Amy Clarke... la fille unique de la très nombreuse tribu Clarke qui vivait là-haut dans une vaste ferme, dans la contrée des dix mille lacs, près de la frontière du Wisconsin et du Michigan – un pays dont elle savait parler avec précision et talent, avec des mots qu'elle chantonnait presque, et dont elle m'apprit qu'il fourmillait de noms d'origine française : Lac du Flambeau, Presqu'île, Lac du Désert, Eaux Claires, Sainte-Croix, La Courte Oreille – qu'elle prononçait en les déformant de la façon la plus charmante pour le Français que j'étais. Mon statut d'étranger l'intéressa, elle eut un sourire malicieux en me regardant :

– Je vous avais repéré dans la salle d'attente de la station Greyhound à Cincinnati. C'est une chance qu'on soit tombé l'un sur l'autre.

– C'est curieux, ai-je dit, je ne vous avais pas remarquée. Vous ne passez pourtant pas inaperçue.

– Mais si, dit-elle. Dans les salles d'attente, je me dissimule dans ma veste, je me recroqueville et je me fais le plus anonyme possible pour mieux observer les autres, pour les écouter, approfondir mon étude.

– Quelle étude ? demandai-je.

– J'écoute mon pays pour mieux le chanter. Voyez ? je prends tout le temps des notes.

D'un sac en paille tressée aux anses de corde, elle sortit un carnet à spirale, dont la couverture de carton bouilli était maculée de taches d'encre. Le calepin était petit mais épais, et elle en feuilleta les pages de ses longs doigts aux ongles courts, rongés jusqu'à la chair. Les pages fourmillaient de phrases et d'élocutions, de bouts de vers, de notes musicales accolées à certains de ces vers. Ces graffiti me fascinaient, comme tout ce que j'étais en train de découvrir à propos de cette fille.

– Je fais mon voyage d'étude à travers tout le pays, continua-t-elle. Vous le comprenez, ce pays, vous ? me demanda-t-elle.

– Pas vraiment, non, dis-je, mais j'ai quelques excuses.

– Oui, dit-elle, bien sûr. Mais moi je veux l'enregistrer, le humer, le boire. Je veux m'imprégner de ses accents et de ses sonorités. J'ai laissé tomber le collège. Papa n'était pas d'accord, maman non plus. Tant pis! J'ai tapé la route. Pour l'instant je fais les plaines, la grande ceinture à blé, je fais le cœur du ventre du cœur même du pays. Après, j'irai plus loin. J'irai jusqu'à la mer et à travers les montagnes.

Je lui dis que c'était ma destination finale : les montagnes. Cela parut lui plaire.

– Mais comment faites-vous? dis-je. De quoi vivez-vous?

Elle eut un rire d'insouciance et balaya cette question d'un revers de main, un geste de parfaite liberté.

– Quelle importance? Je fais la route, vous comprenez? Faire la route, ça veut dire coucher dans les gares de marchandises, faire la vaisselle dans les motels, vivre sur l'habitant, chanter ici ou là, faire la manche et se ramasser un dollar à droite ou à gauche et continuer. Quand on a décidé de faire la route, tous les moyens sont bons, vous devriez avoir appris ça! Ce qui compte pour moi, c'est de parler aux gens et les écouter et reproduire tout ça, mes voyages et ma vision, dans mes poèmes et les mettre en musique. Ce qui compte, c'est de construire mon œuvre.

Une telle phrase aurait sonné faux et pompeux, prononcée par toute autre personne – mais Amy Clarke l'avait dite avec tant de naturel que je n'y vis aucun ridicule. Elle ajouta :

– Vous savez, si j'étais vraiment dans le pétrin, je pourrais toujours appeler papa Clarke. Il m'enverrait un mandat poste restante à la prochaine ville. Je n'ai pas honte de cela, je ne fuis pas ma famille, ils peuvent ainsi contribuer au financement de mon étude. D'ailleurs, ça les réconforte, comme ça ils ont de mes nouvelles à intervalles plus ou moins fréquents.

— Et vous ne faites jamais d'auto-stop? dis-je.

— Non, dit-elle. Pour une fille c'est trop dangereux. Et puis on s'implique trop avec qui on monte, on s'implique avec un seul interlocuteur. J'en apprends et j'en entends bien plus dans les autocars. La vérité que je veux reproduire, elle est là, fit-elle en tendant le bras vers les nuques des passagers assis dans les rangs devant nous, de chaque côté de l'allée centrale. Elle est dans ces destins brisés, ces tendresses et ces folies, dans les mots d'argot et les souvenirs accumulés.

L'autocar traversait un paysage de monoculture : d'immenses champs de colza.

Elle rangea son carnet de notes, posa la guitare sur son flanc gauche et prit spontanément ma main dans la sienne. Elle était chaude, comme sa voix, presque fiévreuse.

— Vous descendez toujours à Batesville? demanda-t-elle. Vous ne voulez pas aller plus loin avec moi?

Ce geste eut pour effet d'accentuer mon désir de la prendre dans mes bras. A mesure qu'elle encastrait sa main dans la mienne et que sa voix enjôleuse m'enrobait de sa musique, je sentais monter en moi ce besoin qui m'avait gagné, douloureux et délicieux à la fois. J'avais envie d'elle, une envie ardente. Assis à ses côtés, ma cuisse contre la sienne, je ne songeais qu'à la toucher. A trouver au prochain arrêt le premier refuge afin de faire l'amour avec elle.

— Je sais ce que vous voulez de moi, me dit-elle sans détour. Je l'ai vu dans vos yeux et je le sens dans votre main. Je sais ce que vous espérez de moi.

Le souvenir de mes amours avec une institutrice noire, April, le visage de la fantasque Elizabeth, l'étudiante, celles

45

qui avaient été les deux femmes de mon année américaine, revinrent en moi. L'auto-stop m'avait appris la nécessité de me défier des hommes. La compagnie d'une femme m'apportait une assurance nouvelle et me submergeait de tendresse. La présence de la fille Clarke dans ce Greyhound m'apparaissait comme un signe. Je n'aurais su l'interpréter, mais il me réconfortait. Devais-je pour autant abandonner mon voyage? On m'attendait à Norwood à cinq heures du matin à la fin de la semaine, c'est-à-dire d'ici quelques courtes journées, et la route était encore longue, mais je n'avais pas l'intention de gaspiller mon petit pécule en billets supplémentaires d'autocar. Je devais descendre à Batesville et reprendre l'auto-stop vers l'ouest. J'exposai à la fille Clarke mes projets, je lui racontai d'où je venais et pourquoi j'allais dans le Colorado. Je cédais de plus en plus facilement — était-ce l'influence de la route? — à ce travers américain qui consiste à livrer sa vie en un seul bloc au premier inconnu qui vous a manifesté quelque sympathie.

— Et si c'était vous qui descendiez avec moi? lui dis-je pour conclure. Pourquoi ce ne serait pas à vous de faire un bout de route avec moi?

— Non, dit-elle. Le stop à deux en couple, vous n'y pensez pas, personne ne s'arrête.

Soudain, elle fit et dit quelque chose encore plus inattendu que tout ce qui avait précédé. Son visage d'adolescente se pencha près du mien et sa voix de goualeuse vagabonde me souffla à l'oreille :

— Je peux te faire plaisir tout de suite sans que personne ne s'en aperçoive. Tu as tellement envie qu'il suffira que je te touche. Je peux faire cela, j'en ai le pouvoir, je n'aurai même pas besoin de te caresser.

Je la dévisageai. Elle souriait, angélique. J'étais stupéfait

46

mais disponible. Ébahi et consentant. Ses lèvres sur mon oreille, avec l'odeur de thym et de camomille qui se dégageait de sa couronne de cheveux clairs, elle répéta, sans trace de vulgarité dans la voix :

— Je vais mettre mon autre main sur toi, là où ton envie est si forte. Mais je vais encore t'en parler un peu avant de le faire pour que tu sois prêt et quand j'aurai mis ma main sur toi, je ne la bougerai même pas, tu verras, ça arrivera tout seul sans attendre. Je sais faire cette chose-là, j'en ai le pouvoir.

J'avais du mal à conserver une apparence de calme dans le Greyhound qui roulait à la même allure de croisière. Je surveillais au bout du car, le dos rond du gros *driver* et ne pouvais voir s'il suivait notre manège dans son rétroviseur. J'avais envie de dire à la fille : « Vas-y, je t'en prie, n'attends pas, fais-le! », et je serrais sa main, celle qu'elle n'avait jamais retiré de la mienne, je la serrais de toute ma force et je sentais à travers sa main qu'elle enregistrait la poussée fébrile de mon exigence. Mon désir, avec sa douleur, s'intensifiait, et j'étais persuadé qu'elle parlait juste, il suffirait qu'elle m'effleure pour que mon corps enfin s'apaise. Je ne m'étonnais pas que nous ayons pu en arriver là aussi vite. Il n'y avait aucune rationalité dans tout cela. La rationalité! Cela faisait belle lurette que je l'avais bazardée sur le bord des routes, à vrai dire dès que j'avais entamé mon itinéraire en auto-stop. Mon cœur cognait dans ma poitrine, mais contrairement à l'expérience de la veille, ce tumulte me ravissait et je m'y abandonnais.

— Je t'en supplie, lui dis-je en chuchotant, s'il te plaît, finissons-en. Fais comme tu as dit.

Elle détacha son visage du mien pour me faire face et me dit :

— Regarde-moi maintenant, ne cesse plus de me regarder.

47

Elle continua de serrer une main dans la mienne, je suivis son ordre et la regardai. Je sentis son bras qui était resté libre descendre le long de ma poitrine puis se poser sur ma cuisse. Elle avança l'autre main au-dessus de mon pantalon de toile, puis elle le frôla du plat de la paume. Elle souleva la main comme pour la retirer, ce qui me parut terriblement frustrant, mais, immédiatement, elle reposa la main sur moi. Je retins ma respiration. Elle enserrait mon sexe dans sa main comme dans une tenaille, en le plaquant à travers la toile du pantalon contre mon bas-ventre, chair contre chair, sans avoir bougé un seul de ses doigts. Bientôt, une secousse violente m'agita et je fermai les yeux pour jouir de la sensation tant attendue. Mais elle dit alors sur un ton empreint, pour elle aussi, d'une certaine douleur :

— Ne ferme pas les yeux. Regarde-moi.

J'ai obéi. J'ai retrouvé ses beaux yeux clairs dans lesquels j'ai plongé les miens, et j'aurais voulu en cette unique et rapide seconde que le temps s'immobilise, son temps comme le mien. Le plaisir a couru en moi une deuxième fois, et j'ai à nouveau fermé les yeux. Mais Amy n'a rien dit.

— Batesville, quinze minutes d'arrêt. Les passagers arrivés à destination peuvent descendre.

C'était la voix du *driver* à travers son micro. J'ai ouvert les yeux. La fille Clarke continuait de me regarder, un sourire imprécis sur ses lèvres.

— Tu ne vas pas me laisser comme cela, ai-je dit, le souffle court.

— Ne t'inquiète pas. Je descends avec toi.

5

Je reverrais longtemps la fille Clarke.

Je la revois assise, face à moi dans le *coffee-shop* étriqué, sur la route 46.

— As-tu vu l'oiseau ouvrir ses ailes? demanda-t-elle.

— Non, répondis-je. J'ai vu tes yeux et j'ai pensé à des lacs, à ceux dont tu m'avais parlé.

— Alors c'est bien, dit-elle. C'est quand même bien. Je suis heureuse que tu aies pensé à cela.

L'arrêt du car Greyhound de Batesville consistait, en tout et pour tout, en un vieux bâtiment de forme cubique, posé sous le soleil au milieu de la plaine, en bord de route, avec des toilettes, une rangée de consignes métalliques, quelques bancs de bois dans une étroite salle d'attente, et le *coffee-shop* où nous avions choisi de nous asseoir pour parler. J'avais réussi à changer de tenue et à me laver dans la *gentlemen's room* exiguë, ouvrant ma valise posée à plat sur mes genoux, nettoyant mon bas-ventre avec du papier de mauvaise qualité, râpeux et marron crème. Je ne me sentais ni honteux, ni souillé. Je m'étonnais de ce qui venait de se dérouler à l'insu de tous, aussi vite, dans un espace qui n'avait appartenu qu'à nous deux. Je m'interrogeais sans aigreur sur le savoir-faire de la jeune fille. Combien d'inconnus rencontrés dans son « étude du pays » avaient ainsi bénéficié de ce « pouvoir » qu'elle prétendait détenir ? Sans trop me faire d'illusions, je voulus espérer qu'elle choisissait ses partenaires et que j'avais été un des rares élus, mais je n'osai pas lui poser la question.

J'aimais que nous puissions nous dire « tu », malgré le « vous » exclusif en usage dans la langue anglo-saxonne. A mon arrivée aux États-Unis, j'avais été surpris de découvrir que dans l'utilisation monolithique du *you,* il est, malgré tout, assez simple de distinguer ce moment délicieux, en amitié comme en amour, où l'on passe du « vous » au « tu ». Personne ne s'y trompait. Avant de vivre la vie quotidienne américaine, j'avais cru que la langue française possédait une supériorité infinie dans ce domaine. Il m'était bientôt apparu que les mots ne pèsent d'aucun poids lorsque le corps, ou le cœur, ont abrégé les distances. Je tutoyais Amy et j'estimais que nous formions déjà une sorte de couple.

— Montre-moi ta carte routière, me dit-elle, afin que je la compare avec la mienne.

Elle possédait le même modèle, le seul vraiment pratique : la RandMacnally Road Atlas pliable. Comme moi, elle avait tracé un trait épais par-dessus les lignes rouges de la carte, les itinéraires qu'elle avait déjà suivis et les villes où elle avait fait escale depuis qu'elle tapait la route. Elle était descendue de la région des Grands Lacs en évitant soigneusement les autostrades et les grosses cités, et elle avait essentiellement zigzagué à travers tous les États du Middle West, avec une ou deux pointes dans le Sud et le Texas, si bien que sa carte ressemblait aux gribouillis d'un enfant.

— Et New York, dis-je. Iras-tu un jour à New York ?

— Je n'irai qu'en dernier lieu et lorsque je serai prête, dit-elle, quand je me serai déjà essayée dans d'autres villes. Quand j'aurai écrit assez de chansons. A ce moment-là, je changerai de nom. J'ai déjà trouvé mon nom de scène. Tu veux le connaître?

– Bien sûr, dis-je.

Elle hésita.

– Je vais m'appeler Rimbaud, comme le poète, le vôtre à vous, Français. Rimbaud Clarke, est-ce que tu trouves que ça peut passer?

– Je ne sais pas. C'est imprononçable dans votre langue.

– Eh bien, ils apprendront à le prononcer!

Et elle éclata de rire, avec cette liberté, cette spontanéité qui m'avaient si promptement subjugué.

– Si c'est un nom difficile à retenir, dis-je, au moins il est sacrément original.

– Merci, c'est chic, ce que tu viens de dire.

« Chic » – l'expression venait tout droit du langage des *colleges* et ne s'inscrivait pas dans celui de la route, celui de la chanteuse en veste à franges. Elle convint qu'il lui restait encore des traces de l'univers étudiant.

– J'ai arrêté l'université il y a seulement six mois, j'étais en deuxième année, en *sophomore*. J'avais ce projet de devenir chanteuse-compositeur et j'étais persuadée qu'il fallait passer par une longue expérience de la route et je ne savais pas quand je la commencerais. Et puis en deuxième année, tout m'a paru clair : il fallait partir! Tu verras, le *college*, en milieu de deuxième année, ça va t'accabler d'un seul coup, c'est la mort. Toi aussi, tu voudras t'arrêter.

Cette perspective me fit sourire :

– Rien de moins sûr pour moi. Et d'ailleurs t'en as rencontré beaucoup de jeunes comme toi sur les routes?

– Non, c'est vrai. Mais tu verras, bientôt, je ne serai pas la seule sur les routes. Tu les verras venir. Je sais ce que je dis.

Elle marqua un temps de réflexion. Son regard se perdit au loin.

— Enfin, si, j'en connais un. Il y en a un qui se balade aussi à la recherche du pays, et lui aussi porte une guitare. Mais il préfère travailler sur le Nord-Ouest. Il dit que c'est encore plus primitif et plus cinglé. Il dit que la ville la plus cruelle de tout le pays, de tous les États-Unis, c'est Butte, dans le Montana. Juste après Cheyenne. Nos chemins se sont croisés une fois, il a beaucoup de talent, il n'est pas très beau garçon, mais il a un vrai rythme au bout des doigts. Il a quelque chose! Un jour, il sera célèbre.

Je sentis percer une intonation de jalousie dans sa voix, ou bien était-ce de l'admiration? Son visage d'habitude si limpide sembla habité par le souvenir de son alter ego masculin.

— Parle-moi de lui.

Son regard redevint précis.

— Oh, fit-elle, ce n'est pas difficile, quand tu l'as vu une fois, tu ne peux plus l'effacer de ta mémoire. Il s'appelle Tom Morningside. Il a le nez cassé, comme un boxeur, des longues jambes de cow-boy et un dos voûté. Il tousse beaucoup. Il fume tout le temps. Ça lui a donné une voix éraillée, une voix de vieillard. Pourtant, il est jeune, c'est un gamin, mais pour chanter ce qu'il écrit, il vaut mieux avoir une voix âgée. C'est ce que j'essaie de faire moi aussi, c'est donner le plus d'années possible à ma voix. Chanter fatiguée. Tu comprends?

Elle l'avait rencontré dans la gare routière de Sioux Falls et ils s'étaient instantanément reconnus. Car ils possédaient la même guitare, une Wilson standard, dans le même étui, et des porteurs de guitares de moins de vingt-cinq ans hantant les gares routières, il n'y en avait pas des centaines sur tout le territoire des États-Unis, à l'époque. Sans doute, même, étaient-ils des pionniers, isolés dans le grand désert des *fifties*. Ils avaient vu qu'ils appartenaient à la même famille et ils avaient échangé des tuyaux, des adresses de chambres meublées, des informations sur les boîtes où l'on accepte qu'un chanteur vienne essayer ses ballades pour récolter quelques dollars. Surtout, ils avaient comparé leurs notes, leurs carnets, les manuscrits raturés de leurs chansons. Je me représentais sans peine les deux jeunes gens, sous le néon de la gare Greyhound de cette sinistre ville du Dakota, chacun grattant à son tour sur les cordes. Avaient-ils passé la nuit ensemble? Plusieurs nuits? La fille Clarke agita la carte routière sous mon nez :

— Si tu dois te retrouver à Norwood dans le Colorado d'ici samedi, il faut que tu repartes, dit-elle. Il ne faut plus attendre. C'est la loi de la route.

— Parce qu'il y a une loi de la route? demandai-je.

— Il y a une loi de la route, dit-elle de façon un peu solennelle. C'est Morningside qui me l'a apprise. Il en a même fait une chanson, figure-toi.

Elle se baissa pour saisir la guitare couchée à ses pieds, le long de son duffle-bag, sur le carreau du *coffee-shop*.

— Ah, dit-elle avec un soupir, si seulement j'avais pu l'écrire cette chanson-là! Ça s'intitule, bien sûr, *La Loi de la route*. Écoute un peu.

Elle amorça les premières notes d'un blues rythmé lent, mélancolique à souhait, répétitif à plaisir :

> *La première loi c'est qu'y en a pas*
> *Et que tout arrive et tout arrivera*
> *La deuxième loi c'est que tu sais rien*
> *T'en sais pas plus qu'un pauvre chien*

Il faisait chaud et humide, et le gros ventilateur en bois accroché au plafond du *coffee-shop* vide ne parvenait pas à rendre l'air moins suffocant, mais cela ne m'affectait pas. Nous en étions à notre sixième tasse de café. Il y avait des miettes de beignet sur la table en formica et deux mouches tournaient au-dessus. La serveuse avait interrompu son travail, délaissé son torchon, fait le tour du comptoir, et elle était venue s'asseoir sans cérémonie, à califourchon sur l'une des chaises près de notre table. C'était une blonde à grosses lèvres, en tablier blanc et jaune, au masque triste et figé, mais au fur et à mesure que la superbe voix de la fille Clarke égrenait la chanson de Tom Morningside, son visage s'était animé. Quant à moi, j'étais transporté. A travers les rimes de ce Morningside dont je m'efforçais de visualiser la silhouette sur les routes et dans les grands espaces du Nord-Ouest, je me plaisais à imaginer que j'étais un des personnages de cette route, un des administrés de cette loi non écrite et retransmise par une simple guitare sèche.

— Je continue? demanda la fille Clarke.

Avant que j'aie eu le temps de répondre, la serveuse s'exclama :

— Oh oui, oh oui c'est tellement ça! Elle est juste, ta chanson. Vas-y!

> *La troisième loi c'est qu'il faut aimer*
> *Tous les pauvres bougres que t'as rencontrés*
> *Tous les clodos les filles foutues*
> *Les flics idiots les inconnus*
> *qui cherchent l'amour comme des perdus*

La serveuse eut un maigre rire de compréhension, d'apitoiement sur elle-même. La fille Clarke répéta la dernière phrase et me regarda tout en la chantant, avec une telle complicité, que je faillis en rougir. Je pensai à ce qu'il y avait eu entre nous et je ressentis, aussi intensément que la première fois, l'envie de l'aimer dans son corps. Elle reprit :

Camionneur ouvrier nomade prostituée
Tu les aimeras tous Tu les as tous aimés
Tous les orphelins du cœur les déclassés de leur mémoire
Tous les soldats sans grade de la grande armée des paumés.

La porte s'ouvrit. Une bouffée de chaleur et une odeur d'essence envahirent la salle. Plusieurs voyageurs, débarqués d'un Greyhound dont nous avions entendu, par-dessus la chanson, les longs coups de klaxon et le miaulement caractéristique des freins hydrauliques, se pressèrent vers le comptoir que la serveuse dut vite rejoindre. La fille Clarke reposa la guitare au sol.

— Comment connais-tu aussi bien la chanson ? dis-je.

— Je l'ai apprise par cœur, dit-elle. Tom Morningside me l'a chantée deux fois et je l'ai retenue tout de suite.

Ils avaient sans doute passé bien plus d'une nuit ensemble ! Je n'avais aucun droit sur cette fille, mais la pensée de Morningside la prenant dans ses bras m'aiguillonna le cœur.

— Et qu'est-ce que tu préfères, dis-je, le chanteur ou la chanson ?

Elle tendit le doigt vers moi, faussement accusatrice.

— Tu ne devrais pas me faire de scène, dit-elle. N'oublie pas : je suis quand même descendue du car avec toi.

Elle me prit la main, comme pour me rappeler sa tendresse.

— Et maintenant, dis-je. Qu'est-ce qu'on fait ?

— Tu reprends la route. C'est écrit dans la chanson :

« Cinquième loi faut pas s'arrêter, la Loi de la route c'est d'avancer. »

— Oui, ça je suis d'accord. Seulement voilà tu es quand même descendue du car avec moi, et ça voulait dire quelque chose. Alors, avant qu'on ne se quitte, je voudrais qu'on s'aime une fois, vraiment, mais à deux. Qu'on fasse cela ensemble.

Elle plissa les yeux, puis les écarquilla dans une mimique d'interrogation d'abord, d'amusement ensuite.

— Non, dit-elle, sans véhémence. Ça a été bien comme ça. Ça ne pourra pas être mieux pour toi. C'est vrai ce que je te dis.

Je ne sais quelle tournure de mon esprit me faisait croire que je lui devais cela — qu'il fallait que je lui donne en retour le plaisir qu'elle m'avait procuré, que je ne serais pas un homme véritable si je ne lui permettais pas, à mon tour, de voir « l'oiseau ouvrir ses ailes ». J'avais aussi envie d'elle — et j'estimais que la loi de la route imposait de satisfaire son envie et ne pas laisser passer une occasion de bonheur. Je voyais fort bien que nous devions nous quitter, et cela ne m'apportait pas l'ombre d'une tristesse ou d'une hésitation. Mais depuis que j'avais ouvert ma vie sur cette route en laissant derrière moi mes scrupules de collégien, je comprenais mieux la valeur de ce qui est éphémère. Et puisque j'avais, la veille seulement, connu la peur qui prend au ventre et avilit et que j'avais failli verser dans la violence, il n'y avait, me semblait-il, aucune raison pour qu'aujourd'hui, face à une chance d'euphorie et de bien-être, je ne joue pas toutes mes cartes. Une journée de misère, et une journée d'amour : on pourrait inscrire cet article dans la loi de la route !

— Allons, lui dis-je, en usant, derrière mon rire, de toute la séduction dont je me croyais capable — tu ne vas pas m'empêcher de faire une fois l'amour avec le Rimbaud du Wisconsin et du Michigan.

Elle eut le même rire que le mien :

— Bien vu, dit-elle. Joli.

Puis, elle attendit.

— Très bien, finit-elle par dire.

Elle baissa les yeux, les releva.

— Tu l'auras voulu, dit-elle.

« *You asked for it...* » « Tu l'auras voulu... » J'aurais dû réagir devant cette courte phrase chargée de sous-entendus, mais les mots glissèrent sur moi. J'étais trop surexcité par ma victoire et la perspective immédiate de l'amour. Nous sommes sortis du *coffee-shop*.

6

Derrière le bâtiment, de l'autre côté de la 46, s'étendaient à perte de vue des hectares de colza – un colza géant à tige haute et aux fleurs abondantes.

Cela ressemblait à une mer jaune vif, sous un ciel haut et blanc. Les terres plates, les terres sans fin de l'Indiana, avec leur imperceptible ondulation, et l'amorce au large, du dôme métallique d'un silo, et le vide – un vide baigné de jaune reposant sur une base pâle et verdâtre, cette impression de dépaysement entier, de n'être nulle part, et d'avancer dans les fleurs lentement, la main dans la main de la fille Clarke, comme au ralenti, parce qu'il n'y avait aucun chemin, aucun repaire, et que notre seul but était de nous éloigner suffisamment de la baraque Greyhound pour n'être vus de personne et nous noyer dans le jaune afin de nous y aimer.

Nous avions laissé dans les consignes métalliques automatiques, elle sa guitare, son sac en paille tressée et son duffle-bag épais et cylindrique, façon paquetage de l'armée US, qui contenait toutes les affaires avec quoi elle déambulait depuis six mois de part et d'autre du pays – et moi, ma valise d'auto-stoppeur trapue et solide, marquée du sigle de mon université et aussi d'un petit drapeau français peint la veille du départ, parce que cela pourrait encourager les automobilistes à me prendre plus volontiers à leur bord. J'avais empoché dans mon jean les deux clés des consignes, nous nous étions engagés dans le champ de colza. Nous avions marché longtemps, et je m'étais retourné au bout de trois ou quatre cents mètres. On ne distinguait plus le toit plat du bâtiment, la ligne de la route n'était visible que par les poteaux et les fils télégraphiques, penchés de guingois, et parfois par un fin nuage de poussière qui signalait le passage d'un véhicule – dont nous n'entendions même pas le moteur. Nous étions enfouis dans les hautes fleurs, loin de tout.

– Je vais t'appeler Amy, dis-je. Je ne vois pas comment je peux t'aimer et t'appeler fille Clarke.

Elle était étendue sous moi, sa jupe relevée, la nuque contre sa veste de chasseur en daim, qu'elle avait pliée et disposée en guise de coussin sur la terre et le colza.

– On m'appelle *girl*, dit-elle. Ça ne m'a jamais gênée.

– Ce n'est pas une façon d'appeler quelqu'un quand on l'aime.

Elle eut un sourire déconcertant.

– Alors, aime-moi, dit-elle. Et cesse donc de parler.

Je recueillis son visage entre mes mains et embrassai ses lèvres. Elle ne réagit pas. Je commençai à lui faire l'amour et je me donnai au plaisir. Mais je ne sentais pas Amy répondre. Elle m'observait, ses yeux cristallins grands ouverts, le même sourire indéchiffrable et distant sur ses lèvres, et je ne comprenais pas qu'elle ne me suivît pas dans l'accomplissement du plaisir. J'avais voulu lui offrir autant d'éblouissement que sa simple voix et le simple effleurement de sa main m'avaient apporté, quelques heures auparavant, dans l'autocar – mais je ne voyais aucune lumière s'allumer dans ses yeux.

Son visage exprimait une sorte de quiétude neutre, indifférente à mes plaintes et tremblements.

— Ne t'inquiète pas, dit-elle.

Elle avait déjà dit ces mêmes mots, à l'arrêt à Batesville.

— Ne m'attends pas, murmura-t-elle.

Je ne l'ai pas attendue.

— Amy, Amy, ai-je dit.

Bientôt, ce fut fini. Nous nous retrouvâmes côte à côte, étendus sur le dos, les fleurs de colza frémissant entre nous et le ciel blanc là-haut, un blanc qui tournait au gris sombre, avec un vent mauvais qui semblait se lever.

— Je ne joue jamais la comédie, dit-elle. Je ne t'ai pas joué la comédie du plaisir parce que je n'en ai pas. Mais ne t'inquiète pas, ça s'est toujours passé comme cela avec tous les autres. Ce n'est pas toi, ne t'inquiète pas. Le plaisir ne me fait aucun plaisir.

Sa tendresse, la sincérité courageuse de son aveu me désarmaient. Je lui tendis les bras afin qu'elle pose sa tête de femme-enfant sur ma poitrine, et c'est moi qui éprouvai le besoin de répéter sa formule préférée :

— Ne t'inquiète pas, dis-je. Tout est bien.

L'odeur drue, un peu asséchante et persistante du colza se mêlait au parfum des cheveux d'Amy et elle resserra son corps contre le mien. Les mots qu'elle chuchota me firent tressaillir.

— Ça a toujours été ainsi avec tous les autres, dit-elle. A la ferme, avec les garçons...

Je mis mes doigts sur sa bouche.

— S'il te plaît, dis-je. Je ne veux pas savoir.

Elle détacha fermement mes doigts d'avec les siens. Sa voix avait perdu le vibrato mûri de la chanteuse, elle parlait sur le registre d'une adolescente.

– Je n'ai honte de rien, dit-elle. Je dis toujours la vérité. Ça n'a jamais été un problème avec aucun des hommes. Je m'agitai et refusai de l'écouter, et elle n'alla pas plus loin. Avait-elle jugé que j'étais incapable de l'entendre évoquer les frères et la ferme et, qui sait, le père lui-même? J'eus envie de pleurer – mais pleurer sur qui? Sur elle? Amy vivait dans sa liberté et sa vérité, elle n'attendait aucune commisération. Pleurer sur mes illusions? Mais lesquelles? J'avais décidé, quelques instants plus tôt, que je profiterais des avantages procurés par la loi de la route. Alors, il fallait être un grand garçon. Ce qui comptait maintenant c'était d'apprendre et continuer, avancer et aimer, comme l'avait écrit Morningside. Le poète avait employé le verbe aimer dans un sens différent de celui que je croyais connaître. Aimer voulait dire comprendre et ne pas juger. Ne mépriser personne – aucun des « *orphelins du cœur, déclassés de la mémoire, soldats sans grade de la grande armée des paumés* ». Je saisissais mieux, à présent, la signification des vers du jeune homme, ce Tom Morningside que j'aurais tant voulu connaître, et dont la précoce sagesse et le don musical me rendaient un peu plus humble. Charité et miséricorde faisaient donc, aussi, partie du vocabulaire de la route? Dans ma petite âme agnostique et trop souvent enamourée d'elle-même, je sentis ces notions me gagner comme un liquide lentement pénètre l'argile, et je me tus, puisque, à mes côtés, la jeune femme avait adopté cette forme de silence qui ne se viole pas.

Amy se dressa. Elle tendit le doigt à travers les fleurs du colza.

— Regarde, dit-elle, la voix claire et tendue. Quelque chose se prépare là-bas.

Le ciel était devenu noir charbon. Un roulement étouffé se fit entendre. Je n'avais jamais vu cela, pas même dans un livre, ni aux « Actualités », au cinéma, quand j'étais petit. C'était un spectacle tellement surprenant que je ne ressentis aucune peur, mais cet élan de curiosité qui abolit parfois la notion du danger.

— Qu'est-ce que c'est? dis-je.

— C'est une tornade, dit-elle.

Se profilait au loin, devant nous, dans un horizon obscurci en plein jour — il devait être quatre heures de l'après-midi — la colonne torsadée et vrillée d'une fumée noirâtre et sale, qui se détachait à la façon d'un immense serpentin depuis le plafond bas et sombre de très épais nuages. La colonne oscillait avec une apparente lenteur. Mais en réalité, elle avançait vite. A mesure qu'elle déferlait dans notre direction, on pouvait évaluer qu'elle était plus large, plus dense qu'au premier regard.

— Je sais ce que c'est, dit Amy. J'en ai déjà vu passer une. On a de la chance, parce que ce n'est pas une très grosse tornade.

Tout s'était tu autour de nous, les oiseaux, la brise. Seul le grondement de la tornade augmentait en puissance. Amy, comme pour éviter toute panique, parla avec fermeté. Cette petite jeune femme si cristalline pouvait, selon les circonstances, manifester un aplomb et un sens de la vie qui rassurait et vous attachait à elle. Elle semblait comprendre les saisons, la qualité ou la nocivité d'une pluie, elle savait mesurer les distances dans un relief plat et dépourvu de références. C'est ainsi qu'elle pivota plusieurs fois la tête vers la station Greyhound, puis vers la tornade, et à nouveau vers la station — tout cela prestement, et avec méthode.

— Courir se réfugier là-bas serait une erreur, dit-elle, parce que si la tornade frappe le bâtiment, on s'envolera avec.

— Et nos bagages?

Elle eut un rire bref :

— Ce n'est pas le moment de s'en préoccuper. Songeons d'abord à nous et à nos vies.

— Alors, on reste ici?

— Non. Parce que si je calcule bien, la tornade va venir droit vers nous, ou presque.

— Mais non, regarde-la, elle est là-bas sur la gauche. Elle va nous éviter.

Elle se fit autoritaire.

— Tais-toi, dit-elle, je sais de quoi je parle, arrête de discuter. Si tu regardes bien la tornade, elle progresse par cercles, elle n'avance pas du tout en ligne droite et on risque de la prendre de plein fouet.

Je l'écoutai, de plus en plus conscient du péril. Pendant quelques secondes, je suivis le déplacement de cette chose étonnante et redoutable qui ne cessait de grossir dans le paysage.

— Tu as raison, dis-je. On est dans l'axe.

— Alors, il faut qu'on se déplace aussi, dit-elle. Encore plus loin sur notre droite. Il faut prendre le champ en transversale, jusqu'au boqueteau, là-bas!

Elle eut un geste surprenant. Elle ôta sa jupe ample de toile noire pour se retrouver en culotte et en bottes, les jambes nues.

— Qu'est-ce que tu fais?

— Je ne vais pas pouvoir courir assez vite avec cette putain de jupe, dit-elle, et c'était la première fois que je l'entendais jurer. Ça va m'entraver dans ma course. Allez, ouvre-moi le chemin. Arrête de poser des questions! Cours! Cours pour ta vie!

Saisi par l'urgence et la gravité de la formule, j'ai amorcé

63

ma course vers l'unique boqueteau qui épousait, loin sur notre droite, une déclivité de terrain, et qu'Amy avait su repérer de son œil à quoi rien n'échappait. Elle me suivait, courant à travers le colza que je rabattais avec mon corps, me servant de mes deux mains comme d'un instrument pour nous frayer une voie.

Quand nous avions paisiblement marché dans les mêmes herbes, elles ne m'avaient pas donné l'impression d'être aussi denses et coriaces. Maintenant qu'il fallait réellement courir, fuir à toute allure, car nous entendions le grondement de la tornade décupler de volume dans notre dos, le colza dressait des obstacles sur notre route. Je me retournai pour voir si Amy suivait.

— Vas-y, cria-t-elle, ça va, dépêche-toi!

Elle était à quelques mètres derrière et cavalait comme une vraie pouliche sur ses drôles de petites jambes minces et nues, avec ses bottes à talons biseautés. Elle tenait la jupe portefeuille roulée dans sa main. Derrière elle, ce qui était devenu une monstrueuse colonne virevoltante de poussière noire et marronnasse, fauchait les plantes et la terre sur son passage. J'eus le temps, en un coup d'œil, de comprendre qu'Amy avait vu juste et que la tornade nous épargnerait si nous parvenions à temps au boqueteau. Je repris ma course et ma bagarre contre les herbes et les fleurs. L'atmosphère autour de nous s'était faite irrespirable; des pétales, des feuilles, des brindilles et du pollen s'engouffraient dans ma bouche et il fallait recracher tout cela et la course m'asséchait la gorge et je toussais, et j'entendais Amy respirer bruyamment derrière moi. Mes yeux étaient attaqués par toutes sortes de bestioles qui avaient surgi des sillons et du sol, mes poumons me serraient comme ceux d'un nageur sous-marin qui ne peut plus compter sur ses réserves d'oxygène.

Haletants, suffocants, nous avons réussi à atteindre le boqueteau. Nous nous sommes jetés au plus profond de sa frondaison clairsemée. Amy m'a tendu sa jupe et sa veste de daim. Elle a crié :

— Recouvre-moi de ton corps et recouvre-toi avec ça. Accroche tes mains aux racines du massif. Agrippons-nous et enfonçons-nous le plus possible dans la terre!

Elle s'est dissimulée dans la déclivité et je me suis allongé sur elle. J'ai saisi les racines en labourant le sol de mes ongles. Plus grand qu'Amy, je pouvais la protéger et me collant ainsi à elle, former une sorte de bloc, un magma d'autodéfense qui nous soudait et nous rendait plus solides pour résister à la tornade. Elle m'a aidé à tendre la jupe et la veste au-dessus de nous, et nous nous en sommes bordés.

Lorsque j'étais petit garçon, avec mes frères nous jouions à ce que l'on appelait « la bombe humaine ». Nous nous encastrions l'un en l'autre, face contre face, jambes croisées de l'un autour des jambes de l'autre, le bras de l'un encerclant le dos de l'autre — afin de n'être qu'une entité, et nous sautions dans la piscine municipale en un éclaboussement savoureux, pour abandonner notre posture siamoise une fois arrivés sous l'eau. Je pensai à cette « bombe humaine » au moment où je m'agglutinai à Amy, et elle à moi — et si cette image d'un passé déjà enfoui est revenue de façon aussi vivace en plein cœur de mon aventure américaine, c'est que j'étais redevenu un enfant. Je me sentais aussi démuni et insignifiant qu'un jeune enfant devant une force inconnue.

Le souffle de la tornade est passé très près de nous. Une vocifération coléreuse, comparable aux réacteurs d'un avion, nous a submergés et nous avons senti une masse d'air chaud voler au-dessus de nos têtes. Nous nous sommes recroquevillés sous la tourmente. J'ai risqué un coup d'œil par-dessous la toile et le daim des vêtements d'Amy et, à travers les pousses tremblantes du boqueteau, j'ai pu voir cet entonnoir vibrionnant qui charriait de la paille et des arbrisseaux et des branches et des broussailles, des plumes de poulets et des parcelles de plâtre, des parpaings et de la caillasse et une poussière noire comme le charbon qui se volatilisait sur elle-même, des mottes de terre rouge et des volutes sombres et impalpables, et j'ai même cru voir au centre de cette vertigineuse spirale, tournoyer un pneu déchiqueté de voiture, mais je n'aurais pas pu en jurer. Toute cette matière hurlante et mouvante a couché et arraché le colza sur son passage comme une main géante et omnipotente qui, venue du ciel, aurait décidé de redessiner la savante ordonnance des choses de la terre. C'était sauvage, effrayant, et grandiose à la fois. Je me suis remis sous abri.

Nous sommes restés plaqués au sol, ne formant qu'un seul corps. J'entendais le rythme de la vie palpiter dans la poitrine d'Amy comme elle devait entendre le mien, et je me suis dit que si nous n'avions pu, auparavant, quand je tentais de lui faire l'amour, nous retrouver dans le même plaisir, nous étions cette fois en parfaite communion.

Nous nous sommes libérés dès que la tornade eut dépassé la déclivité qui nous avait servi de refuge, car nous voulions la voir s'enfuir. Elle a filé vers l'ouest, soulevant un amas supplémentaire de poussière quand elle eut atteint la route. Le petit bâtiment d'arrêt des cars Greyhound a été épargné, mais un poteau télégraphique s'est envolé d'un seul coup dans le ciel, non loin de la station Greyhound et nous l'avons vu disparaître, aussi léger qu'une poignée de sable, dans la queue de la tornade. Le spectacle était d'autant plus magique que le roulement de tambour qui avait annoncé, puis accompagné la tornade, s'était amoindri – par un effet d'acoustique dû au changement des vents – si bien que les phénomènes physiques se déroulaient sous nos yeux comme les images d'un film muet. La campagne aux alentours n'avait pas encore repris son bourdonnement, et l'on avait la sensation de se trouver au milieu d'un sas, dans une vacuité sonore, un creux indéfini. Nous contemplions tout cela, à genoux dans le boqueteau, les mains scellées, incapables de parler.

La tornade s'est dissipée à l'horizon. Bientôt, elle ne fut plus qu'un trait de crayon sale sur une surface laiteuse, noire et grise, puis elle s'est confondue dans l'encre du vaste ciel du Middle West et nous avons perçu le premier cri d'un oiseau. Les senteurs des plantes et des fleurs qui s'étaient évanouies pendant le phénomène, revinrent en même temps que les mille petits bruits et chants de la grande plaine. Et c'était comme si la vie retrouvait la vie.

Amy s'était relevée, elle enroulait sa jupe autour de ses jambes. Je me suis dressé à mon tour et j'ai nettoyé son visage avec les pans de ma chemise. Elle a gentiment épousseté mes cheveux à l'aide d'une bandana de rancher, rouge et blanche, et m'a débarrassé des cendres reçues lorsque j'avais dressé la tête hors de notre abri pour voir passer la colonne. La gorge sèche, la langue aride, j'ai enfin réussi à m'exprimer :

– Tu ne t'étais pas trompée, lui ai-je dit avec admiration et gratitude. Si on était resté là-bas, on aurait valsé.

Elle a eu un long soupir :

– Ça ne fait rien, j'ai eu drôlement peur, plus peur que je ne l'aurais cru.

Je l'ai regardée et j'ai pensé : même si tu ne devais jamais la revoir, vous avez vécu cela ensemble et tu ne pourras pas oublier la fille Clarke, la frêle et forte Amy.

Nous sommes sortis du boqueteau et nous avons fait quelques mètres. Nous avions le corps rompu, courbatu, nous étions épuisés, comme si nous avions été piétinés par un régiment en marche. La baraque et la route paraissaient très éloignées. Alors, sans nous concerter, nous nous sommes à nouveau étendus dans l'herbe.

— Amy, lui ai-je dit, je voudrais que nous passions tellement de temps ensemble.

Elle a ri faiblement. Ses cheveux effleuraient ma joue.

— Je pense la même chose que toi, a-t-elle dit. Depuis que nous nous sommes couchés l'un sur l'autre dans le boqueteau et que la tornade est passée près de nous, nous pensons pareil. C'est comme si nous avions échangé notre sang, comme on fait quand on est des enfants.

Je lui ai révélé que j'avais revu une image de ma plus petite enfance.

— Tu vois, a-t-elle dit, les choses sont bien comme je crois, j'ai eu les mêmes impressions au même moment.

Cependant, la logique obstinée de mon projet initial, l'heure et la date dictées par un factionnaire inconnu du service forestier me convoquant dans le Colorado, revenaient insidieusement à la surface de mon esprit.

J'étais couché aux côtés d'une vagabonde, avais-je une âme aussi nomade que la sienne ? Possédais-je les ressources qui permettent de briser, à l'occasion d'une rencontre inattendue, ce que je croyais être ma ligne de conduite ? Amy Clarke, soudain, remplissait ma vie et modifiait l'idée que je m'étais faite de mes objectifs. L'instinct qui me poussait à mettre mes pas dans les siens était contrecarré par un sens du devoir à accomplir : atteindre le Colorado, y travailler pour ramasser mon pécule, revenir au campus et poursuivre mes études. Je me sentais capable de surmonter ce défi. Ce qui était moins limpide, c'était Amy, et mon avenir sur la route avec elle. Comme souvent, deux voix se croisaient en moi, faisant entendre leur dissonance.

– Qu'y a-t-il? a demandé Amy. Tu n'as plus les mêmes pensées qu'il y a un instant. Quelque chose te préoccupe?

– Non, ai-je dit. J'ai besoin de savoir : est-ce que tu veux me suivre jusqu'à Norwood?

Elle a attendu avant de parler. L'air était calme, tranquillisant après le cataclysme. Il faisait doux, et une lassitude bienfaisante me gagnait, avec l'odeur chaude du pré sous mon corps.

– Ne t'inquiète pas, a-t-elle dit. Dormons maintenant, nous en avons besoin.

Sa réponse m'a soulagé. Alors, sous le coup de toutes les émotions et craintes qui avaient livré bataille à mes énergies, je me suis senti apaisé, j'ai fermé les yeux et je me suis endormi.

Lorsque je me suis réveillé, la jeune fille n'était plus là.

7

Elle m'avait laissé sa superbe veste de chasseur en daim.

Elle l'avait posée sur mes épaules comme pour me protéger du froid ou du vent. J'ai traversé le champ de colza pour rejoindre l'arrêt des autocars. J'ai tâté mon jean : il n'y avait plus qu'une clé de consigne automatique, Amy avait fouillé la poche de mon pantalon pour récupérer sa propre clé, et je ne m'en étais pas aperçu. J'avais donc dormi aussi longtemps et d'un sommeil aussi lourd ? Le soir s'approchait et, avec le soir, mes angoisses habituelles. J'ai atteint le bâtiment au bord de la route 46. A l'intérieur, il n'y avait plus de lumière électrique et le récent passage de la tornade avait brisé toutes les vitres. Des bougies, sommairement juchées sur des soucoupes, éclairaient faiblement le comptoir du *coffee-shop*, aussi déserté que je l'avais laissé. La serveuse blonde m'a reconnu et m'a dit :

— Ton amie est partie il y a une heure de cela. Elle a pris le car en sens inverse de celui par lequel vous étiez venus.

Elle a ajouté :

— Dis donc, la tornade, ça a été quelque chose !

J'ai hoché la tête et poussé la porte en bois qui menait

vers les consignes automatiques. J'ai ouvert la porte-coffret avec la clé que j'avais conservée, j'ai retrouvé ma valise intacte. La consigne d'Amy qui jouxtait la mienne était grande ouverte, j'y ai introduit ma main en ratissant la paroi métallique du coffre. J'en ai retiré plusieurs feuilles de papier soigneusement pliées en quatre. A la lueur d'une des bougies du *coffee-shop* prêtée par la serveuse qui m'avait aussi offert un grand verre de lait, j'ai facilement reconnu l'écriture d'Amy, et le format caractéristique des pages de son carnet de notes à spirale. J'ai d'abord pu lire un message de quelques lignes sur l'une des pages :

« La veste, je l'aimais bien. Elle vient du General Store de la réserve indienne Menominnee, chez nous, là-haut dans le Wisconsin. Comme ça, et avec ça, tu auras toujours quelque chose de moi sur toi.

Pour le reste, on sait tout l'un de l'autre, maintenant.

Alors ne t'inquiète pas et va ton chemin.

On se reverra. »

Elle avait signé « Love » et en dessous : « Amy, alias Rimbaud, alias la fille Clarke. »

Enfin il y avait, sous la triple signature, la phrase suivante : « Je t'ai laissé autre chose et je pense que tu sauras t'en servir. » L'autre chose, c'était le texte intégral du blues de Tom Morningside, « La Loi de la route. » Elle avait dû recopier ce texte avant notre rencontre, car les feuillets étaient racornis et déchirés par endroits – mais j'ai supposé qu'elle n'en avait plus besoin puisqu'elle connaissait la chanson, depuis longtemps, par cœur.

J'ai lu plusieurs fois les paroles de Morningside, en essayant de les fredonner à voix basse, pour moi-même, dans le silence du *coffee-shop* – mais j'avais quelque peine à me souvenir de la musique. Puis, j'ai relu le message elliptique d'Amy.

Amy! La fille qui savait jauger la trajectoire des tornades, qui gribouillait des notes sur les mœurs et les argots de son pays; la fille qui avait l'air d'une petite fille mais qui avait la voix langoureuse d'une femme; la fille qui venait de la région des lacs aux noms donnés par les trappeurs français du XVIIIᵉ siècle; la fille qui couchait sur les lattes de bois des stations Greyhound; la fille qui courait nue sur ses bottes de cow-boy comme une gazelle dans le colza; la fille qui ne connaissait pas le plaisir mais possédait le pouvoir de le donner par la simple imposition de ses mains; la fille qui avait dix frères qu'elle fuyait sans doute sans jamais se l'avouer; Amy, aux cheveux sentant l'asphodèle, qui jouait de la guitare dans les autocars en partance pour nulle part et disait au détour de chaque phrase : « Ne t'inquiète pas »... « *Do not worry...* » Amy, la fille Clarke !

J'ai rangé la lettre et le texte de la chanson dans une des poches de la veste en daim. J'ai volontairement abandonné mon blouson de collégien sur le dos d'une chaise du *coffee-shop* et j'ai endossé mon nouvel uniforme avec une certaine morgue. Le daim en était sombre et vif, il y avait des grandes poches à rabats boutonnés sur les deux côtés de la poitrine et des hanches, le col était large et pouvait se relever en cas d'intempéries. Des franges, découpées dans un daim plus clair, ornaient les épaules aussi bien que les manches et le dos, à hauteur des omoplates. C'était une splendide parure. Ainsi vêtu, je me suis senti un autre homme.

Je suis sorti sur la US46 dans la nuit, et j'ai posé ma valise à terre. Deux minutes plus tard, le chauffeur d'un Mack *truck* de dix tonnes, transportant des engrais chimiques, qui allait en ligne droite jusqu'au cœur de l'Illinois, m'a pris à son bord.

A la fin d'un bal raté, une autre jeune fille, Elizabeth, m'avait dit : « Au revoir », et je continuais d'espérer que je la retrouverais à l'automne, dès la rentrée universitaire.

Quel était ce pays où les femmes vous prenaient dans leurs filets pour se faire aimer, puis lâchaient le papillon à peine s'était-il accoutumé à cette douce prison ? Amy avait écrit : « On se reverra. » Quelles étaient ces formules chargées de promesses qui couraient en vous pour s'y inscrire fallacieusement alors que vous étiez forcé de poursuivre votre voyage ?

Somnolant à demi dans la cabine du *truck* qui filait avec fracas dans la nuit, je revivais les heures passées auprès d'Amy. Il ne nous avait pas fallu plus d'une journée pour tout savoir l'un de l'autre comme elle l'avait écrit. Avec Elizabeth, au collège, cela avait duré un printemps entier et nous n'avions pas même abouti à l'ébauche d'une connaissance charnelle. Pour Amy, un jour ! une vie en un jour... Quel était ce pays où les amours pouvaient se faire et se défaire en l'espace d'une révolution solaire ? Ce pays s'appelait la route américaine, et j'en étais devenu l'un des habitants provisoires. Vous leviez le pouce et entriez par la seule grâce d'une voiture ou d'un camion qui s'arrête, de plain-pied dans le destin des gens, et ils se livraient à vous de façon incongrue, avec une candeur, une confiance et parfois une crudité qui vous choquait, mais brisait votre réserve.

En France, sur le vieux continent, les gens ne vous parlaient pas ainsi, ils ne se dépouillaient pas de cette façon devant vous. « Ça ne se fait pas », avait été l'un des mots les plus prononcés au lycée, dans les familles, ou ailleurs. Ici sur la route, la gigantesque route nord-américaine, ça se faisait! Chaque mile parcouru, chaque bled du Middle West traversé en direction de mon Ouest rêvé, m'éloignait des conventions et des comportements d'autrefois. La route et ses personnages s'imposaient à moi. Insensiblement, j'acceptais leur conception ingénue de l'existence.

Quand vous les quittiez, ils vous lançaient tous un « au revoir », comme s'ils y croyaient véritablement; comme s'il était dit, comme si on leur avait enseigné, qu'il y avait un autre rendez-vous – que les choses recommençaient. Était-ce leur manière de refuser ce qui est définitif – ce qui est inéluctable? La négation américaine du passé – la foi en une seule puissance : le futur? Le plus beau mot de leur langue n'était-il pas : Demain! *Tomorrow!*

Les deux voyous, Belette et Mâchoire Bleutée, m'avaient, eux aussi, garanti que je les retrouverais. Leurs masques funestes m'obsédaient moins depuis que le personnage d'Amy était venu embellir mon expérience de la route – mais il ne me paraissait pas invraisemblable de tomber à nouveau sur ces deux fantômes porteurs de mort au bout d'une colline pelée, au coin d'une station-service, posée comme un jouet au milieu de la prairie monotone. L'idée faisait son chemin en moi, et les habitants de la route se mélangeaient à présent en mon sommeil agité pour former une ronde fantasmagorique de sourires, mains tendues, drames et mélodrames, trognes et tronches indescriptibles, voitures et camions qui freinent et repartent, vitres baissées, accents et rires et jurons, et tout cela défile à travers les plaines et les villes. J'avais reçu mon baptême de la route, comme d'autres passent le baptême de l'air ou du feu. La chanson de Morningside disait : « *Tout arrive et tout arrivera.* » Le chanteur avait raison. Il m'arrivait ceci : j'avais vu passer la tornade, les mains rivées aux racines d'un massif, le corps couché sur celui d'une jeune femme dans une plaine perdue du ventre à blé de l'Amérique. J'avais vu cette chose inhumaine noircir brusquement le ciel pour venir arracher la terre et le colza et j'avais échappé à sa colère grâce à la jeune femme, Amy, grâce à ses dons qui défiaient toute logique. Et je me disais, aux portes de l'Ouest, que le surnaturel, peut-être, venait de me faire son premier signe.

DEUXIÈME PARTIE

Le camp

8

Le petit étudiant étranger venu de France s'était transformé en travailleur de la forêt. Sur ma feuille de paye, était écrit : Ouvrier Forestier Temporaire.

Le réveil sonnait à six heures, dix coups d'une barre de métal frappés avec force par l'aide-cuistot sur la paroi d'une bassine de cuivre transformée en cloche et posée au centre du camp, sur une roche plate. Il fallait se lever et se raser en vitesse pour arriver avant la ruée aux bonnes places dans la cantine sous tente, au moment où les casseroles étaient encore fumantes et chaudes. Premier venu, premier servi – premier venu, mieux servi. On ingurgitait des rognons à la sauce piquante, des patates brûlantes, du flocon d'avoine au lait en poudre, du lard avec des œufs en galette, des crêpes au sirop d'érable, du gâteau à la citrouille. Certains jours, on avait droit à des haricots rouges à la place des patates, et dans tous les cas, du café en abondance. Tout cela pour vous maintenir jusqu'au maigre sandwich de midi, consommé sur place, accompagné d'un ou plusieurs gobelets d'eau – le second véritable repas étant servi le soir à dix-neuf heures, à nouveau sous la grande tente.

Le matin, il faisait invariablement froid. On s'habillait de toile de jean – pantalon et *jacket* – ou de treillis – et d'un épais sous-vêtement de laine sombre sous la chemise à manches longues et à boutons-pression. On portait des gants et de hautes bottes caoutchoutées fournies par le camp. J'avais dissimulé la veste de chasseur en daim d'Amy dans ma valise, sous ma couchette : trop voyante, trop chère, une tenue de sortie, pas de travail. Il fallait aussi être coiffé d'un chapeau, une casquette ou un foulard, n'importe quoi pourvu qu'on protège ses cheveux des retombées de l'insecticide – la *goop*. Toujours par mesure de protection, sur le chantier, il était obligatoire d'abriter ses yeux derrière des lunettes en mica, style lunettes de soudeur ou de motard, distribuées par l'intendant du camp.

On montait à l'arrière des GMC qui traversaient le torrent pour emprunter diverses pistes menant au cœur de la forêt, dans les chantiers. Les éclaireurs, la veille, avaient effectué leur travail. Une hachette dans un étui accroché à leur ceinture, ils parcouraient la forêt et encochaient d'un coup sec de leur arme les troncs des sapins à sauver. Ceux qui étaient trop gangrénés, irrécupérables, étaient marqués d'une croix rouge à la craie grasse, à l'intérieur de l'entaille. Quand vous arriviez sur place, les bidons d'insecticide avaient déjà été déposés au pied des premiers arbres à nettoyer – avec l'appareil à pulvériser la *goop*, une machine métallique et carrée, comparable aux sulfateuses des vignerons. On l'ajustait par les bras sur le dos comme un sac de montagne, et l'on actionnait une petite poignée en métal qui faisait descendre la *goop* depuis le réservoir dorsal par un mince tuyau directionnel jusqu'au pommeau d'arrosage, que l'on pointait sur les insectes, en bas puis en haut du tronc des conifères.

Le *field-man* – l'homme de terrain – suivait votre avancée de sapin en sapin. Il restait une centaine de mètres en aval des équipes pour vérifier si la *goop* avait été correctement pulvérisée et si les *bugs* – les insectes – étaient déjà en train de mourir. Pendant ce temps, les camions partaient et repartaient, chargés des bidons vides jusqu'à la cuve centrale de *goop* où l'on remplissait les bidons pour les réacheminer vers les chantiers et vers les manipulateurs du petit appareil dorsal.

Dès le premier jour, il m'apparut que c'était un manège constant, une noria, une sorte de petite usine – ou de petite armée – avec son service de fabrication de matériel offensif, la munition indispensable : la *goop*; avec son service des transports – les GMC qui convoyaient aussi bien les hommes que les bidons; avec ses soldats de première ligne – ceux qui anéantissaient l'adversaire, l'insecte; avec son avant-garde – les éclaireurs; son arrière-garde – les hommes de terrain; et les services annexes : abatteurs d'arbres, défricheurs de pistes, et enfin la cantine et l'intendance sur place au camp de base, à West Beaver même. Je m'aperçus aussi que puisqu'il s'agissait d'un système, il comprenait des échelles de valeur, des couches sociales. Cela ne m'étonna pas, car j'avais retenu à travers ma première expérience au cours de l'année universitaire, la leçon américaine de l'organisation – ce besoin atavique de structurer les activités en cellules cohérentes. Ainsi, même à l'intérieur de ce camp provisoire de prolétaires, pour la plupart analphabètes, venus des quatre coins de l'Ouest, du Sud-Ouest et du Middle West, si tout le monde était égal en droits et en privilèges, certains étaient plus égaux que d'autres. Car on pouvait facilement distinguer les tâches nobles et les tâches basses, les seigneurs et les serfs.

L'éclaireur était un seigneur. Il déambulait seul, tôt le matin dans la forêt ou tard la veille – détaché du gros de la troupe, les mains propres, le corps allégé de tout fardeau. Maniant la hachette à hauteur de sa ceinture comme un cow-boy fait tourner son revolver, il imprimait son passage sur les arbres, déterminant le sale boulot qu'auraient à faire les arroseurs de *goop*. S'il exécutait sa mission avec assez de célérité, il lui restait quelque loisir pour se reposer au pied d'un sapin ou s'allonger sur un rocher, et griller une cigarette en contemplant la magnificence des chaînes et des vallons aux alentours. Il pouvait s'offrir le luxe de s'habiller avec une certaine recherche : un chapeau North Rider, clair, à larges bords sur le crâne, une chemise ou une veste de vacher à boutons d'acier, des bottes à talons biseautés. Il n'y avait pas plus d'une douzaine d'éclaireurs dans le camp. Ils touchaient le salaire le plus élevé. Nous les enviions et recherchions leur compagnie.

Après eux, les *drivers* de GMC exerçaient aussi un métier de prince. Ils transportaient les bidons de *goop,* des chantiers juqu'à la cuve principale et retour avec des incursions au camp pour y chercher les paniers-repas de midi, le courrier, du matériel de remplacement, un homme de terrain désireux de faire un saut rapide du chantier Ouest au chantier Sud-Est. Chaque *driver* était chargé de son GMC, sa chose, son véhicule. Il lui avait donné un nom et il l'entretenait comme un gardien de vaches fait de sa monture. Coiffé, lui aussi, d'un chapeau western fantaisie, il assurait la liaison entre les équipes, colportait les bons mots ou les rumeurs, les incidents survenus ici ou là, les jambes cassées, un arbre mal abattu qui entravait la piste 12, un nouveau venu qui n'avait pas tenu le coup et avait vomi de l'insecticide toute la matinée et qu'on avait viré du camp séance tenante. Comme l'éclaireur, le *driver* avait les mains intactes; il ne touchait pas à la *goop.* Nous aimions les *drivers*, parce que le soir tombé, ils venaient nous chercher sur les chantiers pour nous ramener, fourbus, les yeux piqués, les vêtements humides de sueur et de *goop,* vers le camp. Le *driver* favori c'était Dick O'Neal, un beau mec du Mississippi aux yeux bleus, qui nous reconduisait plus vite que n'importe qui, pour que notre équipe parvienne avant les autres aux bassinettes d'eau dans les tentes-toilettes, afin que nous soyons les premiers à nous nettoyer, les premiers assis sur les premiers bancs de la tente-cantine, pompeusement appelée le *mess*.

Les *drivers* s'étaient tous pris à ce jeu du retour rapide. Vers dix-huit heures cinquante, à peine le long sifflet hululeur du chef contremaître avait-il retenti dans le grand silence vert et bleu de la montagne, signal relayé de groupes en groupes, pins en pins, chantiers en chantiers, par les autres sifflets des autres responsables – que la folle ruée des GMC commençait. O'Neal ne s'arrêtait pas en route, il fallait sauter à bord du camion en marche comme au flanc d'une diligence, escalader l'arrière pour s'étaler sur le plancher tandis que le GMC continuait le ramassage des travailleurs à travers les pistes sinueuses sous les arbres afin de prendre plus de vitesse dès qu'on sortirait de la forêt. Alors, dans le dernier terrain plat qui séparait les pins de la rivière, puis du camp, les *drivers* accéléraient et emballaient leur moteur pour arriver en tête au seul petit pont de rondins et de pierres qui menait à West Beaver Camp. Les passagers, à présent debout à l'arrière du véhicule débâché, voyaient déboucher camion après camion, de part et d'autre de la forêt, et hurlaient à l'intention de O'Neal :

– Plus vite! Ils nous rattrapent, attention! véhicule à ta droite!

Et le *driver* déboulait sans retenue dans la broussaille, la terre et la rocaille, soucieux de s'assurer le trajet le plus direct sans tenir compte de la santé des pneus ou des amortisseurs. Il aurait le reste de la soirée pour réparer les dégâts, s'il y en avait, car les GMC paraissaient indestructibles. Vu de haut, du versant le plus élevé du camp, le spectacle de ces vingt-cinq camions kaki ou jaunâtres, giclant les uns après les autres de la masse vert sombre de la forêt, pour converger en étoile à travers la lande vers le pont – unique voie d'accès – avait quelque chose d'aussi exaltant que la dernière ligne droite avant le poteau d'arrivée d'une furieuse course de chevaux. D'ailleurs, les cuistots, les membres de l'intendance, ainsi que les quelques officiers du camp, ne s'y étaient pas trompés. Quand ils eurent compris qu'un rite venait d'être inventé, ils s'installèrent chaque soir à dix-neuf heures sur le promontoire adéquat pour assister à la chevauchée motorisée et entendre les « Yaouh » surexcités des passagers recouvrant la pétarade des moteurs. Ils avaient renoncé à prendre des paris : à tous les coups ou presque, c'était O'Neal qui gagnait. Il avait un tel manque d'émotivité qu'il ne pouvait pas perdre. Arrivé à quinze, puis à dix mètres du goulot de resserrement qui menait au pont de rondins, un chauffeur sensé se voyait contraint de débrayer, rétrograder, ralentir. Mais il semblait qu'O'Neal n'eût aucune intention de freiner, et qu'il eût préféré embarquer le GMC avec sa cargaison humaine par-dessus le pont et basculer dans le torrent plutôt que freiner pour céder la place à son rival immédiat. O'Neal n'avait pas de nerfs – ce qui fait l'étoffe des gagneurs, ou des tueurs, ou des deux à la fois.

Je lui avais posé la question, un soir qu'il nous avait fait particulièrement peur, n'hésitant pas à se rabattre sur un camion qui avait eu l'audace de le frôler. Il avait effectué un tête-à-queue vicieux, le pare-chocs froissant l'aile avant gauche de l'autre GMC dont le chauffeur avait aussitôt levé le pied. Quant à notre camion, désaxé et emballé par la manœuvre, il avait oscillé quelques secondes dans la broussaille. Aussi expérimenté qu'il fût, O'Neal n'avait pas eu le temps de redresser ni freiner pour s'engager sur le pont de rondins, que nous avions donc franchi dans des conditions dangereuses, sans l'indispensable retour à une vitesse inférieure. Nous étions passés de justesse. Accrochés aux cerceaux, nous avions vu de trop près les galets et l'eau vive du torrent.

— Qu'est-ce que tu ferais, avais-je demandé à Dick, si tu te retrouvais en deuxième position avant d'arriver au pont?

O'Neal m'avait regardé, les yeux rieurs. C'était un garçon au visage joueur, au menton insolent, la fossette creusée par une grimace de défi.

— C'est pas encore arrivé, si?

— Non, avais-je admis.

O'Neal, toujours aussi narquois :

— Alors, pourquoi poses-tu la question?

— Je pose la question, avais-je insisté, pour savoir. Une supposition, c'est tout. Une supposition qu'on arrive à cinquante mètres du pont et qu'on soit pas les premiers, qu'est-ce que tu fais?

O'Neal avait hoché la tête, puis avec le lent débit insolent du rebelle du Sud, le fils de ce Mississippi dont il arborait les couleurs au moyen d'un drapeau format mouchoir de poche fiché dans la bande de son chapeau, il m'avait fait cette réponse qui m'avait laissé pantois :

— Je ne veux même pas envisager de réfléchir à ta supposition.

Agressif, il avait ajouté :

— Ça veut dire quoi au juste, supposition? C'est ça qu'on vous apprend au *college* dans l'Est : supposer?

Alors j'avais renoncé, mais il m'avait pris par l'avant-bras et sur un ton passionné, O'Neal m'avait dit :

— J'ai découvert un truc formidable tout à l'heure quand on a failli se renverser dans le torrent.

Sa remarque sur le *college* n'avait rien d'insultant à mon égard. Au contraire, il me mettait dans sa confidence. Cela me rassura.

— Qu'est-ce que tu as découvert?

Une lueur ravie dans son œil bleu, ses petites dents blanches et serrées dans un sourire canaille, O'Neal dit :

— J'ai découvert qu'en réalité, y a pas besoin de freiner pour passer! Tu comprends! L'accident qu'on a failli avoir m'a permis de vérifier qu'on peut très bien rester en troisième. Y a pas besoin de décélérer, tu comprends? Tu imagines ça?

Il en était extasié de bonheur — comme s'il venait d'inventer une formule révolutionnaire qui changerait la face des choses et du monde.

— Je vais même te dire mieux, avait-il continué. A mon avis, il faut accélérer au milieu du pont pour se redresser et là je gagne, facile, vingt secondes sur tous les autres! Qu'est-ce que tu penses de ça, hein?

— Tu es cinglé, O'Neal.

Il ne m'écoutait plus et, tout à son scénario casse-cou, il disait pour lui-même, plutôt que pour moi :

— Il faut aborder en troisième, arriver court, le corps du GMC un peu penché, il faut rentrer à mort sur la gauche du pont, redresser au milieu et passer la quatrième pour jaillir du pont, côté droit, pleins gaz, voilà ce qu'il faut faire!

Et de sa main, il mimait, les yeux mi-clos, l'évolution de sa machine comme les skieurs répètent une seconde avant le départ le parcours de la descente qu'ils vont effectuer. De tous les *drivers*, O'Neal était le plus envié, le plus craint, le plus imprévisible. Mais nous l'aimions, parce qu'il était capable de gestes extravagants et parce que, grâce à son amour de la vitesse et de la compétition, nous étions lavés avant les autres, avant que les bassins d'eau ne soient souillés par la boue, la crasse, la *goop* et la poussière – et nous mangions, grâce à lui, le repas du soir chaud. Et cela suffisait, à West Beaver Camp, pour qu'un homme, dès les premiers jours, se distingue du lot.

J'avais connu un ordre social, dans mon collège de Virginie, où les plus riches héritiers des grandes familles du Sud, les plus à l'aise dans le discours public ou dans l'effort intellectuel accédaient au sommet de la pyramide américaine et avaient le plus de chance de survivre à son incessante et épuisante remise en question. Dans l'Ouest, je découvrais une variante de la célèbre *struggle for life* – la lutte pour la vie. Les valeurs y étaient autres : il fallait être rapide, agile ou costaud. La famille, la fortune, la culture n'existaient pas. Il y avait d'autres règles, pour un autre jeu.

Les éclaireurs étaient agiles. Les *drivers* étaient rapides. Les coupeurs de bois étaient costauds.

Le troisième métier de seigneur, en effet, au camp, consistait à abattre des arbres. *Wood-cutter!* Une petite équipe de gros bras qui allait exécuter à coups de hache ou de scie mécanique les sapins condamnés et que le seul bulldozer du camp ne pouvait atteindre, car ils étaient trop imbriqués au milieu d'arbres sains ou sauvables. Il fallait alors les couper à la main. On entendait les cris annonçant la chute d'un arbre : « TIM-BER » – et c'était le seul son humain qui venait ponctuellement déchirer l'espace du ciel et de la forêt. Les bûcherons bénéficiaient de privilèges. On leur servait du steak tous les deux jours; ils avaient droit d'utiliser une fois par semaine la douche du chef contre-maître, la seule de toute l'installation des tentes-bassinets-toilettes du camp; ils cessaient le travail le samedi à midi, ce qui leur donnait une demi-journée d'avance sur le reste des hommes pour profiter du court week-end de repos. Ils étaient légèrement vêtus : tee-shirts et chemises à manches courtes, et ils portaient souvent du rouge afin qu'on les reconnaisse de loin.

Sous la tente-cantine ils mangeaient entre eux – comme les éclaireurs et les *drivers*. Les trois races supérieures – les agiles, les rapides, les forts – s'étaient, dans un mouvement naturel, retrouvés sur les mêmes sièges et assis aux mêmes tables et bien qu'il n'y eût aucune préséance, aucune discipline, aucune place réservée, aucun galon, et que le principe du « premier venu, premier servi » ait été établi une fois pour toutes, il ne serait venu à l'esprit d'aucun d'entre nous d'occuper certains bancs. Membre de la race inférieure, j'aspirai, dès que j'eus entrevu les strates du système, à franchir les échelons pour rejoindre les privilégiés – quel que fût le poids de mon handicap de départ.

Appartenaient à la race inférieure tous les hommes qui touchaient de près au liquide, à cette saloperie de *goop* : les fantassins, les sans-grades, les porteurs de liquide et leurs égaux, les arroseurs. Ceux qui charriaient à la main de l'arrière du GMC jusqu'aux pentes des ravins des chantiers, les lourds bidons pleins de liquide – puis rapportaient les mêmes bidons vides en une chaîne sans fin. Et ceux qui, l'appareil métallique leur sciant les épaules et le dos, aspergeaient les troncs d'arbre afin d'exterminer les insectes, allant pas à pas, de sapin en sapin, suivant les marques faites par les éclaireurs. Pour accomplir ce labeur, on avait choisi ceux qui ne savaient pas conduire de camions, qui n'avaient pas eu l'occasion de suivre un stage préparatoire d'éclaireurs pour apprendre à différencier un bon sapin d'un sapin malade – ou bien, ceux qui n'avaient pas les muscles assez durs pour manier la hache à longueur de journée. Des hommes comme les autres – ni grands, ni petits, ni volumineux, ni spécialistes. Parmi eux, parmi nous – puisque je faisais partie de cette catégorie – se trouvaient quelques *college boys* venus comme moi pour un *summer job* – des jeunes gens issus de familles modestes et dont les parents ne pouvaient assurer les frais d'instruction à 100 %. Mais il y avait essentiellement de nombreux Mexicains et des Américains de toutes les régions de l'Ouest, souvent plus âgés que moi de quelques années, qui avaient très tôt interrompu leurs études et travaillé dans des fermes, des ateliers, sur les routes – ouvriers journaliers, allant d'emploi en emploi selon les saisons, émigrant de ville en ville ou de camp en camp, toujours dans les limites de l'Ouest. Du Nord-Ouest au Sud-Ouest, des moissons dans le Montana jusqu'aux vendanges en Californie, de la construction d'un barrage dans l'Idaho jusqu'aux réfections de routes en Arizona, du défrichage des forêts en Orégon jusqu'au déchargement de wagons dans les mines d'uranium du Colorado, ils formaient une main-d'œuvre disponible et mouvante, prête à toute offre, refusant toute attache, fuyant les villes.

J'avais écouté Pacheco, le Mexicain, un des cinq occupants de ma tente, qui m'avait décrit ses déplacements dans son anglais rudimentaire. Selon lui, il y avait deux règles fondamentales de survie dans ce monde : d'abord, se méfier des grandes cités. Ensuite, ne pas quitter l'Ouest.

– Comme ça, tu restes en bonne santé, tu respires un bon air, tu peux gagner honorablement ton dollar et on te fera jamais chier pour la couleur de ta peau.

Pacheco croyait que, dans la forêt, la discrimination raciale n'existait pas, et sans doute avait-il raison. En l'espace d'un été, nous vîmes aller et partir des Indiens, des Mexicains, beaucoup de Mexicains, des Noirs, quelques Chinois. Entre nous, sur les chantiers, dans les tentes, nous ne fûmes jamais témoins d'une seule manifestation de préjugé ou ségrégation. Mais Pacheco avait aussi tort car les éclaireurs, les *drivers* et les bûcherons étaient tous des Blancs, et si Doc Larsen les avait sélectionnés pour leurs seules qualités physiques, il n'empêche qu'ils étaient tous blancs.

9

Doc Larsen jouait à lui seul le rôle de psychologue, infirmier et toubib de West Beaver Camp. Voilà pourquoi on l'appelait Doc – même s'il ne fut jamais prouvé qu'il possédait un quelconque diplôme en médecine.

Nous fîmes sa connaissance au lendemain de notre arrivée, quand on nous annonça :

– Rassemblement sur l'aire de stationnement des GMC. Tout le monde torse nu. C'est la sélection.

Ce mot fit sourciller Bill, que nous surnommions déjà entre nous « Wild Bill » – le barbu aux bottes noires de motard qui, au cours du cahoteux premier voyage vers le camp, avait relevé Pacheco d'une seule main, se faisant ainsi un ami pour la vie. Nous nous étions tous retrouvés sous une tente, cinq des passagers de ce même camion : Bill, Pacheco, le gros lard qui s'appelait Donald K. Banch, un grand garçon blond du Wisconsin d'origine suédoise et qu'on appelait Swede, et moi qu'on appela bientôt « Frenchy ».

– On sélectionne qui et quoi? grommela Bill.

Puis il se leva de son lit de camp, et il dit :

– Allons-y.

Et dans un geste qu'il répéterait chaque fois que nous

sortirions de la tente, il nous fit signe de passer devant lui pour fermer la tente et marcher à quelques pas derrière nous. Je remarquais ces manies car Bill m'avait vivement intrigué dès que je l'avais vu pour la première fois sur le terrain de rodéo de Norwood. Son visage dur et ferme, sa barbe de Christ, ses yeux clairs et perçants. La vision fugitive de ce que j'avais cru être une crosse de pistolet dans la ceinture de son pantalon avait décuplé ma curiosité. A la cantine, il avait d'emblée choisi la table du fond, la plus proche de la paroi de toile et il s'était assis, dos à la toile, face à l'entrée, et je noterais, dans l'avenir, la même position, chaque fois que nous serions réunis dans un bar ou un lieu public. Bill installait son corps de façon à n'avoir personne derrière lui et pouvoir faire face à n'importe quelle arrivée. Il semblait donner un sens à chacun de ses mouvements, et prenait d'infinies précautions pour établir une distance entre lui et les autres, de quoi posséder un espace pour se mouvoir en cas d'imprévu. Pour fuir ? Pour disposer d'un terrain suffisant pour se battre ? Mais contre quel adversaire ? J'en déduisais que non seulement il se protégeait de toute surprise possible, mais encore je vins rapidement à la conclusion qu'il refusait de sortir de l'anonymat. J'en fus particulièrement frappé lors de la « sélection ».

Doc Larsen portait des lunettes cerclées d'acier, il était gris de cheveux, froid, service-service, avec un petit sourire timoré sur ses lèvres étroites. Il avait environ trente-cinq ans. Il était vêtu d'une chemise impeccable, kaki, le col amidonné, et chaussé de rangers noires à lacets, cirées et graissées comme pour une parade. Les hommes étaient alignés, torse nu, disséminés sur le sol plat et pelé où l'on garait les camions, au bord de la rivière. Doc marchait devant eux, devant nous. Il sélectionnait les hommes selon la carrure de leur poitrine et le volume de leurs biceps. Au bout de quelques secondes d'un examen visuel de leur coffre, leurs pectoraux et leurs avant-bras, il disait d'une voix qui se voulait neutre :

— Coupeur d'arbres.

Il ajoutait :

— T'as déjà coupé du bois ?

Si l'interlocuteur répondait par la négative, il l'envoyait rejoindre une portion du terrain, au bord d'un tas de rochers, où l'on avait disposé des haches et des manches de pioches et où l'on testait la capacité de chacun à s'adapter au geste et à la frappe du bûcheron.

A la question :

— Qui sait conduire un camion au milieu des arbres ?

des mains se levèrent et je fus étonné qu'on n'envoie pas, là encore, les candidats vers quelque essai sur les pistes au volant des GMC. Mais je compris cette certitude de la vie dans la forêt : mentir sur ses capacités ne sert à rien, car la vérité vous rattrape très vite. Dans l'Ouest, face à l'épreuve physique, il était inutile de jouer la comédie puisque, dès que l'épreuve commencerait, la réalité de vos limites physiques et de votre compétence apparaîtrait. Et si vous disiez que vous saviez conduire un GMC à travers des sapins, c'est que vous saviez le faire. Sinon, dès le premier jour, votre imposture vous valait l'élimination du camp, le départ de la forêt. J'avais trouvé humiliant d'avoir été, sans hésitation, dirigé, aux côtés du maigre Pacheco, vers le paquet des hommes les plus chétifs, mais j'oubliai rapidement ce sentiment. Tout cela n'était pas honteux : à chaque corps sa place, sa destination, son utilisation. Il fallait accepter son gabarit. Et si je voulais un jour abandonner les chétifs porteurs de bidons ou les humbles nettoyeurs de *bugs*, utilisateurs de la déjà tristement célèbre *goop*, je devrais inventer un moyen de contourner l'obstacle. Déjà, obstiné, ambitieux et insatisfait, je me disais : « Tu trouveras une astuce pour sortir du tas. La force prime ici, certes, mais il existe d'autres forces que la force. Patiente et regarde autour de toi, et tu y arriveras. »

Tout en échafaudant des projets pour grimper les échelons du système, je fus témoin d'une initiative de Bill qui augmenta ma curiosité. Grand, carré, les muscles impressionnants, les épaules larges et les dorsales en équerre, il avait été délégué sans hésitation par Doc Larsen vers le groupe restreint des hommes les plus imposants. Lorsque nous eûmes reçu nos consignes, notre identité de travail pour le lendemain, les groupes se disloquèrent. Bill vint nous rejoindre, Pacheco et moi. Doc Larsen marchait devant nous. Arrivé à la hauteur de Doc, il lui parla à voix relativement basse mais j'entendis la conversation, puisque Bill devait finir par nous y mêler.

— Doc, lui dit Bill, je voudrais travailler avec les nettoyeurs à la *goop*, comme mes deux copains ici présents — avec qui je partage ma tente.

Doc s'arrêta. Il dévisagea Pacheco, le Mex aux joues creuses et aux attaches fines, puis il vérifia mon propre manque de poids, ma taille moyenne, puis il se retourna vers le corps rugueux et mûr de Bill et le jaugea une deuxième fois.

— C'est idiot, fit Doc. Vous n'appartenez pas du tout à la même catégorie.

— Ça fait rien, répondit Bill. J'ai pas envie de quitter mes copains.

Doc cilla derrière ses lunettes. Cette attitude dérangeait sa conception de la « sélection ». Comment peut-on refuser de faire partie des « numéros un », des poids lourds ? Ceux qui mangeront chaud, s'habilleront propre, gagne-

94

ront plus de dollars et partiront les premiers pour s'amuser en ville?

– Vous faites ce que vous voulez, dit-il, mais avez-vous réfléchi que vous gagnerez moins d'argent? L'heure est payée moins fort à leur niveau, fit-il en nous montrant du doigt. Par contre, si vous êtes *wood-cutter*...

Bill l'interrompit de sa voix douce mais ferme, au registre bas et convaincant.

– M'est égal, dit-il. Y a pas d'obligation, non?

Il mesurait une tête de plus que Doc. Celui-ci, malgré son titre officiel dans le camp et son bel uniforme, ne trouva aucune réplique.

– Non, dit-il, il n'y a pas d'obligation, mais c'est du gâchis.

– Ben, c'est comme ça, dit Bill. Moi, j'ai pas envie de quitter mes potes.

Doc ne cessait pas de battre des yeux à travers les verres de ses lunettes. Quelque chose lui échappait. Qu'est-ce que ça voulait dire, ce type aussi armé pour devenir l'un des privilégiés de West Beaver et qui insistait pour rentrer dans le rang? Il parut peu enclin à vouloir approfondir le problème.

– Après tout, dit-il, chacun fait ce qu'il veut.

Et il nous abandonna là. Pacheco eut un geste de la main vers son chapeau comme pour saluer la décision de Bill.

– Sympa, fit-il.

Bill ne répondit pas. Nous reprîmes tous les trois notre chemin vers la tente, sans commentaires. J'étais de plus en plus intrigué. Je pensais que le Mex était naïf : Bill n'avait pas choisi de se perdre dans la masse des travailleurs les plus défavorisés à cause d'une amitié qui ne datait même pas de vingt-quatre heures. Il me paraissait clair que Bill était le seul d'entre nous qui avait choisi cette forêt, au pied des montagnes San Juan, dans le camp provisoire de West Beaver, non pour y gagner de l'argent, mais probablement pour s'y dissimuler, fuir quelqu'un, ou quelque chose.

10

Nous étions des hommes sans femmes. Levés tôt, abrutis le soir par le travail, nous nous abattions sur nos lits de camp avec pour seule lumière la flamme bleu et rouge du poêle qui crépitait au milieu de la tente. Notre unique radio, qui appartenait à Swede, jouait des airs venus de très loin, de Californie. Comme on vivait haut, sur le dernier plateau qui précède les grandes montagnes, on pouvait capter, la nuit tombée, des stations d'un Ouest encore plus lointain que le nôtre, celles qui émettaient de Los Angeles : KDKA, KRLA, aux sigles exotiques et aux sonorités attirantes, avec des chansons qui ne ressemblaient pas à celles de mon *college*, et où des voix juvéniles et sucrées parlaient de la mer, des palmiers, de filles en maillot de bain, et d'une activité inconnue de nous, la chevauchée des vagues, le *surf-riding*. Ça crachotait dans le poste, et quand on perdait la Californie, on retrouvait une station plus proche, située à Durango, et qui diffusait exclusivement des mélopées du pays western et je me souviens de l'une d'entre elles, nostalgique et lourdement cadencée, dont le refrain était parfois repris en cœur par Swede et Donald K. Banch : « Tes beaux mensonges », chantée par une femme dont la voix me rappelait celle d'Amy – mêmes accents, même chaleur. Mais les sons de Californie nous laissaient rêveurs, car ils exprimaient une sensualité, la vision d'un paradis peuplé de belles filles aux cuisses pleines et aux dents agacées.

Nous pensions aux femmes, mais nous n'en parlions guère. Ceux qui, la douche prise et le repas avalé, décidaient de descendre en ville pendant les soirs de semaine, avaient toute autorisation pour le faire. J'ai déjà dit qu'il n'existait – en dehors des heures de travail – aucune règle au camp, aucune consigne, et que nous n'étions pas à l'armée. Les *drivers*, race maligne et favorisée, trouvaient aisément un prétexte pour emprunter leurs véhicules et faire le chemin infernal et cahoteux vers Norwood. Deux heures de poussière et de secousses pour une courte soirée à la petite ville. Un mot bien pompeux : il eût mieux valu dire le village. Minuscule, composé d'une seule rue, toute droite et raide, encore bordée de hauts trottoirs en bois montés sur pilotis, comme autrefois, quand l'Ouest ne connaissait pas les automobiles. Quelques échoppes de commerçants, deux bars, un à l'extrémité sud de la rue et l'autre au nord, et le vide. Et le vent aussi, qui souffle et charrie les herbes sauvages roulées en une boule à travers le macadam, et les ronces épineuses qu'un chien poursuit sans conviction. Ce n'était pas dans ce décor dépouillé que les *Beaver boys,* comme nous appelaient les autochtones, pourraient trouver de quoi tromper leur solitude et leur faim sexuelle. Il fallait pousser jusqu'à Montrose ou Durango ou Grand Junction, mais la route était longue, toute en virages, et le travail nous attendait au petit matin, dans quelques heures seulement. Alors on buvait une bière, et on repartait vers le plateau et le camp, sans avoir vu ni entendu une seule femme.

Mais au bout des longues heures dans les sapins à répandre l'insecticide, et après l'inconfortable descente par le chemin à mules pour atteindre la petite bourgade, cette bière était une providence. Assis sur un tabouret tendu de cuir rouge, les deux coudes posés sur le long comptoir aux barres de cuivre et au bois de chêne, je trouvais un vif plaisir à déguster ce qui allait devenir mon breuvage préféré, une Coors. C'était une bière locale, fabriquée dans le Colorado, dont les ventes, à l'époque, ne dépassaient pas les limites de l'État. Elle était légère et possédait un goût différent des bières de l'Est et du Middle West, grâce à la qualité des eaux utilisées dans la brasserie. Les habitants de toute la région lui vouaient une fidélité sans bornes, jurant qu'ils préféreraient refuser toute autre bière au cas où, par malheur, la livraison aurait été manquée et les deux bars du petit village n'auraient plus de Coors dans leur réserve. Elle devait être servie très fraîche, et quand, venu de la forêt après avoir toute la journée transporté les bidons et pompé la sulfateuse jusqu'à ce que vous ne sentiez plus vos bras ni votre dos ni vos jambes, vous approchiez vos lèvres de la boîte de métal, cette boîte si froide que vos doigts y laissaient leurs empreintes, vous buviez votre première gorgée de Coors avec la même avidité qu'un marchand du désert s'agenouille devant le puits de l'oasis tant attendue.

Dans les années qui suivirent, un phénomène lent mais irrésistible de « bouche à oreille » permit à la réputation de la Coors d'atteindre les grandes cités de la Californie et ensuite, par ricochets, celles de l'Est. Un ou deux acteurs de cinéma de Hollywood, qui avaient eu la chance de goûter au nectar suprême, mirent la marque à la mode. Comment, vous ne connaissez pas la Coors ? Paul Newman ne boit que cela ! Bientôt ils se firent expédier des caisses entières depuis Denver et avec cette rapidité caractéristique du succès commercial aux États-Unis, la bière Coors accéda au statut de « produit national ». J'ai regretté que la Coors ne demeure pas la boisson pour initiés, pour les vrais habitants du vrai Ouest, qu'elle ne soit « ma bière ». De la même manière, j'ai cru, parmi ceux de ma génération, être le premier à apprécier les bottes à talons biseautés et à bouts pointus, les chemises à boutons-pression nacrés et les foulards rouge et blanc à motifs de fleurs qu'on appelle *bandanas* – puisque je les avais achetés et portés sur place, dans leur milieu naturel, dans le Colorado. Et j'ai détesté, quelque dix ans plus tard, voir tous ces accessoires envahir d'abord le reste des USA, puis l'Europe, puis la France, puis Aubervilliers, pour y être reproduits et imités, industrialisés et banalisés. J'aurais préféré que cela reste ma chose, mon jardin secret, les accessoires de ma jeunesse – mais ce sentiment imbécile et étroit n'a pas duré. Un jour, le monde entier s'est habillé de la même façon, sans tenir compte du décor et de l'héritage culturel, mais l'important, c'est de conserver les images qui accompagnent ces objets désormais vidés de leur sens, car les images n'appartiennent qu'à vous – comme il n'appartient qu'à moi d'associer, encore aujourd'hui, la légèreté fraîche de la Coors au souvenir des ombres du bar, côté rive sud de la rue, dans le hameau de Norwood, et au visage impassible et mystérieux de Bill, et à l'absence d'affection et d'amour, l'absence des femmes qui pesait si lourd dans ma vie d'homme de la forêt.

Dans la solitude de notre plateau au milieu des pins, entouré de compagnons peu loquaces, absorbé par un travail ingrat mais qui n'était jamais monotone puisque, chaque jour, j'apprenais quelque chose de nouveau et je m'endurcissais en grimpant l'échelle du système – je n'en étais pas moins affamé de tendresse, je n'en avais pas moins envie d'un échange sentimental. Je repensais à Amy, la fille de la route, et aux brusques pulsions de désir qu'elle avait provoquées, deux fois en une seule journée. Mais depuis que j'avais rejoint les arbres du Colorado, je n'étais plus sûr de mes sentiments à son égard. Amy m'avait dit : « Tu l'auras voulu », lorsque je l'avais poussée dans ses retranchements. Quelque temps après mon arrivée au camp, je devais enfin comprendre la signification de sa petite phrase.

Un matin, au bout de la deuxième heure de travail sur le chantier, alors que nous attaquions un rideau particulièrement dense de sapins, j'avais été saisi d'une forte poussée de fièvre. Je suais, mes bras et mes jambes ne répondaient plus à l'effort demandé, et j'avais été obligé de m'interrompre pour retrouver ma respiration.

– Ça ne va pas ? m'avait demandé Pacheco, l'œil perpétuellement inquiet.

– Non, avais-je répondu, je ne sais pas ce que j'ai.

Le Mex faisait équipe avec moi. Aussi peu musclés l'un que l'autre, nous nous soutenions dans notre lutte pour tenir. Lorsqu'il avait trop transporté les lourds bidons de *goop*, je lui tendais l'appareil à nettoyer, il s'en harnachait et je prenais le relais. Il était vital de rester dans le peloton de tête des nettoyeurs pour atteindre la moyenne requise : dix à douze sapins par heure. Dans notre dos, nous sentions la présence constante du *field-man*, l'homme de terrain qui notait sur un calepin pas plus gros qu'une boîte d'allumettes, le rendement de chaque équipe. Il s'appelait Mack, il semblait jovial, prêt à échanger une blague avec les ouvriers, mais Pacheco m'avait prévenu :

– Méfie-toi, pendant qu'on déconne avec lui, on ne fait aucun arbre et la moyenne baisse. Et le soir, quand il fera le total, Mack oubliera qu'il a rigolé avec nous et ça sera tant pis pour nos gueules. J'ai déjà connu des contremaîtres comme ça. Plus ils sourient, plus c'est des salauds.

C'était une des plus longues phrases qu'ait prononcées le gentil et taciturne Pacheco. J'avais surveillé le manège de

Mack et j'avais été étonné par le bon sens du Mex, ou plutôt la valeur de son expérience. Mack semblait prendre, en effet, un certain plaisir à interpeller les hommes. Ceux-ci s'arrêtaient quelques instants dans leur tâche, heureux de pouvoir bavarder avec un supérieur. Mack les laissait délibérément prendre quelque retard, mais le lendemain matin, à l'appel devant les GMC, Mack leur servait, avec le même visage calme et réjoui, une vacherie du genre :

— Dix arbres en moins hier, les garçons. A ce rythme-là, vous tiendrez pas la semaine. Il y a des demandeurs d'emploi qui n'attendent que ça, en bas dans la vallée, pour prendre votre place.

Pacheco m'avait poussé du coude et murmuré :

— *Sonofabitch* – fils de pute – en un seul mot, l'expression la plus courante parmi l'humanité qui peuplait le camp.

Cette méchanceté gratuite de celui qui se révéla bientôt être le véritable chef du camp m'avait choqué – mais j'en apprenais, au milieu des arbres vert et bleu du Colorado, un peu plus chaque jour sur la perversité des hommes. L'Ouest n'était plus aussi transparent que je l'avais cru.

Tenir ! Il fallait *tenir*. L'avertissement lancé le premier jour par le même Mack, sur le terrain de rodéo à cinq heures trente du matin, prenait toute son ampleur. Si vous fléchissiez dans votre moyenne d'arbres traités en une semaine, on ne vous faisait guère de remontrances, mais à la fin de la semaine, le samedi à dix-sept heures, lors de la paye, quand Mack, assisté de Doc Larsen qui vous scrutait sans battre des cils derrière ses lunettes, assis sur une caisse de bois, vous tendait vos dollars, il déclarait :

— C'est fini. Tu fais ton baluchon et tu reviens pas la semaine prochaine.

Comme l'avait murmuré un expulsé avec amertume :

— Ils vous disent même pas au revoir.

102

Les types, alors, redescendaient sur Norwood pour ne plus remonter au camp et l'on voyait apparaître le lundi matin deux nouveaux « temporaires », qui se mettaient au boulot. Vous possédiez une certaine supériorité sur eux, puisque vous aviez déjà « tenu » une ou plusieurs semaines et que vous connaissiez les pièges, et les moyens d'éviter ces pièges. J'avais vu cela dès le premier jour : il y avait toujours quelqu'un qui avait fait quelque chose avant vous et estimait que cela lui conférait un avantage sur vous. Et même si ça n'était pas le cas, il était plus habile de faire comme si – d'admettre qu'ils vous étaient supérieurs. Aussi bien, lorsque vous aperceviez de nouveaux visages, vous vous réjouissiez en silence – non parce que vous vous félicitiez du départ, le samedi, de ceux qui n'avaient pas « tenu », mais parce que vous pourriez vous dire :

– Je ne suis plus un débutant. J'ai franchi une étape.

Cela avait été mon premier combat : ne plus appartenir à la catégorie des débutants. Devenir « un ancien ».

Si nous étions jusqu'ici, avec Pacheco, parvenus à « tenir », c'est que nous avions mis au point une méthode faite d'efficacité dans nos gestes et de rapidité dans nos déplacements, qui nous permettait d'économiser nos efforts dans le transport à la main des bidons pleins de *goop*. C'était aussi parce que Dick O'Neal, notre *driver,* nous ayant pris en sympathie, déposait les bidons pleins à quelques mètres seulement de nos arbres – alors que les autres équipes devaient marcher jusqu'aux clairières pour récupérer les bidons. De plus, Pacheco travaillait vite et je suivais son rythme. Notre vivacité compensait notre manque de force.

J'avais observé, imité et suivi Pacheco. Et je sentais mon corps, mes bras, mes pectoraux et mes jambes se transformer.

Ce corps que j'avais négligé en France – dont personne à l'école comme au lycée, ne m'avait expliqué l'utilité et que personne n'avait contribué à développer, – m'apparaissait comme le prolongement naturel de ma volonté de tenir. Enfant issu d'une société qui n'accorde aucune importance à l'accomplissement physique, je comprenais dans l'Ouest américain l'erreur qui consiste à mépriser l'exercice corporel. Je m'en voulais, *a posteriori*, d'avoir, au cours de ma première année d'étudiant étranger à l'université, balayé la possibilité qu'on m'avait offerte de suivre les cours de musculation, les séances de poids et haltères. Je voyais bien que les ressources de mon esprit pourraient me permettre de contourner les obstacles. Mais il était aussi clair, dorénavant, que je serais moins vulnérable si j'acceptais la souffrance physique, si je durcissais mes muscles, entretenais mon souffle. Un adjectif revenait sans cesse dans cet univers nouveau, un petit mot de quelques lettres dont la prononciation correspondait à son sens : *tough* – un mot qui sonne, quand on le dit, comme « taff », comme le bruit mat et sec d'un gant de boxe dans le creux de la main – et que l'on peut traduire par dur ou difficile ou encore, plus fidèlement : coriace. Un travail à effectuer était *tough*, un nettoyeur aux mains ensanglantées par les ampoules et qui avait refusé de se plaindre, c'était un type *tough*; une route de caillasses et de crevasses était aussi *tough*. Et l'on mettait quelque orgueil à mériter cette épithète.

J'en étais bientôt venu à admirer le savoir de Pacheco et à le comparer humblement à mon ignorance de ces choses qui font la vie quotidienne d'un travailleur américano-mexicain sans éducation, ni manières, ni fortune. Comme je le trouvais plus intéressant, en cet été, que les *college boys* du Sud qui avaient fasciné mon hiver et mon printemps si lointains ! Quant à Bill, le dernier habitant de notre tente,

Pacheco le vénérait en silence, convaincu que c'était le ciel qui avait placé cet homme peu disert, sur son chemin. Le Mexicain frêle et compétent et le puissant et mystérieux barbu aux bottes noires étaient devenus les deux piliers de notre petite communauté, et je sus très tôt que j'avais eu de la chance de me retrouver parmi eux, dans la tente 25, section Est du West Beaver Camp.

— Bill, fit Pacheco. Bill va nous aider.

Il émit un long sifflement comparable à celui d'un oiseau de proie nocturne et nous entendîmes le même son lui répondre en écho. Quelques instants plus tard, la silhouette de Bill apparut à travers le rideau de pins sur le versant nord du terrain que nous étions en train de nettoyer. Je le voyais, à travers mes yeux embrumés par la fièvre, avancer vers nous et je compris que Bill et Pacheco formaient une paire encore plus complice que je n'avais pu le croire; ils possédaient leurs signaux d'alarme et leurs codes. Leur amitié s'était forgée dès le premier jour, au sortir du trajet en GMC, sans paroles, ni marchandage. Ils élaborèrent rapidement devant moi un plan selon lequel Bill et son coéquipier, Swede, se rapprocheraient de notre secteur. Swede, le grand blond du Wisconsin, était aussi solide que Bill, ils formaient l'équipe la plus productive du camp. On permuterait les hommes, c'est-à-dire que Pacheco rejoindrait Steve et Bill viendrait me prêter main-forte, si bien qu'au bout de la journée, notre compte d'arbres n'aurait pas baissé par rapport à la moyenne. Mack n'avait pas à se mêler de cet arrangement. Ce qui lui importait, c'était le résultat global, et Bill saurait faire valoir cet argument au contremaître qui, comme beaucoup d'autres dans le camp, évitait de parler à Bill. Une telle démonstration de solidarité me permit de finir la journée sans encombre — ayant passé la majeure partie du temps, étendu sur le tapis d'aiguilles de

105

pins, sous la protection de Bill qui, à lui seul ou presque, avait abattu le travail de deux hommes. Je pus ainsi remplir mes heures normales de travail pour éviter d'être expulsé et rendre enfin, le soir, visite sous sa tente à Doc Larsen qui m'annonça, après un bref examen, la vérité crue : je devais ma fièvre et ma maladie à une femme.

11

– Mon garçon, articula Doc avec une satisfaction douce-reuse dans la voix, vous avez mis votre petit instrument dans un endroit où il ne fallait pas.

Doc Larsen avait tout fait pour que sa tente individuelle, d'une toile plus claire que les nôtres, ressemblât à une infirmerie. Les meubles et objets : tables, lampe à acétylène, armoire à médicaments, étaient peints de laque blanche et il flottait une odeur d'éther mélangée au parfum de Doc, un Jamaïca Bay Spice qui me rappelait l'atmosphère de mon dortoir, quand nous nous faisions beaux pour aller au rendez-vous des filles des collèges voisins. Quelques numé-ros de *Field and Stream*, la revue de pêche et de chasse la plus populaire des États-Unis, étaient soigneusement rangés en pile sur un tabouret blanc. L'ensemble avait un air froid et impersonnel, n'eût été la présence incongrue d'un vase en verre bon marché, d'où sortait un délicat bouquet de fleurs des montagnes, mauves et jaunes, entrecroisées de fougères fraîchement cueillies. C'était une note étrange dans cet univers aseptisé, comme un signe sur la petite table de nuit.

– Vous avez attrapé une belle saloperie, dit Doc, mais ça n'est rien qu'on ne puisse guérir par une série de piqûres.

Heureusement, je suis largement fourni en pénicilline ici. Avec une centaine de mâles dans un camp, il valait mieux prévoir gros, continua-t-il, content de lui.

Et comme s'il avait lu une expression de refus sur mon visage, il me prévint :

— Si vous voulez, on vous fait conduire à Grand Junction où vous vous ferez hospitaliser. Mais alors le camp, c'est terminé. Y a pas de ticket retour à West Beaver, vous le savez.

— Pas question, dis-je.

— Alors, fit-il, en avant pour la piqûre.

Cette perspective semblait le réjouir. Il commença d'ouvrir l'armoire métallique et de manipuler coton, ampoules, flacons et seringues, du bout de ses longs doigts dont je découvris avec surprise qu'ils étaient minutieusement et coquettement manucurés.

— Est-ce qu'avec ça, je pourrai tenir et travailler demain, demandai-je.

Doc Larsen marmonna entre ses lèvres.

— Si vous êtes costaud, oui, répondit-il. Et si vos copains continuent de suppléer à votre faiblesse. On m'a raconté que vous avez eu droit à un véritable club de soutien dans la journée.

— Les nouvelles vont vite, dis-je.

— Ça vous étonne ?

Son ton demeurait neutre, mais tout en préparant la piqûre avec lenteur et application, Doc Larsen manifesta un vif intérêt pour mes compagnons de forêt.

— C'est Bill qui a fait le compte des arbres à votre place ? Il en abat du boulot, cet homme. Quelle santé ! Je serais curieux de savoir ce qu'il faisait avant d'arriver au camp.

— Aucune idée, répondis-je.

— Bien sûr, fit Doc. C'est un drôle d'animal, quand

même. Il pourrait facilement être éclaireur ou bûcheron et il gagnerait deux fois mieux sa vie que vous, mais on dirait qu'il préfère se cantonner dans les basses besognes. Vous avez une idée pourquoi?

– Non.

– Bien sûr. Je parie que vous ne savez même pas d'où il vient?

– Exact.

– Dites donc, fit Doc Larsen. Pour un *college boy*, vous n'êtes pas très bavard.

Sur ces mots prononcés avec quelque rancœur, il claqua fortement le haut de ma fesse droite, y appliqua brièvement un coton imbibé d'alcool puis, sans avertissement, il enfonça la seringue dans ma peau en laissant pénétrer le liquide avec une telle rapidité que je hurlai sous la violence de l'injection.

– Je vais trop vite peut-être? demanda-t-il, le ton provocant.

– Non, non, bredouillai-je, des larmes de douleur me venant aux yeux.

Le liquide était lourd et s'infiltrait trop vite en moi. Je sentis la nausée monter à mes lèvres. Je réprimai un cri.

Doc Larsen retira la seringue avec le même manque de délicatesse, nettoyant l'endroit où j'avais été piqué au moyen du morceau de coton qu'il me conseilla de conserver du bout de mon doigt. J'avais si mal que, la fièvre aidant, je me sentis vaciller et dus m'accrocher à son bras pour ne pas tomber à terre.

– Étendez-vous là cinq minutes, fit Doc, en me dirigeant vers sa couchette montée comme les nôtres sur une armature de métal mais recouverte, à la différence des nôtres, d'une superbe couverture de laine blanche à liséré bleu.

Fouetté dans mon orgueil, je fis non de la tête, mais Doc

Larsen était plus vigoureux que moi et il m'obligea à m'allonger.

– Le prochain coup, j'irai moins vite, dit-il. Je ne savais pas que tu étais si fragile.

Je ne répondis pas. Il était penché au-dessus de moi maintenant, l'air incertain.

– Qu'est-ce que tu veux, dit-il avec lenteur, t'aurais pas couché avec une dame, ça ne te serait pas arrivé. Les dames sont retorses. Elle te laisseront toujours un vilain cadeau. Il faut payer le prix de l'amour dans la vie, mon garçon. T'as piqué ça où, exactement, ta vérole ? Au bordel à Durango, ou bien avec les filles de Montrose ? Il paraît que les ouvreuses de cinéma ont le cul facile, là-bas.

Je m'aperçus, au milieu des ondes de souffrance qui parcouraient mon corps, que je détestais cet homme, et son discours inquisiteur et condescendant. Ma méfiance était devenue si grande que je m'efforçai de conserver les yeux ouverts pour le surveiller. Il y avait quelque chose de faux en lui et je redoutai chacune de ses initiatives. Ses yeux baladeurs derrière ses lunettes cerclées de métal, ses mains aux ongles trop propres, son petit décor net et glacé avec la touche de charme apportée par le bouquet de fleurs sauvages (quand donc avait-il trouvé le loisir de les cueillir ?) et par les lisérés bleus sur la délicate couverture qui bordait le lit, la violence maladroite ou perverse avec laquelle il m'avait injecté la dose de pénicilline, ses insinuations, ses questions et ses leçons de vertu, tout cela m'avait mis sur la défensive. La notion simpliste que j'avais cru me faire sur les hommes de l'Ouest continuait de s'effriter. J'avais déjà compris, grâce à Pacheco, les manœuvres du contremaître Mack pour tester la dureté des hommes dans la forêt, et maintenant ce personnage indéfini, debout le long de la couchette, comme prêt à faire je ne savais trop quel geste... Malgré la douleur qui irradiait ma cuisse, j'ai pensé qu'il fallait quitter cet endroit au plus vite.

Mais Doc Larsen s'éloigna brusquement de moi. Il me tourna le dos et marcha jusqu'à l'entrée de la tente, ouvrant le battant de la toile vers l'extérieur. J'entendis le flot continu du torrent. La tente de Doc, comme toutes celles des officiels du camp, était située sur un talus abrité du vent, entouré de quelques mélèzes, juste au-dessus de la rivière dont le chant léger et perpétuel venait résonner à mes oreilles. Dans un changement de ton inattendu, Doc Larsen murmura :

— Elle est belle. Elle est belle, la rivière. Tu sais qu'un peu plus bas, en aval, on trouve des truites?

Il n'attendit pas ma réponse. Il s'était retourné et me regardait, le visage recouvert par une sorte de faiblesse, de gêne.

— Un peu plus bas, en aval, elle est plus calme et plus plate. Il y a de l'ombre et de la sauge et j'ai idée, en effet, qu'on doit y trouver des truites.

Il avait toujours l'air aussi embarrassé.

— Sais-tu comment on l'appelle? continua-t-il de la même voix adoucie. Disappointment River. C'est sans doute les Indiens ou les trappeurs qui l'ont baptisée ainsi.

La rivière de la déception... C'était un joli nom, trouvé peut-être aussi par les chercheurs d'or qui l'avaient fouillée en vain, et avaient perdu toute illusion après des mois et des mois à la poursuite de la pépite et de la fortune. La chanson de l'eau sur les roches et sur les galets poreux était devenue celle des jours de famine, du tamis vide, des retours, têtes basses, vers les vallées où les attendait, sans commisération, le banquier qui leur avait fait crédit et à qui ils n'apportaient que des sacs vides et des rochers dépourvus de tout or. Le Torrent du Désappointement : cela convenait aux sentiments qui surgissaient au milieu de ma fièvre... Je pensais à Amy Clarke et à ses mots chargés de prémonition : « Tu l'auras voulu. » Si je me refusais encore à lui adresser silencieusement quelque reproche, notre moment d'amour inaccompli dans le champ de colza de l'Indiana avait pris une autre teinte dans ma mémoire. Je ne savais plus, désormais, si les mots qu'elle avait prononcés avaient voulu m'avertir qu'elle n'aimait pas le plaisir et que, par conséquent, je n'en trouverais guère moi-même – ou bien si elle avait tenté de me faire comprendre que, avec une fille comme elle, rencontrée dans un autocar Greyhound, un garçon comme moi prenait un gros risque. Je comprenais mieux la réserve qu'elle avait exprimée. Les phrases vaguement moralisatrices de ce petit salaud de Doc Larsen ne m'avaient pas convaincu de la duplicité de ce qu'il appelait « les dames ». D'une certaine façon, le « cadeau » laissé par Amy rendait la jeune femme encore plus pathétique à mes yeux. J'aurais souhaité pouvoir lui écrire pour l'exhorter à se soigner et se débarrasser du mal qu'elle portait. Mais à quelle adresse ? A quelle poste restante sur la route, la vaste route peuplée d'inconnus à qui elle avait plusieurs fois offert sans leur mentir plus qu'à moi, son petit corps meurtri de gazelle ?

– Tu peux t'en aller maintenant, me dit Doc en se rapprochant de moi.

Je ne reconnaissais plus la froideur de son masque. Dans le soir qui tombait, il paraissait diminué et hésitant. Était-ce la vision de la rivière qui avait ainsi atténué son apparente brutalité ? Je me levai et nous prîmes rendez-vous pour le lendemain à la même heure pour une deuxième piqûre. Il me regarda, l'œil dépourvu de la méchanceté qui avait semblé l'animer quelques instants plus tôt et voulut esquisser un sourire en me raccompagnant vers l'entrée de la tente.

— Repose-toi bien, dit-il, et dors. Bois beaucoup d'eau, des litres d'eau. Finalement, tu es plus coriace que je ne le croyais.

— D'accord, dis-je.

Je ne parvenais pas à lui dire merci. Il ajouta, au moment où j'allais sortir :

— Si c'est une fille de la région qui t'a filé ça, tu as intérêt à prévenir les autres. Pas la peine que tout le camp tombe malade, après tout.

— Aucune chance, dis-je. Ça s'est passé ailleurs.

— Ah bon, fit-il, presque déçu. De quoi j' me mêle au fond, tout ça te regarde. Ça n'est pas mon affaire.

Et comme j'allais le quitter, Doc Larsen me dit, tout à trac, en baissant les yeux sur ses bottes de ranger brillantes et lustrées :

— Si je peux encore te donner un conseil, laisse-toi donc pousser la barbe. Tu auras l'air moins juvénile – et moins désirable.

Puis il me tourna le dos pour rentrer dans sa tente ornée de son pauvre petit vase de fleurs et je regagnai la mienne. Quelques jours plus tard, je recevais une lettre d'Elizabeth.

12

« Cher Ami », commençait la lettre écrite sur le même papier couleur lavande que la jeune fille de Boston avait utilisé au cours de l'hiver dernier, « figurez-vous que, aussi surprenant que cela puisse paraître, je m'ennuie de vous, et c'est avec un plaisir non dissimulé et tout à fait roboratif que j'ai réceptionné et déchiffré votre premier courrier. »

Je reconnus instantanément le style inimitable d'Elizabeth Baldridge, qui se servait des mots les plus compliqués pour dire des choses assez simples. Assis sur le rebord de ma couchette, les fesses endolories par la énième piqûre administrée par Doc Larsen avec moins de vice que la première, certes, mais avec une égale maladresse – j'étais maintenant convaincu qu'il ne possédait qu'un très rudimentaire bagage médical – je me félicitais d'avoir écrit à Elizabeth dès les premiers jours de mon arrivée au camp. J'avais été saisi par la crainte de la solitude et comme tous les êtres jeunes qui sont transplantés du jour au lendemain dans un environnement étranger, j'avais eu le réflexe de l'écriture : recevoir du courrier, combler le vide. Tisser des liens avec ceux qui vous sont familiers. Se rassurer. J'avais expédié plusieurs lettres en France, mais aussi à quelques amis du *college* et à cette jeune fille qui avait tant occupé mon cœur et mon esprit au cours de l'année universitaire. Je savais qu'elle était suivie par un psychanalyste, demeurant à résidence dans la propriété de ses parents, sur l'île de Nantucket, au large des côtes du Massachusetts. Elle avait fini par répondre. Entre-temps, je m'étais absorbé dans la vie du camp, l'épreuve du travail de la forêt, et les mystères qui s'offraient chaque jour à ma curiosité; je n'en avais pas moins accueilli la lettre d'Elizabeth avec bonheur.

« Je vous imagine – continuait-elle sur le même ton – perdu au milieu de vos pins et de vos montagnes, entouré de vos cow-boys hirsutes et spectaculaires, vos Mexicains incultes et vos immondes insectes rongeurs. Quelle veine insondable de masochisme aigu vous a ainsi poussé à subir un été de souffrances et de privations? Pauvre et cher ami, dois-je vous envoyer par exprès, quelques pots de confiture de mûres de notre région afin d'améliorer votre ordinaire de fayots et de mauvaises saucisses, ou bien dois-je considérer que vous êtes en train d'accumuler des notes pour rédiger un jour l'Odyssée D'un Jeune Français Dans Les Rocheuses et que dans ce cas, vous baignez dans la félicité de l'expérience nouvelle – ce qui est, je crois l'avoir deviné, l'essence qui fait tourner votre singulier petit moteur? »

A la lecture de cette prose faite d'ironie et de formules alambiquées mais résolument originales (« je ne déteste rien tant que la banalité et la platitude de toutes les bécasses de mon âge », m'avait-elle dit un jour au *college*), je ne pus réprimer un rire.

– Quoi? grommela Bill du fond de la tente.

– Rien, dis-je, rien, c'est une lettre d'une amie. Elle est drôle.

115

— Ah, fit-il, sans commentaire.

Nous étions seuls, Bill et moi. C'était la nuit. Pacheco, Swede et Donald K. Banch avaient profité d'un GMC partant vers Norwood pour aller y boire une bière. Bill ne recevait aucun courrier. Il ne lisait pas. Il était allongé sur sa couchette, les yeux au plafond de la toile de tente, muet. J'attendis quelque question, mais Bill en avait assez dit. Je repris la lecture de la lettre d'Elizabeth.

« Savez-vous à quoi ressemble un été dans l'Est huppé et raffiné auquel j'ai la chance infinie d'appartenir ? En temps normal, nous passons, mon père, ma mère et moi, notre vie en réceptions ensoleillées, bals champêtres, barbecues-parties sur les plages, et maintes et maintes expéditions maritimes sur des cabin-cruisers coûteux et volumineux, mais mon état mental et les soins qu'il convenait de lui apporter ont sensiblement ralenti la frénétique activité sociale de mon admirable mère. Incapable de modifier radicalement son comportement mondain, mère a donc opté cette année pour un été réduit au strict minimum — six personnes pas plus — quelques dîners en spencer blanc et blazer de yachtsman avec nos voisins banquiers ou architectes, et la poursuite quotidienne au volant de la Chrysler Station Wagon à parements de bois, d'antiquités onéreuses et notoirement inutiles. Pendant ce temps le docteur Cidre de Pomme est censé désembrouiller les méandres et les spirales de la schizophrénie grimpante qui força mes parents à me retirer du collège — épisode que vous avez vécu, cher ami, avec un stoïcisme et une solidité de caractère que je n'oublierai pas de sitôt.

« *Apple Cider* — Cidre de Pomme ! J'ai surnommé ainsi notre psychanalyste-résident, car il m'est apparu que le teint de son cheveu se rapprochait étrangement de celui du

116

breuvage favori de mon enfance. En réalité, il s'appelle comme tout le monde ici, c'est-à-dire qu'il a un nom anglo-saxon à trois syllabes : Cavanaugh, et qu'il est le seul psychanalyste de toute la Nouvelle-Angleterre à ne posséder aucune goutte de sang juif dans son organisme. Les traits réguliers, grand et bronzé, les taches de rousseur suffisamment nombreuses sur son nez droit pour avoir l'air sain et propre, mais point trop abondantes pour ne pas apparaître « près du sang » et débile, le docteur Cavanaugh arbore la séduction convenable et sécurisante qui enchante les parents Baldridge. Vous pensez bien que mère n'aurait pas sélectionné un autre modèle pour passer l'été auprès de sa convalescente de fille. L'antisémitisme, dans ma famille, est aussi enraciné que les pommes de terre dans les champs de East Hampton et pour père et mère, Hitler, Goebbels et leurs camarades resteront toujours de piètres entrepreneurs – en ce sens qu'ils furent incapables de mener jusqu'à son terme ce qui, au départ, était une positive et très louable initiative. »

Lors de sa précédente lettre – que j'avais reçue au *college* à la veille de mon départ pour le Colorado – Elizabeth m'avait laissé entendre qu'elle était en train de tomber amoureuse de son psychanalyste, ce qui, disait-elle, relevait de la normale. Dans la lettre que j'étais en train de savourer, le ton avait changé et l'irritation jalouse que j'avais ressentie à la réception de la première missive, fit place à une satisfaction benoîte. Elizabeth n'aimait plus le docteur Cavanaugh, si elle l'avait jamais réellement aimé. Cette nouvelle ne me fut pas indifférente.

« J'ai été surprise, m'apprenait-elle, de constater les limites de cet éminent spécialiste et je dois vous annoncer qu'il a tenté de me faire la cour, chose d'autant plus aberrante qu'en général, c'est le patient qui succombe à l'analyste et non le contraire. Cela signifie-t-il que le bon docteur Cidre de Pomme est affligé de nullité professionnelle? Je vous laisse le soin de le décider. En attendant, permettez que je vous conte par le menu sa désastreuse pantalonnade.

« Vous ennuyé-je avec le récit de ma vie? Si c'est le cas, déposez donc ces feuillets et brûlez-les dans le feu qui, je n'en doute pas, craque et flambe au centre du bivouac où vous êtes gaillardement réunis avec vos cow-boys hirsutes et spectaculaires *(bis)*. Sinon, continuez cette lecture édifiante mais si merveilleusement désuète. Vous en retirerez sans nul doute quelques leçons sur l'état authentique de mon moral. Il était trois heures d'une après-midi radieuse et j'étais en train de somnoler stupidement dans le hamac ciel et blanc qui orne le coin sud de notre véranda, face à la baie de Winniponak, lorsque j'entendis un halètement court et inepte, comparable à celui du kangourou lorsqu'il achève son saut postalimentaire. (Où ai-je appris à reconnaître les sons rauques et essoufflés de cet animal des Antipodes, me direz-vous? Dans une vie antérieure, sans doute – lorsque j'étais la fille esseulée et romantique d'un couple de ranchers australiens et que je passais mes soirées à jouer du piano face à la steppe peuplée de tribus aborigènes sauvages.) Je digresse, et je me perds en bavassages dérisoires et faciles. Pardonnez-moi, mais ma plume d'un seul coup, devient légère et j'ai envie de rire avec vous comme nous l'avons fait ensemble cet hiver. De rire pour rien et à propos de rien. Mais le rire vient de se coincer, voyez-vous, parce que je suis seule. Si seule! Je suis atteinte parfois d'une envie de moquerie et de parodie qui frise l'infantilisme. Rien ne me semble solide, ni sérieux. Tout est grimace et tout se pulvérise sous le doigt, comme la coque d'un œuf

118

vide. Pardonnez-moi, et je vous en supplie, lisez-moi, vous êtes l'unique correspondant capable de comprendre mes effroyables sautes d'humeur. Je me sens épuisée par ma propre inutilité. J'interromps. A plus tard. »

Les derniers mots étaient presque illisibles, comme si la plume avait dérapé.

Elle avait tiré un trait au travers de la page. Sa lettre reprenait avec une écriture moins désordonnée. Elizabeth avait changé d'encre, et je n'eus aucune peine à me figurer qu'il s'était passé quelques heures – sinon une nuit entière – entre le moment où la lettre était partie dans toutes les directions, oscillant entre un humour de lycéenne attardée et l'expression d'un désespoir sincère, et celui où Elizabeth s'était jugée capable de renouer avec le fil de son récit. Mais j'en eus la gorge serrée – car il m'était facile de reconnaître la détresse d'Elizabeth, cette fragilité qui m'avait attendri et attaché à elle et à son destin indécis. Pauvre Elizabeth, pensai-je, dans le silence de la tente mal éclairée par la lampe à acétylène, avec le vent froid venu des montagnes San Juan qui faisait lentement vibrer les parois de notre habitation. *Pauvre petite fille riche,* comme on disait à l'époque dans les romans, les chansons et les films. Elle était si éloignée là-bas, dans l'Est élégant et privilégié, et moi j'étais perdu dans un Ouest abrupt et ingrat. Le corps cassé par ma journée sous les sapins, les jambes en proie à la fièvre et à la fatigue, les paupières lourdes et brûlées par des gouttes de *goop* que j'avais maladroitement laissées filtrer à travers mes lunettes en mica, je me repris à aimer Elizabeth.

Au vrai, je ne l'avais jamais abandonnée. Elle m'avait toujours intrigué. Même si elle avait su m'exaspérer, elle avait le don de m'émouvoir et m'attirer, car elle n'était pas

« comme les autres » – expression creuse dont je découvris la platitude. Amy non plus, n'était pas une fille « comme les autres ». Et Bill, et Doc, et Pacheco, et Mack, et les deux voyous sur la route – tous dissemblables, croyais-je, tous uniques! Je ne comprenais pas cette chance qui est l'apanage de la jeunesse, selon quoi l'on a encore trop peu avancé dans l'existence pour pouvoir définir des stéréotypes, et l'on n'a pas encore rejoint les rives de ce scepticisme qui fait parfois conclure que tous les hommes sont les mêmes, et qu'il y a du gris dans la vie, et qu'il se pourrait que la vérité fût triste. Je n'étais pas atteint par les agressions de l'âge et de l'expérience et je jugeais Elizabeth comme celles et ceux que j'avais connus depuis mon arrivée en Amérique – des êtres mystérieux, chargés de passions et d'émotion, d'amour et de violence, et que le hasard plaçait sur la route de mon apprentissage.

« Voulez-vous, si j'ai encore gardé quelques grammes de votre attention, que j'achève ici ma narration du lamentable fiasco du docteur Cidre de Pomme? Allons-y sans retenue, car le spectacle des adultes en proie aux affres de leur libido me paraîtra toujours instructif et hilarant, et pourquoi ne pas l'écrire, régénérateur.

Oui, oui, c'est le mot – j'ai l'impression que mes cellules se réactivent face à la stupidité des grandes personnes. Mais foin des digressions! Voici : Je me réveillai dans mon hamac et me redressai sans bruit. Devant moi, en bermuda short jaune citron et chemise de coton du même coloris, à genoux, les deux mains repliées sur le bord du hamac, le docteur Cidre de Pomme me contemplait, l'œil écarquillé et la bouche entrouverte, haletant bêtement, comme je crois vous l'avoir déjà conté. Il était fort près de mes doigts de pied – j'avais ôté mes vieilles Keds bleu marine, seule marque de chaussures portables dans toute l'île de Nantucket si vous ne voulez pas passer pour un indécrottable péquenot – et il m'apparut que ce qui faisait haleter le docteur Cidre de Pomme c'était, justement, mes doigts de pied! J'avais cru un instant qu'il avait profité du sommeil de la fragile Elizabeth Baldridge pour contempler son beau visage de jeune fille fortunée et névrosée enfin au repos – mais point du tout! son regard était irrémédiablement fixé sur ce qui me sert de pieds et il semblait que cela le mettait dans une sorte de transe. Ses yeux, que j'avais crus perceptifs et intelligents, roulaient sur eux-mêmes comme des pois chiches. Il avait écarté ses lèvres et soufflait bruyamment et d'une manière totalement ridicule. J'agitai alors vivement mes pieds et il eut un sursaut et tourna son regard béat mais surpris vers moi.

– Eh bien docteur, lui dis-je, que faites-vous donc ici, et ainsi, dans cette position anormale?

Il rougit jusqu'à la brosse de ses cheveux d'homme blanc anglo-saxon et protestant, et bredouilla quelques mots parfaitement incompréhensibles.

– Je vous en prie, dis-je, expliquez-vous. Nous sommes seuls, et nous avons pris l'habitude de nous dire la vérité. Je crois bien, même, que mère vous paye pour ça. Alors, que se passe-t-il?

Cidre de Pomme agita les mains en signe de protestation mais j'insistai et il finit par avouer en riant :

– Je regardais vos pieds, Elizabeth. Ils sont splendides.

Mais son rire était faux et forcé.

J'eus une révélation, un de ces éclairs qui illuminent parfois notre mémoire: le docteur Cidre de Pomme, au cours de chacune de nos sessions de travail, c'est-à-dire d'analyses, n'ayons pas peur du mot – avait très, mais très, très souvent, baissé les yeux vers mes pieds. Plus j'y repensais, plus cela me frappait. Et m'effrayait.

— Sûrement, lui dis-je, vous plaisantez.

— Oui, bien sûr, répondit-il. J'étais simplement en train de marcher vers la plage quand je vous ai vue dormir dans ce hamac, j'ai voulu vous proposer de venir faire un tour avec moi, je me suis baissé pour être à la hauteur de votre corps et c'est ainsi que vous m'avez trouvé, il y avait à peine une seconde que j'étais là.

Mais je savais que ce pauvre malade mentait. J'avais entendu son halètement de kangourou, j'avais vu alors qu'il croyait que je dormais, son regard extatique et lubrique posé sur mes misérables orteils, et je n'avais pas oublié l'extrême rougeur qui l'avait envahi lorsque je l'avais démasqué. D'ailleurs, tout en me racontant son ineffable mensonge, il ne pouvait – pauvre victime de ses sens! – s'empêcher de jeter encore des regards brefs et affolés vers l'extrémité de mes jambes et je sentis qu'il hésitait et qu'il aurait fallu bien peu de choses pour qu'il se jette dessus et me les baise ou me les lèche, quelle horrible horreur! Je réprimai un cri : Nous avions laissé pénétrer dans nos murs, en pleine île de Nantucket, un redoutable FÉTICHISTE – un adorateur du pied, secte dépravée s'il en fut, et dont je n'avais, jusqu'ici, jamais encore rencontré de représentants.

— Relevez-vous, puisqu'il en est ainsi, docteur, lui dis-je, et reprenez votre chemin vers la plage.

Il balbutia quelques mots d'excuse, redressa son corps dans un semblant de dignité et partit en me donnant rendez-vous pour notre prochaine séance, quelques heures plus tard, dans l'étude de mon père. Vous pensez bien que je n'y suis pas venue. J'ai informé mère le plus calmement du monde, que je ne pouvais supporter plus d'une journée la présence, sous notre toit, d'un tel imposteur. Elle a pris ça très mal et m'a accusée – la belle affaire! – d'être victime de ma propre paranoïa, schizophrénie et autres déviations de l'esprit, auxquelles elle ne comprend rien – des mots, des mots, des mots qu'ils prononcent entre eux sans chercher seulement à savoir ce qu'ils veulent dire. Mère est une telle perfectionniste que l'échec de la mission confiée au docteur Cidre de Pomme pourrait être considéré comme son échec à elle. Alors, elle a refusé de me suivre et à décidé dans un premier temps de conserver le docteur Cidre de Pomme chez nous, comme s'il était un de nos *summer guests*, car il ne lui semblait pas envisageable d'avoir à répondre aux questions de ses chères amies divinement sournoises :

– Mais où est donc passé ce charmant docteur ?

– Figurez-vous que notre fille Elizabeth a découvert que c'était un *redoutable fétichiste* et qu'il a fallu le remettre dans le premier bateau en direction du continent.

– Mon Dieu ! Mon Dieu ! C'est à ne pas y croire !

Pour éviter cet esclandre, nous donnerons le change pour quelques jours encore. Nous conserverons donc ce dangereux psychopathe jusqu'à la fin du prochain week-end. Je ne lui adresse plus la parole et ne m'alimente plus aux mêmes heures que lui. J'espère fermement être bientôt débarrassée de Cidre de Pomme et je vous dirai dans une prochaine lettre, quelles sont mes pensées et ce que je deviens, enfin seule, sans l'aide d'un analyste, face à la mer, aux cormorans et aux voiliers. Je veux bien croire que vous allez trouver tout cela superficiel dans votre bivouac avec vos cow-boys hirsutes et spectaculaires *(ter)* et j'espère ne pas vous avoir trop accablé d'ennui avec cette révélation grotesque – et je demeure, tendrement, votre amie.

Elizabeth. »

La lettre n'était pas tout à fait achevée. Il y avait un post-scriptum :

123

« Dois-je me sentir insultée parce qu'on admire mes pieds comme un objet sexuel? Sont-ils donc le seul pôle d'attraction de mon corps? Qu'en pensez-vous, vous-même? Et d'ailleurs, vous ai-je jamais attiré physiquement? Et si oui, pourquoi n'avez-vous pas haleté de façon kangouresque comme le docteur Cidre de Pomme? Je ne me souviens pas que vous ayez jamais eu un geste qui trahisse un quelconque désir physique dans ma direction. J'entends bien que la manifestation du désir passe chez cet être inférieur qui s'appelle l'homme par les bruits, gestes ou regards les plus bassement vulgaires qui soient — mais enfin, vous auriez peut-être pu émettre un petit signal, non? Ne serait-ce que par simple politesse? Je ne suis pas, à proprement parler, un laideron. J'aurai vingt ans dans quelques jours. Savez-vous que j'ai repris des kilos et que mes cheveux repoussent et que j'ai le teint Nantucket — c'est-à-dire hâlé, tonique, net et chic? Qu'attendez-vous pour vous extraire de vos forêts et venir enfin me séduire?... Ah! — assez ri. Je m'ennuie. Écrivez-moi. »

13

Lorsque j'eus fini la lecture de cette lettre, qui me parut si drôle, si pathétique, mais surtout si loin de la réalité de la nuit du Colorado, il me sembla que la tente était devenue, brusquement, très silencieuse.

Le vent descendu des chaînes San Juan et qui avait fait frémir les rangées de Ponderosa, de l'autre côté de la rivière, s'était apaisé. Bill dormait. Troublé, plus que je ne voulais l'admettre, par la lettre d'Elizabeth et par le souvenir si présent de l'amour que j'avais éprouvé à son égard, mais qui n'était jamais parvenu, en effet, à se traduire en désir; ému par ce que je pouvais comprendre à travers les blagues, la satire et l'autodérision, de la solitude de la jeune fille et de son désarroi; détaché néanmoins des problèmes de cette jeune fille à cause de l'épreuve de l'Ouest, et du défi – « tenir! » – qu'augmentaient ma fièvre et ma maladie passagère, je ne parvenais pas à dormir. J'avais besoin de parler et je m'aperçus que mes camarades n'étaient pas encore rentrés de leur expédition en ville.

Il était plus d'une heure du matin. Or, il était fort rare que les *Beaver boys*, comme on nous appelait à Norwood et dans la région quand on nous voyait débarquer dans les bars avec nos bottes, nos barbes et nos chapeaux, s'attardent aussi loin dans la nuit, un jour de semaine. Je n'avais pas entendu le bruit du GMC remontant poussivement le chemin à mules, son moteur pétaradant au milieu des rochers et des bosses. Cela m'inquiéta et je décidai de me lever pour réveiller Bill.

Il dormait bruyamment, sa charpente d'athlète se soulevait régulièrement, comme alimentée par un soufflet de forgeron. Je voulus me baisser pour secouer son avant-bras sous la laine kaki. Il se réveilla en sursaut, avec une brusquerie inouïe, et se redressa sur la couchette, dégageant d'un coup la couverture pour braquer dans ma direction un imposant colt 45 à barillet Special Frontier dont il avait, dans le même mouvement, amorcé le percuteur. Ses yeux droits, noirs et fixes, avaient, un quart de seconde, pris une expression froide, résolue, en même temps qu'il me disait, le timbre neutre :

— Bouge pas.

Mais à peine avait-il parlé que toute cette coordination de la voix, du regard et du geste, se défaisait aussi brièvement, puisque Bill m'avait reconnu. Il baissa son arme, désamorça le percuteur, eut un souffle bref pour relâcher sa respiration, et je vis son buste et son visage retrouver une attitude rassurante, plus familière. La chose s'était passée tellement vite que seulement alors, je fus partagé entre deux sensations contradictoires : de l'effroi, mais aucun étonnement.

— Fais plus jamais des choses comme ça, me dit Bill.

Le Special Frontier reposait sur la couverture, dans le creux formé par l'écartement de ses genoux. J'eus un regard intrigué vers cet objet de mort, épais, sombre et lourd, dont le métal brillait d'un éclat inconnu. C'était la première fois qu'un homme dirigeait une arme à feu vers moi et cela m'avait fait peur, mais en même temps, je n'avais éprouvé qu'une légère surprise, puisque dès le premier jour, lors de

126

notre ascension vers le camp, j'avais entrevu les reflets nacrés de la crosse du pistolet dans la ceinture de Bill. Peut-être même avais-je secrètement souhaité voir réapparaître l'arme, afin de percer le mystère de la vie de Bill. Mais surtout, le pays dans lequel je vivais maintenant, et les hommes que je côtoyais, m'avaient de façon induite et quotidienne, préparé à la violence.

Les petites villes que nous fréquentions le soir ou le dimanche, seul jour de congé, respiraient toutes le même air rude et imprévisible. Bourgades squelettiques constituées d'une seule rue sans feux rouges ni limite de vitesse, fréquentées par des chercheurs d'uranium de Nucla, Naturita ou Telluride; de garçons vachers de Durango et de Hermosa; des Indiens Navajos aux yeux insondables; ou des autres ouvriers des autres camps forestiers, ceux de Barrow-Bridge ou ceux de Horse-Fly, nos plus proches voisins, qui avaient, paraissait-il, décrété qu'ils viendraient un jour nous tanner la peau – mais personne ne savait précisément pourquoi. Dans l'Ouest, les routes et les cieux étaient exaltants et libres, et les gens vous accueillaient d'un sourire ou d'une poignée de main assez forte pour vous fracturer l'avant-bras, mais on sentait instinctivement une grande réserve de violence. Je ne m'attendais certes pas à assister à un duel au pistolet dans des bars aux portes à battants, et si j'avais, comme beaucoup de jeunes Français de ma génération, été fasciné par les premiers westerns au cinéma, ceux que nous découvrions à la Libération – si cela avait fait palpiter mon imagination d'enfant – je savais aujourd'hui que je ne me déplaçais plus dans un décor. Et je n'y pensais plus, parce que lorsque vous êtes à l'intérieur d'un événement, vous oubliez l'image de cet événement. Il se passe quelque chose qui est tout entier dans ce qui se passe, et pas ailleurs. Et il se passait que j'étais préparé à la violence.

Le travail que nous effectuions était violent : son rythme, ses exigences, la sélection opérée à l'aune d'un seul critère, celui de la force physique. Les folles ruées des GMC, le soir, pour arriver en premier au petit pont en rondins de bois nous amusaient, mais nous laissaient souvent la gorge sèche et le cœur affolé par tant de risques inutiles. Au dîner, sous la grande tente, il régnait selon la chaleur de la journée ou la dureté du boulot abattu, une atmosphère tendue et propice à l'échauffourée. Les hommes se jaugeaient du regard; il fallait conserver une attitude de prudence et de courtoisie face à certains colosses; les duels au bras de fer ponctuaient les fins de repas à certaines tables et se terminaient souvent par quelques coups échangés entre protagonistes, vite réprimés par l'arbitre désigné – en général un membre d'une des trois classes privilégiées : *drivers*, éclaireurs ou bûcherons. Les accidents sur le chantier étaient nombreux et nous n'avions pas le temps de chercher d'explication à telle absence soudaine : le type n'avait pas « tenu », ou alors il s'était brisé quelque chose, un bras, une cheville, les doigts, la clavicule – et on l'avait évacué sans délai. J'apprenais à survivre au milieu de ces multiples dangers grâce à la protection de mes amis, Bill et Pacheco et ce cinglé de Dick O'Neal, le *driver* suicidaire. Mais je redoutais d'avoir un jour ou l'autre à démontrer ma solidité, et à subir un camouflet qu'il me faudrait relever si je ne voulais pas devenir la risée de ma tente et du camp.

Pendant un temps, je crus que l'anonymat était la seule parade à ces menaces imprécises qui me faisaient évoluer dans un constant qui-vive. Puis, je m'aperçus que j'avais commis une erreur; la vraie manière d'atteindre à une sorte d'immunité serait, au contraire, de me faire mieux connaître et d'afficher ma différence. Du jour où je compris cette évidence, la vie devint plus vivable. J'avais réfléchi : d'un collégien originaire de France, pays exotique pour tous les habitants du camp – un enfant d'ailleurs, venu des villes et de l'université, on accepterait plus facilement défaillances ou faiblesses. Plutôt que me fondre dans la masse, il me suffisait de faire savoir d'où je sortais, ce qui me valut rapidement le sobriquet de « Frenchy ». Je me mis, dès lors, à exister. Je n'étais plus ce frêle personnage arrivé de Virginie – loin, là-bas, dans l'Est, alors que pour tout autre Américain il se fût agi du Sud, mais dans le Colorado, tout ce qui existe à l'est des Rocheuses ne mérite pas d'autre identification. Non, j'étais un spécimen rare et qui, en outre, se retrouvait aux prises avec une maladie dite honteuse, dont l'origine m'avait décerné comme un brevet de virilité. Le combat que je menais contre la fièvre et l'affaiblissement dû aux piqûres de pénicilline, déclencha d'abord quelques rires et remarques grossières, mais à mesure que passèrent les jours et que je parvins à faire face, je gagnai en respect. Le petit Français était « coriace » – l'information avait filtré depuis la tente de Doc Larsen jusqu'au chantier parcouru par les hommes de terrain, et cela ne nuisait pas à ma réputation. Et puis, les semaines avaient défilé, et avec Pacheco, nous nous étions accrochés au labeur et j'avais, avec quelques autres porteurs de *goop* ou arroseurs d'arbres, assumé cette tâche ingrate et survécu à la soif, au soleil, à l'insecticide, à la concurrence, aux abandons, aux nouvelles recrues. J'étais là depuis mi-juin et l'on était en plein juillet, j'avais laissé pousser ma barbe et me déhanchais inconsciemment parce que je portais, désormais, des Acme boots à talons biseautés et à bouts pointus, que j'avais achetées avec plaisir, dès ma première paye, dans un *general store* à Montrose. Et ma manière de marcher en avait été transformée.

Enfin, et par-dessus tout, j'avais étonné le camp en prenant la parole à l'heure du dîner sous la tente, ce qui m'avait rendu populaire et avait encore plus contribué à me singulariser. Cela avait été un coup d'audace, du quitte ou double, mais je m'en étais sorti avec les honneurs, et cet éclat avait modifié mon statut personnel à l'intérieur du système.

14

C'était un soir de fin de semaine; il avait fait doux au cours de la journée de travail sous les grands arbres, et le chef cuistot avait exceptionnellement servi du poulet frit avec des grandes louchées de riz brun relevé à la sauce Diablo — poivre rouge mexicain et piment d'Alamosa. Le plat contrastait avec les habituelles saucisses et patates, et il flottait, sous la grande tente de la cantine, une ambiance de rigolade et de contentement. La sauce emportait la bouche et les hommes parlaient de descendre en ville pour y consommer des Coors à la douzaine, mais personne ne se levait, tandis que l'on commençait à frapper les assiettes en métal sur le mica des tables pour réclamer le chef cuistot, un Mexicain originaire d'Arizona, nommé Antonito.

— AN-TO-NI...TO!, répétait-on en crescendo.

La centaine d'hommes accueillit avec des sifflets, des « yaoowee » — le cri de ralliement des chasseurs de mustangs sauvages dans la prairie — et des applaudissements scandés, l'apparition de celui qui venait de leur offrir un pareil festin. Antonito était un petit bonhomme râblé, aux biceps protubérants, au nez fin et aux yeux bruns, moustachu comme la plupart de ses frères de race et qui parlait, comme eux, un américain primaire entaché d'un fort accent

131

hispanique. Il était sûr de lui, ses deux courtes pattes posées avec certitude sur le sol des réalités. Il occupait un poste clé dans ce genre de communauté; il avait accès à des aliments frais et des boissons chaudes; c'était lui qui passait les commandes aux fournisseurs montés au camp depuis Montrose, Durango ou Grand Junction, et sans doute touchait-il sa part dans chaque transaction; de l'argent circulait en ses mains; il pouvait, d'un simple ordre, faire déplacer un ou plusieurs GMC vers la vallée et les villes; il exerçait un véritable pouvoir au sein même du système et il en avait conscience. Cette autorité alliée à la maîtrise de son corps, de petite taille, mais musclé comme celui d'un boxeur poids coq, donnait à Antonito un air d'audace et de maturité. Il leva la main pour faire taire les cris, puis grimpa sur la table la plus proche de l'entrée afin de dominer l'ensemble des hommes réunis sous la grande tente. Il s'éclaircit la voix et nous vîmes un sourire grivois illuminer sa denture sous son museau moustachu.

– Ladies and gentlemen – commença-t-il, ce qui fit hurler les hommes de ravissement puisqu'il n'y avait évidemment aucune femme à West Beaver ni à une centaine de miles à la ronde –, je suis heureux que vous soyez heureux. Le piment, il est cultivé par mon cousin qui habite un peu plus loin de l'autre côté de la montagne, dans la San Luis Valley, et si vous avez la quéquette qui grossit, faut pas vous étonner parce que le piment c'est fait pour cela! se empimento mucho quequetos!

Nouveaux glapissements de bonheur et concert d'assiettes métalliques et de gamelles : Antonito, avec son inimitable accent chicano, savait parler aux hommes, il possédait les clés de leur langage et je me dis en l'écoutant que le discours n'allait pas évoluer à un niveau très élevé. Cela ne semblait déranger personne et les officiels du camp, Doc Larsen,

132

Mack et leurs collègues affichaient la même mine réjouie pour accueillir les plaisanteries du petit chef mexicain.

— Alors, continua-t-il, quand ma bonne sauce Diablo aura fait son effet dans le pantalon et que vous aurez la banane prête à éclater, si vous allez dépenser votre argent ce soir ou demain samedi chez les filles à Durango, emportez un bon broc d'eau avec vous pour éteindre le feu de votre quéquette parce que, mes amis, les filles, vous allez leur incendier le ventre avec toute la dynamite que je vous ai mis dans la bite! Woweee! conclut-il à la plus grande joie du public.

Il s'apprêtait à descendre de sa tribune improvisée lorsqu'il se ravisa, une grimace malicieuse gagnant un peu plus son visage couleur de cuivre.

— Choisissez bien vos filles tout de même, dit-il, sinon elles pourraient vous donner la maladie! Aïe Aïe! Aïe Aïe! Aïe Aïe Aïe Aïe! Maladia! Aïe Aïe Aïe!

Grimaçant de douleur, et se tenant grotesquement le bas-ventre à deux mains, Antonito entreprit une sorte de danse sur place, écartant ses jambes comme celles d'un enfant qui se serait oublié au saut du lit – figure parodique ponctuée par les « aïe aïe aïe aïe » de plus en plus stridents, et dont la fréquence augmentait avec les rires gras des spectateurs. Je vis les camarades de la tente, Bill, Swede, Pacheco et Donald K. Banch se tourner vers moi avec le même regard qui voulait dire :

— Attention mon vieux, tout ça c'est pour toi.

Ils souriaient sans méchanceté, avec une résignation amusée, et je ne compris pas sur-le-champ, puis il me vint le pressentiment désagréable que mes amis avaient vu juste et que les singeries d'Antonito étaient dirigées vers ma personne. Tout en continuant sa mimique, Antonito interrompit les cris de douleur pour lâcher :

— J'en connais au moins un dans le camp qu'a pas bien choisi sa partenaire et qu'aurait mieux fait de pas manger de piment aujourd'hui, parce que sinon, son petit oiseau qui est déjà rouge et malade, alors, là, il va exploser!

Il cessa de gesticuler et obtint le silence d'un geste de la main puis, à ma grande consternation, Antonito s'adressa directement à moi :

— Hey, Frenchy! Comment tu t'y es pris pour attraper l'aïe aïe aïe! T'as pas un peu honte, un grand garçon comme toi?

Les cris et les exclamations redoublèrent et je vis, horrifié, toutes les têtes se retourner vers notre table. J'en aurais rougi si le soleil, sous les arbres, pendant le travail, ne m'avait pas coloré de brique. J'étais le point de mire général. Quelqu'un lança une phrase qui fut reprise par tous — puisqu'elle rimait, comme un slogan dans une manifestation :

Frenchy! Frenchy!
Tell us your story!
Raconte-nous ton histoire!

A travers les rangées d'hommes assis qui tapaient sur leurs gamelles, je parvins à saisir le regard désolé de Doc Larsen. Il soulevait des sourcils gênés par-dessus la monture de ses lunettes, voulant m'indiquer qu'il n'avait rien à faire avec tout cela. Je me sentais humilié et ridiculisé, mais plus encore, condamné à répondre. Il fallait me lever et trouver quelque chose à dire pour faire taire ces braillards. Je pensai que si je m'étais, jusqu'ici, sorti des obstacles, l'épreuve actuelle était un peu plus difficile. Car dans l'Ouest, jusqu'à ce soir-là, j'avais dû faire face à des défis où la force physique comptait plus que tout. Maintenant,

134

malgré la vague de panique qui me submergeait, je vis qu'un peu d'astuce me permettrait de donner le change. Mais quelque chose me paralysait encore, qui m'empêchait de réagir et de m'arracher de mon banc pour répliquer, seul, devant ce groupe compact et bruyant que je croyais hostile alors qu'il n'était qu'amusé. Tu es trop jeune, me disait ma voix intérieure, personne ne t'a appris à parler en public, cet endroit, ces hommes ne sont pas faits pour toi, fous le camp! Mais une autre voix, cette voix contradictoire qui intervenait à chaque fois que j'étais obligé de me dépasser, me disait : Ne subis pas la foule, ne te laisse pas dominer, ne tourne pas le dos à la question qu'on te pose.

Je relevai la tête pour regarder mes camarades de tente et trouver en eux, peut-être, une audace que je n'avais pas. Je vis qu'ils me souriaient avec une expression autre. Cela me réconforta : ils ne doutaient pas que j'allais m'en sortir, que j'étais capable d'affronter la masse. Ils n'attendaient pas autre chose, il n'était pas question qu'ils aient honte de moi. Il fallait que je me montre digne d'appartenir à leur tente, digne de Bill le redoutable, dont le regard plus intense que celui de mes autres compagnons, m'envoyait comme une lueur d'encouragement. Mais c'est Pacheco, le Mexicain aux idées simples, Pacheco qui avait l'intelligence de la vie, mon partenaire de labeur sous les pins du Colorado, qui énonça le conseil, que j'avais, sans le leur dire, sollicité de mes amis :

— Si un péquenot comme mon frère de race arrive à les mettre dans sa poche, c'est quand même pas un *college boy* de ta classe qui va se dégonfler.

Il avait dit cela vite et avec affection — en se penchant vers moi, et il avait insisté :

— Fais-les rire!

Je me levai alors et j'imitai le geste d'Antonito pour me jucher debout sur la table au milieu des assiettes et des gobelets en métal. Le silence se fit rapidement.

Du haut de ma tribune improvisée, je vis tous les visages rigolards qui s'étaient tournés vers moi, et je me demandai si je ne revivais pas un des plus mauvais rêves de mon enfance. Pudique, farouche, me réfugiant dans les jambes de mes parents où celles de mon frère aîné pour échapper à la confrontation avec les inconnus, j'avais fait ce rêve de me retrouver nu dans la rue principale de ma petite ville natale. Nous partions en vélo, le matin, pour retrouver le lycée et quand il faisait froid, nous portions des pèlerines. Pour gagner l'établissement, nous passions par un long boulevard en pente qui traversait un carrefour central. J'avais fréquemment fait ce cauchemar : au moment où nous atteignons cet endroit névralgique encombré par les commerçants et les passants, je tombe de mon vélo dans une flaque d'eau, ma pèlerine est sale, je l'ôte, et je ne porte aucun habit. Me voici nu, transi et ridicule au milieu des grandes personnes qui s'esclaffent et me montrent du doigt. D'où me venait cette peur ? Ce qui m'effrayait, dans la situation que j'avais rêvée, c'était l'impossibilité du retour à la normale. Comment rejoint-on les autres, habillés, respectables et protégés, quand on se retrouve nu et sans soutien de l'autre côté de la rue ? Bien souvent, dans la réalité de cette même enfance, lorsque j'étais interrogé en classe et devais monter sur l'estrade pour lire un texte et répondre à une question face aux autres élèves, la même paralysie m'avait atteint. Pourquoi faut-il que l'on me distingue ? J'avais l'impression de sortir du lot des vivants pour un autre univers, plein d'embûches et d'agressions. J'en avais souffert en d'innombrables occasions.

Ce même sentiment m'effleura dans le Colorado, l'espace

d'un instant. Mais l'affection et l'admiration que j'avais perçues dans la voix de Pacheco me vinrent en aide. Il me voyait autrement : pour lui, j'étais un *college boy* « qui avait de la classe » – et les autres m'avaient souri avec assurance, car ils me prenaient, eux aussi, pour quelqu'un qui « ne se dégonfle pas »! Tous ces hommes barbus, costauds, laconiques et primaires, ignoraient mes faiblesses et mes craintes. Ils me croyaient expérimenté, calme et froid. J'étais convaincu qu'ils avaient une image entièrement fausse de moi – si seulement j'avais pu leur avouer que je n'étais qu'un gamin, nu, sous sa pèlerine! – mais j'étais poussé à me conformer à leur vision. Et puisqu'ils attendaient que je mette les gueulards dans ma poche, il n'y avait pas d'autre issue que de faire une vérité de ce mensonge. C'est ainsi que j'ai appris à exorciser le plus violent de mes démons intimes.

– Je vais beaucoup vous décevoir, commençai-je – car je ne vous raconterai pas mon histoire. Je ne peux pas vous la raconter! J'ai tout oublié!

Les premiers mots furent accueillis par des sifflets et des cris, mais les hommes se turent d'eux-mêmes, car j'avais déjà accroché l'attention de mon auditoire.

– C'est la faute à Doc Larsen, dis-je. Il vous pique le cul tellement mal et tellement fort que ça vous fait momentanément perdre la mémoire. Ça vous remonte directement à la tête. A la cabeza, Antonito! Aïe Aïe Aïe! Mio Culo! Aïe!

Des rires éclatèrent. Les sifflets et les regards se dirigèrent vers Doc qui eut un sourire forcé, et piqua du nez dans sa gamelle. Le personnage n'était pas très aimé parmi les travailleurs. Je vis qu'il me serait facile de détourner les rieurs dans sa direction. Quelque chose m'en empêcha. Notre première rencontre sans doute, sous la tente, et ce que j'avais deviné de la vraie nature de Doc Larsen, son homosexualité latente. Aussi décidai-je de continuer et de l'ignorer.

— Eh bien oui, c'est comme ça, dis-je, j'ai oublié la fille et l'endroit et comment ça s'est passé. Désolé de vous décevoir!

Ils sifflèrent de plus belle. Mais je m'apercevais qu'au milieu de ce dialogue que j'avais entamé avec le public, les sifflets tenaient plus lieu d'encouragement que de blâme.

— Remarquez, continuai-je, normalement, avec le cadeau qu'elle m'a laissé, je devrais me souvenir d'elle pendant tout l'été. Enfin, vous voyez, j'arrive quand même à marcher.

Comme un clown, en imitant l'imitation d'Antonito, je fis quelques pas maladroits sur la table, renversant des gobelets au passage. Les rires continuèrent. Ils étaient captifs. Je les tenais dans ma main. J'osai regarder à nouveau ce public et je sentis qu'il souhaitait que je lui en donne plus pour son argent. J'avais fait le tour des grimaces et des blagues, alors, saisi par une inspiration, je pensai à autre chose.

— Ah si! dis-je, tout de même, la fille m'a laissé quelque chose qui va bien vous intéresser, je crois. Ça vous concerne tous dans ce putain de camp. Écoutez bien.

J'avais changé de ton et, miracle de ma comédie, ils se turent. J'aimais avoir un public. J'avais dit cela avec une certaine gravité et ils m'écoutaient dans un silence différent.

— Comment vous êtes venus tous jusqu'ici, continuai-je, jusqu'à ce putain de coin perdu de l'Ouest? Vous êtes venus par la route! Et où avez-vous traîné toutes vos bottes toute votre putain de vie — sinon sur la route! C'est la chose qui nous lie tous, c'est ce que nous avons tous en commun dans ce camp : la route!

Je sentais des ondes d'approbation et de curiosité parcourir les rangs. Je sentais aussi que, non content d'avoir dominé ma peur et mes complexes, je prenais un plaisir réel à m'adresser à une foule. Je mis mes poings dans mes poches, installant mes talons solidement sur la table, et sans préambule supplémentaire, j'entrepris de leur réciter *La Loi de la route*.

M'avait-elle obsédé, la ballade du chanteur inconnu! Et ce Tom Morningside lui-même, dont, depuis que je connaissais son existence, j'avais demandé à chaque camionneur, chaque cow-boy, chaque inconnu rencontré sur les routes et dans les villages de l'Ouest, s'ils ne l'avaient pas vu ou entendu – l'évocation de son visage au nez cabossé, ses longues jambes arquées et son dos voûté, décrits par la fille Clarke, combien de fois l'avais-je faite avant de m'endormir sur mon lit de camp! Il était devenu pour moi un personnage de fable et je le jalousais tout en l'admirant. J'avais lu et relu son texte légué par Amy au point de le connaître par cœur. Je le récitai maintenant, plutôt que le chanter, car les notes m'avaient échappé et je ne chante pas juste, aussi bien psalmodiai-je le texte avec lenteur en lui imprimant le rythme d'une musique incertaine. A mon grand ravissement, les hommes buvaient mes paroles, reconnaissant dans chaque strophe un moment ou un geste de leur vie nomade, applaudissant spontanément au passage d'une formule dont la justesse ou l'ironie déclenchaient leur approbation :

Solitude horreur laideur vérole et lâcheté
Tu laisseras tout ça derrière toi si tu continues d'avancer.

L'histrion qui était en moi – qui est en chacun d'entre nous – apprenait vite à marquer des pauses et des

139

silences pour suspendre, en le retenant, l'intérêt du public, et pour aviver sa faim de connaître la suite et la conclusion. Entre chaque strophe, je trouvais le temps de les regarder, à la fois pour mieux jouir de cette sensation douce et flatteuse qui nous envahit face à un auditoire favorable, et pour mieux étudier leur faciès. En parcourant ces visages dressés vers le mien, je découvris qu'ils n'étaient, pour la plupart, pas plus âgés que je ne l'étais. J'avais dressé entre eux et moi une barrière fictive, due à mon ignorance de ce pays nouveau et de ces hommes venus d'une Amérique inconnue, et à la conscience de mon infériorité physique. En réalité, quand je les contemplais maintenant du haut de la table qui me servait de scène, je voyais qu'ils portaient derrière leurs barbes et leurs moustaches, leurs tignasses sales et leurs yeux cernés par l'effort, autant de fragilité et de jeunesse que moi, et lorsque je leur livrai le joli vers de Morningside sur « *la beauté la lumière la chose que tu sais plus pourquoi t'es parti la chercher* », je compris à leur réaction qu'ils n'avaient pas plus de prise sur leur propre existence. Ils étaient, autant que moi, les jouets et les objets d'un destin imprévisible, et je possédais même, sans doute, comme l'avait suggéré mon copain Pacheco, sinon plus de « classe », du moins plus de connaissances qu'eux — et j'appris ainsi, instantanément, à les aimer puisqu'ils étaient devenus, par la grâce de ce mince événement, mes semblables, après m'avoir paru des géants indomptables et inaccessibles.

A la fin de *La Loi de la route*, ils applaudirent et frappèrent de leurs gamelles sur les tables et je me pris à espérer que j'avais gagné leur estime et leur admiration. Dès lors, ma vie quotidienne au camp fut transformée. Je savais que je ne tarderais plus longtemps avant d'accéder à un emploi mieux rémunéré, moins anonyme, moins épuisant. Je grimpais à l'intérieur du système. Cette épreuve et sa conclusion heureuse me donnèrent une assurance nouvelle qui explique en partie pourquoi, quelques nuits plus tard sous la tente, lorsque Bill braqua son Colt Special Frontier sur ma poitrine, ma surprise fut moindre. D'événements en événements, les circonstances m'avaient préparé à l'arrivée de cette arme et de ce qu'elle représentait – la violence, la réelle violence.

– Assieds-toi, fit Bill. Je vais te dire quelque chose que tu garderas pour toi.

Je m'assis sur le rebord du lit de Bill. Il avait rangé le pistolet sous son oreiller.

– Bill, lui dis-je, as-tu remarqué que les copains ne sont pas rentrés de la ville? Il est deux heures du matin, est-ce que tu trouves ça normal?

– Non, c'est pas normal, mais ils sont assez grands pour s'en tirer et s'il leur est arrivé quelque chose, eh bien c'est déjà arrivé. Alors, on n'est plus à une minute près. Je veux d'abord te dire quelque chose que tu vas garder pour toi. Après, on avisera – s'il faut aviser.

Il parlait doucement, à voix basse, dans le silence de la nuit, dans ce silence si différent de la civilisation urbaine, dans cette nuit si belle et si poignante dans les forêts près des montagnes. Ses yeux sombres, figés sur les miens, semblaient chargés de gravité.

– J'ai confiance en toi, fit-il. Je t'ai regardé faire. Tu as des yeux et des oreilles. Alors, tout ce que je te demande c'est ceci : si tu vois ou si tu entends des motos, préviens-moi.

– Comment ça, dis-je? Je ne comprends pas.

Il eut un geste d'impatience. Il n'aimait pas parler. Il n'expliquait rien. Chaque mot pesait suffisamment lourd pour qu'il ne fût pas besoin de revenir dessus.

– Tu vas certainement être nommé très bientôt éclaireur, ajouta-t-il. C'est bien. Bravo. Les éclaireurs, ça se balade, ça peut voir et entendre beaucoup de choses à l'intérieur mais surtout à l'extérieur du camp. Alors c'est simple, je te le dirai pas deux fois : si tu entends ou si tu vois venir des motos en bas, en ville – ou à plus forte raison ici, préviens-moi tout de suite. Laisse tomber tout ce que tu es en train de faire, et cours me prévenir.

Bill ne disait pas « moto » mais *bike* – c'est-à-dire, littéralement traduit : bécane. J'entends encore ses mots lapidaires et qu'il répéta plusieurs fois comme un ordre : « *watch out for bikes* » – « méfie-toi des bécanes » – avant de me tendre la main afin de sceller notre pacte. Je lui offris la mienne qu'il enserra et broya pendant un long temps. En baissant les yeux vers nos deux mains, je découvris alors quelque chose qui m'intrigua plus que tout ce que Bill venait de me dire. Entre son pouce et son index, sur le triangle de peau qui recouvre le métacarpe, entre les artères radiale et cubitale, un minuscule tatouage représentait une guêpe noire au ventre vert et aux ailes ouvertes et mordorées. J'avais déjà vu ce dessin sur le bras d'un homme. Il ne me fallut pas plus de quelques secondes pour me souvenir, en tremblant, que l'un des deux voyous qui m'avaient fait si peur pendant mon auto-stop vers l'Ouest, aux portes de Cincinnati, portait le même signe cabalistique sur son avant-bras. Celui que j'avais appelé Belette.

142

Que signifiait la présence de cet insecte inscrit sur le corps de ces hommes? Les tatouages, depuis que j'avais entamé mon été dans l'Ouest, j'en avais remarqué à la douzaine. Projeté sans transition dans le monde des camionneurs, vagabonds, bidasses et ouvriers, le monde de la route et celui qu'on identifie pour plus de commodité comme « situé à l'ouest du Mississippi », j'en avais vu beaucoup sur les biceps ou les triceps des chauffeurs ou des passagers, tous ces emblèmes tatoués, les médaillons du Corps des US Marines, un sabre et la devise « *semper fidelis* » entremêlée avec des serpents – des cœurs percés d'une flèche – des mots sacrés comme « MÈRE » ou « JÉSUS » ou des prénoms de filles, des prénoms communs et populaires, Mary, Jane, Emylou – et sur les peaux de tous les travailleurs du camp, à West Beaver même, il m'avait semblé que neuf fois sur dix, on retrouvait quelque inscription, quelque symbole. Quel contraste avec les garçons que j'avais connus dans les vestiaires et les douches du stade du *college*, ces jeunes fils de la meilleure bourgeoisie aux corps immaculés, aux peaux douces et blanches, et qui n'auraient pour rien au monde sacrifié à ce rite vulgaire et crapulard! Comme s'il existait deux Amériques : celle qui se tatoue, et celle qui ne le fait pas. Mais je n'avais rencontré qu'une fois la guêpe malfaisante aux ailes mordorées. Et sa vision sur la grosse main de Bill me fit revenir en mémoire les deux tueurs évadés de l'Ohio. Bill avait-il fait un séjour dans la même ferme-prison d'État de Chilicothe? Y avait-il, là-bas, dans une cellule, quelque artiste du tatouage qui réussissait particulièrement bien ce dessin d'apparence innocente mais dont la configuration des ailes ouvertes ou le choix des couleurs – vert glauque et or avili – dégageait un aspect démoniaque? Ou bien était-ce le signe de reconnaissance d'une appartenance à quelque bande? Ou bien encore tout cela n'était-il qu'une coïncidence? J'étais incapable de poser toutes ces questions et lorsque Bill, desserrant sa main, me dit :

– Qu'est-ce que tu regardais?

je ne pus que répondre :

– Rien.

Je croyais qu'il y avait des moments pour tout, et que le moment n'était pas venu d'interroger Bill. Au contraire de tous les Américains que j'avais croisés depuis mon départ du campus, il n'avait jamais raconté sa vie, jamais manifesté ce besoin. Il était resté emmuré dans un silence interrompu de quelques remarques d'ordre pratique. Nous ne connaissions rien de lui, sa famille, son lieu de naissance, ses antécédents professionnels. J'en savais néanmoins un peu plus que les autres : il avait aiguisé si vivement ma curiosité que j'avais procédé par déduction. Je savais qu'il refusait d'exploiter ce qui semblait, cependant, être son seul bien : la force physique. Je savais qu'il faisait des efforts constants pour rester perdu parmi nous et ne jamais sortir la tête du lot, ne pas se singulariser. Je savais maintenant qu'il portait un pistolet et qu'il se réveillait la nuit, prêt à tuer au moindre bruit insolite. Je savais qu'une guêpe mystérieuse sur sa main droite traduisait un passé de délinquant, au mieux – de criminel, au pire. Et cependant, je le tenais pour un homme droit, honnête et bon, je l'admirais. J'en avais déduit qu'il fuyait et se dissimulait dans notre camp perdu dans les pins Ponderosa et les sapins Douglas aux pignons bleus et odorants. Il n'était pas venu là pour gagner sa vie, mais plutôt, sans doute, pour la sauver. Enfin, je savais que si j'entendais le bruit d'une bécane, il faudrait le prévenir. Muni de ce seul savoir, je considérais Bill comme un personnage mythique, et je l'adulais en silence, j'étais fier d'être son ami, je me sentais frêle et démuni aux côtés de ce grand colosse aux yeux sombres. J'étais parcouru par un sentiment de mélancolie prémonitoire – mais je faisais le serment de tout tenter pour le protéger des dangers qui le guettaient, et dont il ne m'avait révélé qu'une infime partie.

15

Les autres arrivèrent à trois heures du matin, passablement amochés. Ils avaient rencontré des gars de Horse Fly Camp qui les avaient provoqués. Il y avait eu une bataille rangée dans l'unique rue de Norwood. Swede y avait perdu une dent, Pacheco boitait d'une patte, Donald K. Banch se plaignait d'une côte – peut-être fêlée. La police d'État, arrivée en renfort depuis Ridgway, avait dispersé les belligérants. Mais un défi avait été lancé : si les gars de West Beaver n'étaient pas des poules mouillées, des gonzesses sans couilles, alors ceux de Horse Fly les retrouveraient volontiers sur le terrain de rodéo de Norwood un dimanche matin pour mettre fin à une rivalité dont je n'avais jamais compris la raison, l'origine ou le sens. Encore aujourd'hui, l'épisode tout entier représente dans mon souvenir, la première démonstration à une échelle autre que celle du rapport entre deux individus, de l'absurde, imprévisible, solennelle et emmerdante bêtise de l'homme. Et si j'essaye aujourd'hui de clarifier les circonstances et le déroulement de ce que l'on finit dans la région par appeler la *camps war* – la guerre des camps – je vois bien que je ne parviens pas à l'expliquer de façon vraiment satisfaisante.

Le Horse Fly Camp, situé à l'est des montagnes Spruce, du côté du village minier d'Uravan, était l'équivalent du nôtre : même employeur, le service US des forêts, même objectif : désinfecter les forêts; même composition du personnel : Mexicains et Indiens, ouvriers temporaires, garçons vachers et vagabonds. Dans quel bar de quelle petite ville la première insulte avait-elle été proférée? Par qui? A l'égard de quel camp? Nul n'aurait pu le dire. Il devint bientôt rituel à West Beaver, lorsqu'un contremaître ou un *driver* voulait stigmatiser la lenteur, la mollesse ou la maladresse de telle ou telle de nos équipes, de les comparer aux « gonzesses » de Horse Fly. Là-bas, de l'autre côté de Spruce, les références insultantes étaient sans doute les mêmes, mais à l'envers. Peu à peu, dans l'argot particulier qui se fabrique au sein de ces groupuscules perdus au milieu d'une nature agressive, la comparaison avec l'Autre, avec le voisin, servait de stimulation, mais aussi de poison pour soulager la part de haine gratuite et de perversité qu'il y a en chacun de nous.

Quand un *West Beaver boy* croisait un *Horse Fly boy*, sur le trottoir de bois de Norwood ou dans un bar de Redvale — les deux bourgades situées à mi-chemin de ce que nous considérions sottement comme « notre territoire » —, la rencontre débutait par une remarque injurieuse et se terminait par une bagarre. Les plus faibles fuyaient la provocation et refusaient de répondre aux épithètes du genre « nana, couille vide, fruits confits, gonzesses », etc. Mais les autres relevaient le gant et vous aviez beau tenter de raisonner un Dick O'Neal, un Donald K. Banch, ou un Bubba Williams (un énorme noir, champion de la section bûcherons), leur passion l'emportait sur la raison, et la bêtise et la brutalité prenaient le dessus à chacun de nos voyages en ville. Dans le camp lui-même, au dîner sous la

147

tente, au repas de midi dans les clairières, il était de plus en plus souvent question de ces « enculés et fils de pute de Horse Fly » à qui l'on finirait par faire la peau, de façon collective et définitive. Et il ne nous échappait pas que la même volonté d'en découdre animait les autres, du côté de Spruce Mountain. Ainsi, nourrie par sa propre logique, partie de rien, une seule remarque peut-être qui, amplifiée par la rumeur de chaque camp avait fini par créer une somme concrète de griefs et de ressentiments, toute une histoire de mauvais coups, de victoires et défaites individuelles, – ainsi, la vindicte de chaque communauté vis-à-vis de l'autre cherchait-elle sa résolution, son dénouement expiatoire. De plus en plus fréquemment, la phrase revenait, prononcée autour d'une bière ou dans le GMC qui ramenait les éclopés de leurs expéditions nocturnes dans des « villes hostiles » :

– Il faut qu'on en finisse. *Let's get it over with.*

Les hommes, teigneux et emballés comme des bandes rivales dans la cour d'une école, avaient laissé se réunir toutes les conditions pour ce qu'ils appelaient, en se gargarisant de la gravité du mot, un *show-down*, « une confrontation ». Lorsque le lendemain à l'heure du dîner sous la grande tente, Swede, Donald K. Banch et Pacheco exhibèrent leurs blessures et racontèrent la provocation dont ils avaient été l'objet, puis relatèrent le défi et le rendez-vous fixé sur le terrain de rodéo, un grondement satisfait accueillit leurs paroles :

– On y va !

Ce cri effraya les timorés, les anonymes, les porteurs de bidons, les faibles du camp. Des tables se vidèrent et une moitié de ceux qui composaient le personnel du camp s'enfuit vers les tentes individuelles. Quant aux officiels, Mack, Doc Larsen et les autres, ils avaient discrètement quitté la tente centrale. Si bien qu'il restait des hommes seuls : les durs, les vrais. Ils étaient entre eux, avec une anticipation de plaisir sur leurs masques barbus. Je pus observer que dans cet univers composé de prolétaires sans éducation et de marginaux aux antécédents flous, le sens fondamentalement américain de l'organisation n'en était pas moins présent, et je vis se former autour de la même table un état-major de crise, au sein duquel chacun joua son rôle naturel. C'était à la fois inquiétant parce que cela avait quelque chose d'inévitable – mais malheureusement, c'était aussi exaltant parce que vous ne pouviez vous empêcher de vous sentir partie d'un mouvement, et d'assister à la construction d'un projet qui irait jusqu'à sa réalisation. Parce que vous étiez témoin de la naissance d'une action.

Le commandement alla sans difficultés à celui qui faisait figure de meneur, un grand type froid qui dirigeait une partie des équipes d'abatteurs d'arbres, un nommé Drayne Smith. Depuis le premier jour de mon arrivée, je l'avais toujours vu siéger à la table des privilégiés. On le considérait comme l'un des *top men*, l'un des hommes qui dominaient le camp, avec Bill, bien entendu. Mais autant Bill esquivait en permanence la lumière des projecteurs, autant Drayne Smith l'acceptait. Il surmontait le lot des autres par son allure de lanceur de couteaux, mince mais musclé, un regard qui ne cillait pas, la démarche souple et menaçante, des cheveux blonds plaqués toujours mouillés sur une tête longue et lisse – et par cet indicible magnétisme qu'un homme, plutôt qu'un autre, peut parfois dégager, à peine pénètre-t-il dans un cercle social. Bill aurait pu être son rival ou son égal, mais Bill avait manifesté dès les premiers jours sa volonté de rester à l'écart. Bill, d'ailleurs, n'assista pas à la réunion. Il s'était éclipsé avec la foule des pacifistes.

149

Drayne Smith entreprit de distribuer les rôles et d'utiliser compétences et talents. Ainsi Dick O'Neal, le chauffeur fou qui représentait les *drivers*. Il déploya une carte routière pour tracer l'itinéraire qui mènerait les GMC au terrain de rodéo. Je vis passer sur son visage l'éclair intense qui touche les gamins s'apprêtant à ouvrir leurs cadeaux de Noël parmi les guirlandes devant la cheminée. Il cherchait le meilleur chemin pour atteindre le terrain de rodéo sans avoir à traverser le village, afin de ne pas éveiller la suspicion de la police locale. Il faudrait faire cela un dimanche – quand les hommes étaient libres – et si possible, très tôt le matin, quand les braves habitants de Norwood dorment encore avant d'aller à l'église.

– A toi, Missouri, fit Drayne. Parlons du terrain lui-même.

Missouri, un éclaireur aux joues rondes, au visage mutin et farceur, mais à la charpente puissante, commença de calculer l'heure à laquelle les adversaires devraient se retrouver – où se situerait le soleil dans le ciel – et recommanda que l'on attaque avec le soleil dans le dos. Tout cela me paraissait excitant, mais incomplet. Je ne pus réprimer un rire.

– Qu'est-ce qu'il y a, Frenchy, dit Drayne, le regard aigu. Si t'as quelque chose à dire, parle.

La voix de Drayne m'avait glacé. Mais les hommes me regardèrent. Depuis que je leur avais récité le texte de *La Loi de la route*, ils me traitaient comme l'homme instruit du camp – un puits de science. J'étais cette incongruité acceptable et acceptée : le *college boy*. Si leur force et leur maturité m'en imposaient encore, ils ne m'intimidaient plus et je voulus leur faire la leçon.

– Comment voulez-vous déterminer l'heure du combat, dis-je, si vous ne vous mettez pas d'accord avec les types de

Horse Fly? Vous ne vous imaginez tout de même pas qu'ils vont accepter toutes vos conditions? Est-ce que vous avez seulement pensé qu'il faudra vous accorder sur la façon dont vous vous battrez – à mains nues, ou quoi? – Et qui vous arbitrera? C'est eux qui ont lancé le défi et choisi le terrain, il va bien falloir leur parler avant. La guerre, ça se fait à deux. C'est comme danser le tango.

Drayne Smith eut une grimace irritée, presque vexée. Son sourire se fit plus vicieux. Il me dévisagea avec une certaine cruauté.

– T'as raison, mon garçon, dit-il après un silence. T'as tellement raison que c'est toi qui vas aller négocier tout ça à Horse Fly. Tu sais écrire, n'est-ce pas, tu es un garçon éduqué – alors tu vas être notre messager, notre... Comment dit-on? Ah merde – comment ça s'appelle... Tu connais ça, toi. Allez! aide-moi!

Je voyais les sourcils du beau et dangereux Drayne se froncer à la recherche d'un terme dont il avait peut-être autrefois connu l'existence, mais que ses années d'emplois temporaires et d'errance à travers l'Ouest avaient effacé de son maigre vocabulaire :

– Ambassadeur? C'est cela que tu veux dire?

Il frappa dans ses mains, le visage illuminé. Le mot semblait le réjouir, le gonfler de suffisance.

– Ambassadeur! C'est ça! Tu vas être notre Ambassadeur. Tu sais lire et écrire. On va faire la liste des conditions du combat. Tu iras leur porter et tu reviendras avec les leurs. Après on fera une autre réunion ici. Okay. Terminé! Dispersion!

Je m'en voulais d'être intervenu et d'avoir ainsi parlé, alors que tout, depuis mon arrivée dans les forêts du Colorado, m'avait dicté de garder le plus souvent possible le silence, mais il était trop tard. J'étais embarqué dans leur aventure. J'en eus la gorge nouée, à la fois de plaisir et d'angoisse.

— T'affole pas mon garçon, ajouta Drayne qui avait vu la désolation fondre sur moi — on te fera escorter par un ou deux gros bras. On va organiser tout ça comme il faut.

Le lendemain matin, ce fut l'homme de terrain, le contremaître, Mack lui-même, qui vint me relever de toutes mes tâches pour la journée. Troisième personnage officiel du camp — mais véritable patron du terrain — fonctionnaire assermenté de l'US Forest Service, il participait donc à cette entreprise idiote?

— Je vous ai débloqué un camion pour la journée, me dit-il avec assurance. C'est Dick O'Neal qui te conduira au Horse Fly Camp. Avec lui, rien à craindre, personne t'emmerdera là-bas. Tu leur liras la liste des conditions du combat, ils te feront leurs objections ou leurs contre-propositions et tu reviens et tu me rapportes le tout. Tu me le rapportes à moi, et à personne d'autre.

Il me tendit une feuille ronéotypée sur laquelle je pouvais lire une énumération des règles et des conventions de la Grande Confrontation. Incrédule, je levai les yeux vers le contremaître. La petite ronéo — la machine manuelle dans la tente administrative située près du torrent, avait dû être utilisée pour établir ce document. Cela signifiait que la « guerre des camps » avait reçu l'aval des adultes, des fonctionnaires du gouvernement dont la mission consistait pourtant — je l'avais cru jusqu'ici — à utiliser au mieux, pendant un bref été, les forces humaines pour sauvegarder la santé d'une forêt nationale. Et voilà, néanmoins, que ces gens sérieux étaient entrés de plain-pied dans les fantasmes belliqueux de leur propre troupe. Et qu'ils en devenaient les ordonnateurs. Connaissant, pour en avoir été le témoin, la violence et la sauvagerie de certains hommes du camp lorsqu'ils se battaient dans les saloons avec leurs rivaux de Horse Fly, il me parut incroyable que les officiels n'aient pas vu le risque et la contradiction d'une telle attitude.

– Mais, dis-je, Drayne Smith – le *top man*, dans tout cela, qu'est-ce qu'il fait?

Mack tapota mon épaule de sa main avec bienveillance :

– Drayne et moi sommes, à dater de ce jour, en charge du projet, répondit-il. Pose pas trop de questions, tu veux?

Mon étonnement semblait le surprendre et cela le fit sourire.

– T'en fais donc pas, Frenchy, me dit-il. Je crois que tu es assez malin pour me comprendre. Les hommes, il faut bien qu'ils se libèrent un peu. Alors toi qui es éduqué, réfléchis à cela : la bagarre, ils la veulent! C'est clair, ça dure depuis longtemps, non? Ça fait des semaines que la fièvre monte dans toute la région et ça pue et c'est comme une infection et il faut crever l'abcès. Alors, dis-moi un peu, qu'est-ce que tu aurais fait à ma place? Je vous ai entendus déconner hier soir autour de votre table, « l'état-major de Drayne Smith », ce crétin! J'étais juste de l'autre côté de la tente. Est-ce que tu crois que je devais laisser se développer tout ce bordel sans intervenir? A part toi et un ou deux garçons dans les équipes, la majorité des hommes ici n'est pas très futée, tu sais. Alors il faut prendre cette affaire en main. J'ai causé avec Drayne, je lui ai offert les services de la ronéo et toutes les facilités matérielles. Comme ça, au moins, je vais pouvoir prévenir mon homologue, mon collègue à Horse Fly et nous allons contrôler toute l'opération. Les hommes vont se défouler un bon coup et puis on pourra continuer le travail. J'avais pas d'autre solution. Tu me suis? Tu es d'accord, l'étudiant?

A mesure que l'homme parlait, j'appréciais la finesse de

153

sa stratégie. Mack « récupérait » une machine qui s'était mise en marche sans lui. Son instinct, la supériorité de son expérience et de sa réflexion, lui permettraient sans doute comme il venait de le prédire, de maîtriser un événement qui aurait pu être lourd de conséquences. Il venait ainsi de me donner une leçon sur le maniement des hommes et je découvris que sous ses apparences brusques, c'était un personnage roué. Mais quelque chose retenait mon adhésion à sa vision de l'événement.

— D'accord, Mack, dis-je, d'accord, okay. Mais ce que vous n'allez pas contrôler, ce seront les dégâts physiques. Vous avez vu dans quel état mes copains sont revenus de Norwood l'autre soir? Il risque d'y avoir des blessures sérieuses, surtout si on est nombreux à se battre.

Mack éclata de rire. Son visage faussement simple se détachait sur le ciel bleu et limpide du matin, avec la montagne San Juan aux pics déchirés dans le fond du décor. La dureté amusée de son regard me fit penser à celle de Drayne, et je me dis que les deux hommes se ressemblaient.

— Et alors, répliqua-t-il dans un rire hautain. Un petit peu de sang versé n'a jamais fait peur à un bon mâle américain, non?

Ses narines se dilatèrent, comme si le seul mot de « sang versé » avait brusquement éveillé en lui quelque désir d'en renifler l'odeur.

16

Nous sommes partis pour la Grande Confrontation très tôt le matin d'un dimanche, alors que les brumes de la nuit s'effilochaient à peine au-dessus du tapis bleu-vert des pins, sapins, et mélèzes géants. Comme toujours autour de ces heures-là, les odeurs de la nature, sublimées par une rosée de forte humidité, embaumaient l'Uncompaghre tout entière. Nous sentions aussi l'impalpable trace des animaux de la nuit — les rats de rivière, les écureuils, un coyote — ils étaient passés par là, pas loin de nos tentes, pendant notre sommeil et nous ne le savions pas, et pourtant nous étions troublés par leur mystérieuse proximité.

Antonito avait servi, en avance sur le reste du camp, ce qu'il avait appelé un petit déjeuner « de combat » avec du steack — des morceaux juteux et rutilants, comparables aux luxueux *T-bones* que nous n'osions pas nous offrir dans les saloons de Grand Junction ou de Dolorès, le samedi soir après la paye — et des frites aux lardons et du gâteau de pomme à la cannelle, le tout arrosé d'un café fort qu'il avait « lacéré », c'était sa belle expression, de quelques gouttes d'alcool blanc, de l'extrait de mesquite, la boisson favorite des Navajos, des Apaches et des Utes — ces derniers étaient les Indiens les plus fortement implantés dans la région.

— Un breakfeast pour aller tuer les ours grizzlis, avait-il proclamé en distribuant les portions de viande et les rasades d'eau-de-vie.

De fait, au sortir de la tente et en montant dans les GMC bâchés, les hommes coiffés de leurs chapeaux Bailey, ou North Rider ou même, pour certains, des Stetson neufs noir et blanc, ressemblaient à ces soldats de la cavalerie US qui partaient affronter l'ennemi, les joues en feu, les yeux étincelants comme des lames. Ils étaient endimanchés, chacun ayant choisi son jean le plus propre et sa plus belle paire de boots. J'avais extrait, moi aussi, du fond de ma valise dissimulée sous mon lit de camp, la superbe veste de chasseur de buffles en daim et à franges que m'avait laissée la fille Clarke en guise de cadeau sur la route. Elle m'avait laissé cela — et sa chaude-pisse. Mais j'étais guéri, maintenant, je ne lui en voulais pas, et je pensais souvent à elle.

J'étais guéri, et j'accompagnais mes camarades pour la Grande Confrontation car j'avais fini par me rallier à l'attitude répandue dans le camp selon quoi tout ceci constituait un rite inévitable, la grand-messe de la virilité et de la gagne, et que ça remplaçait avantageusement un match de football. Je n'y allais pas pour me battre, puisqu'on m'avait écarté du bataillon de ceux qui pénétreraient dans le corral. On avait estimé que je n'étais pas assez coriace. Mais j'avais servi d'« Ambassadeur », et l'on avait écouté mes avis et comme la plupart de mes amis (Swede, Dick O'Neal, Donald K. Banch) y participaient, j'avais été autorisé à suivre la procession. Mais je ne franchirais pas la barrière qui séparerait les combattants des autres. On me laisserait de l'autre côté, celui des spectateurs — s'il devait y en avoir...

Le GMC dévalait le chemin à mules. Au milieu des cahots, je regardai les visages des hommes du camp, certains apeurés, d'autres anxieux et impatients, d'autres durcis et comme sur le point d'exploser, et j'entendis l'harmonica de l'un d'entre eux égrener quelques accords ; je perçus les jurons de deux bûcherons qui s'encourageaient à coups de souvenirs d'autres batailles rangées du même style vécues dans d'autres coins du pays lointain, le Far West, et l'effet violent du mesquite, l'eau-de-vie indienne, renforça mon impression d'avoir été embarqué dans un voyage inexplicable.

Je fermai les yeux. Où étaient passés ma famille et mes frères ? Où étais-je ? J'avais reçu une lettre de ma mère, elle avait mis plus de trois semaines à parvenir jusqu'au fin fond de ma forêt du Sud-Ouest Colorado, depuis les rives civilisées de l'Europe. Avec quelque tristesse, ma mère déplorait mon absence. Ils avaient fait un voyage en Italie avec mon frère aîné, pour profiter d'une longue permission dans sa guerre d'Algérie. Mon père, remis de ses émotions, avait conduit la noble Peugeot « Familiale » et ils avaient longuement visité les musées et les quartiers de Florence. « Comme tu nous as manqué, disait maman, si tu savais comme c'est beau, Florence. »

Et moi, dans mon camion bringuebalant qui descendait avec vacarme vers le corral de Norwood pour la Grande Confrontation, je me surpris à m'interroger : Florence, c'était où ? C'était quoi ? Ça voulait dire quoi ? Je me sentis perdu.

La veille, à la nuit tombée, j'avais apostrophé Bill – au risque de provoquer sa colère.

– Pourquoi tu ne viens pas demain ?

Il n'avait pas attendu pour répondre – ce qui était contraire à ses habitudes.

– Cette affaire n'est pas mon affaire, avait-il répliqué.

Les autres habitants de la tente s'étaient redressés sur leurs couchettes. Demain, ils feraient tous partie de l'expédition. Bill était le chef naturel de la tente. Ils ne comprenaient pas qu'il ne vînt pas se battre à leurs côtés, mais Bill les impressionnait trop pour qu'ils osent contester son choix. Le grand Swede avec ses lourdes paupières nacrées sous des sourcils d'albinos, le mince et douloureux Pacheco, et le gros et inénarrable Donald K. Banch avaient une confiance absolue en Bill. A un moment ou à un autre des terribles premières semaines d'initiation à la discipline du camp, il avait tendu la main à chacun d'entre nous. Il avait contribué à ce que nous devenions tous un peu plus *tough*. Son expérience, sa solidité rassurante et le regard impérial et noir qu'il posait sur les êtres et le monde avaient cimenté notre groupe. Quant à moi, il m'avait évité l'expulsion et le renvoi, en abattant du boulot pour deux pendant le temps qu'avait duré ma maladie vénérienne. S'il nous l'avait demandé, nous nous serions jetés sans hésitation tout habillés dans l'eau glacée du torrent. L'impression de crainte qu'il créait autour de lui dans le camp nous avait servi de bouclier. Tout ce que faisait et disait Bill – quelque rares que fussent ses paroles – nous paraissait juste, justifié, justifiable.

Cependant, il ne participerait pas à la Grande Confrontation et cette abstention interloquait les garçons de la tente. Leur intelligence butait sur ce refus. Ils m'avaient prié de faire parler Bill. « Tu sais t'exprimer, Frenchy. On apprécierait que tu le fasses. » Je devinais en partie ce que seraient les réponses, mais j'avais accepté de poser la question au nom de mes camarades.

– Cette affaire est une farce, ajouta Bill après un silence.

Bill ne m'avait pas gratuitement confié une partie de son secret quelques nuits auparavant. S'il décidait de s'expliquer, c'était plus à l'intention des trois autres.

– Vous ne voyez pas, leur dit-il, que cette affaire est une farce?

Donald K. Banch ouvrit enfin la bouche et de sa voix épaisse de paysan de l'Oklahoma, il demanda :

– Pourquoi?

Bill fit entendre un soupir lassé, comme celui d'un professeur face à des élèves obtus :

– On ne vous a donc pas appris qu'on ne se bat jamais pour rien?

Donald K. Banch voulut protester :

– Mais c'est pas pour rien!

– Putain que si, fit Bill, en l'interrompant. C'est pour rien! Mais n'en parlons plus.

Donald K. Banch sembla accepter cette conclusion et remua son gros corps sous la couverture pour tourner son visage vers la paroi de la tente. Quelques instants plus tard, il ronflait. Bill me regarda et sourit. Nous n'arrivions pas à prendre au sérieux le gros garçon de l'Oklahoma.

« Donald K. Banch », avait-il prononcé, fort et ferme, lorsqu'il s'était présenté à chacun, au cours des premiers jours.

Il avait tellement insisté sur la prononciation complète de son identité que nous en avions fait un jeu. Aucun occupant de la tente – pas plus qu'un seul membre de West Beaver Camp, ne l'appela désormais d'une autre façon. Et même dans la forêt, au travail, au cours de circonstances où il faut s'adresser à quelqu'un le plus brièvement possible parce que le temps et l'action commandent une économie totale de

159

mots, nous n'avions pas recours au diminutif naturel de Donald : Don, mais il était et demeurerait, pour l'éternité, Donald K. Banch. Il paraissait en tirer quelque satisfaction, comme si la pauvreté de son vocabulaire, son physique ingrat, lourd et embarrassé étaient compensés par l'énoncé solennel de son état civil. Silencieux, n'ouvrant la bouche que pour émettre des jurons particuliers, il avait un visage rubicond et pommelé. Il n'émanait de sa personne rien d'autre qu'un vague effet comique. L'essentiel de ses yeux était dissimulé par la graisse de ses paupières qui se confondaient avec la peau gélatineuse de ses joues.

– Et le K. ça signifie quoi, lui avais-je demandé.

– Rien, m'avait-il répondu.

J'avais imaginé son père, le jour de la naissance du gros Donald – car il avait été, forcément! gros dès son arrivée en ce monde – traversant les champs et chemins poussiéreux du centre de l'Oklahoma au volant de son *pick-up* cabossé pour gagner la bourgade la plus proche de la ferme et faire enregistrer le nom de son enfant à la mairie. Le fermier, penché sur le cahier, méditant peut-être quelques instants sur l'avenir du moutard et rajoutant entre le prénom et le nom de famille, ce K. dépourvu de toute signification, mais qui permettrait de le différencier des milliers d'autres petits paysans surgis de ces vastes terres mélancoliques et vaines. A la ferme, le père élevait des poulets, et l'univers de Donald K. Banch se concentrait autour de cette espèce animale et c'était ce qui nous faisait le plus rire. Car lorsqu'il jurait, il traitait les gens de *chicken fucker* – baiseurs de poulets – ou les choses de *chicken shit* – merde de poules. Comme il n'avait à sa disposition qu'un nombre limité d'imprécations, ces deux appellations revenaient sans cesse dans sa conversation. « Suceurs de poulets » ou « amants de poulets » pouvaient tenir lieu, dans des moments plus riches, de variations, et le martèlement quotidien de ces quelques injures avait fini par infiltrer notre propre langage. Au retour sur mon campus civilisé, là-bas dans la Virginie élégante et sophistiquée, j'aurais quelque mal à me débarrasser de ces étranges manies verbales et je verrais poindre l'effarement dans les yeux des gentlemen de mon *college*.

L'attraction monomaniaque de Donald K. Banch pour la gent gallinacée ne s'arrêtait pas aux mots. Le samedi soir après la paye, quand nous descendions de la forêt pour nous offrir un dîner dans le restaurant d'une petite ville, Donald K. Banch commandait imparablement du poulet frit qu'il dévorait sans couteau ni fourchette, jusqu'à laisser dans son assiette les seuls os qu'il n'avait décemment pu avaler. Il semblait que rien ne pût le rassasier, et nous le vîmes parfois commander trois portions au cours de la même soirée.

Et ce matin-là, dans le GMC qui descendait vers le terrain de rodéo de Norwood, Donald K. Banch, son petit chapeau de toile enfoncé sur son énorme tête, mordait à pleines dents dans une carcasse encore charnue que le cuisinier du camp lui avait offerte en guise de provision avant la Grande Confrontation. Et le masticage forcené de notre camarade, la graisse dégoulinant sur son menton rond, faisait naître un sourire sur les masques de plusieurs passagers, tandis que le soleil frappait de plus en plus fort sur la bâche des camions en route vers l'absurde bataille.

17

En bas, la petite ville était endormie. Aucune voiture, aucun piéton, l'atmosphère était fraîche.

Le soleil qui avait déjà fait fondre la gelée sur les hauts plateaux, n'avait pas encore atteint la rue bordée de trottoirs de bois de Norwood et encore moins le terrain de rodéo dont le sol poussiéreux était imbibé de rosée. Les gradins en planches de sapins qui entouraient le modeste stade en rond, clôturé par des barrières de bois blanc assez hautes pour empêcher les bouvillons ou les mustangs de basculer du côté du public, lors des compétitions, étaient vides et aussi humides que le sol.

Je découvris, debout contre ces barrières, leurs chapeaux pointus à larges bords rabattus sur leurs crânes, trois flics de la police d'État, en uniforme, harnachés et armés, cigarette au bec, devisant entre eux de leurs voix basses et complaisantes. Ils attendaient, semblait-il, un spectacle à propos duquel, cependant, aucune annonce n'avait été faite, à Norwood pas plus qu'ailleurs. Mack, descendu du GMC, vint les saluer et je compris qu'il avait aussi réussi à mettre ce dispositif en place : afin d'éviter toute violence excessive ? La vision des trois voitures-patrouille garées le long des barrières avait fait sursauter quelques-uns des protagonistes, mais Mack et son homologue de Horse Fly Camp – que j'avais rencontré lors de mes ambassades – firent un geste rassurant de la main : « Ne vous en faites pas, on est entre hommes, tout va bien. » Les gars de West Beaver s'agglutinèrent à une extrémité du terrain, côté ouest, le dos au soleil, et le groupe de Horse Fly leur fit face, immobile, une trentaine de types barbus qui ressemblaient à s'y méprendre à mes camarades de travail. Même proportion de Mexicains et d'Indiens, de colosses ou de formats moyens. Des gros et des maigres, des beaux garçons et des monstres. Séparés les uns des autres par quelque cinquante mètres, ils se rapprochèrent lentement vers le centre, dans un mouvement à peine perceptible, silencieux, lourd de menaces réciproques, et qui fit accélérer les battements de mon cœur.

J'entendis Mack gueuler :

– Alors, les hommes! Vous l'avez voulue votre putain de Grande Confrontation. Eh bien la voilà! Montrez-nous ce que vous savez faire.

En me retournant vers la direction de sa voix, je vis que Mack s'était dressé sur les gradins de bois pour apostropher les deux rangées d'hommes.

Les bras ballants, ou les mains dressées à hauteur de poitrine, dans la position de la garde quand on boxe, hésitant sur leurs jambes, les hommes continuaient de s'avancer avec prudence, comme la grenaille de métal est attirée par un aimant, mais se trouve encore trop loin de sa force magnétique pour s'y abandonner sans résistance. C'était un spectacle grave et intimidant parce que, comme tout ce que je vivais depuis ma découverte du vrai Ouest, je n'avais jamais rien vu de pareil. En outre, dans cette figure au ralenti de ces deux grappes compactes d'hommes évoluant vers leur inéluctable collision, vous sentiez monter un désir de violence. Vous en arriviez à souhaiter qu'ils se

163

ruent les uns sur les autres et que ça éclate, et que l'on en finisse comme on l'avait souvent dit là-haut au camp, qu'on s'en débarrasse, que cela arrive, mais que cela arrive assez vite pour que cela soit derrière soi dans le temps et non pas devant soi dans la vie. Enfin et surtout, j'étais assailli par la même révélation qui m'avait libéré lorsque j'avais récité le texte de *La Loi de la route* devant les travailleurs du camp : ils étaient tous des enfants! des gamins, des jeunes gens déguisés en durs à cuire. Derrière leurs barbes et leurs tignasses, le chaloupé de leurs larges épaules, le balancement grotesquement exagéré de leurs hanches, leurs poings fermés, et cette manière de ramasser leurs corps sur eux-mêmes à mesure qu'ils approchaient de l'épreuve du contact, je croyais voir des gosses perdus, des innocents dont je connaissais la nature fruste, et dont je craignais qu'ils n'en fussent les victimes.

Ils s'étaient resserrés les uns contre les autres pour former une chaîne humaine, à la façon des manifestants dans les défilés. Les deux masses, majoritairement vêtues de bleu – jeans, blousons Levis à boutons d'étain – avaient désormais franchi assez de terrain pour se retrouver face à face, séparées seulement par la même interrogation : Qui commence? De courtes volutes de fumée, pareilles à celles que dégage un troupeau de bœufs, montaient dans l'air froid. Ma curiosité et mon attention allaient vers ceux qui représentaient mon camp. Au milieu de la chaîne humaine, je voyais Drayne Smith, hautain et droit, un sourire glaçant sur ses lèvres; à ses côtés, Dick O'Neal souriait lui aussi et ses lèvres remuaient mais je ne pouvais, placé où j'étais, comprendre s'il s'adressait à ceux qui lui faisaient face en les insultant ou s'il soliloquait pour se donner du courage; Missouri, l'éclaireur au torse imposant était là aussi, et Bubba Williams, le géant noir qui dominait l'ensemble

164

d'une tête; et je distinguai mes trois compagnons de tente, Pacheco, livide et apeuré, l'œil encore fermé par la bagarre de la semaine précédente, Swede, avec l'amorce d'une expression que je ne lui connaissais pas, une contraction de plaisir au coin plissé de ses yeux d'habitude si éteints; et le gros Donald K. Banch, le visage encore luisant de graisse de poulet, avec son éternel aspect de paysan embarrassé dans une enveloppe malgracieuse, cette allure risible et attendrissante de l'homme qui ne comprend rien au déroulement d'un événement mais veut tout de même en faire partie.

Et les voyant tous, ainsi soudés dans cet instant qui précédait l'action, je me sentis pris de remords : par quelle lâcheté avais-je accepté de n'être que le spectateur de ce combat? Certes, il n'avait pas de sens, mais puisqu'ils étaient réunis sur le pré carré dans le petit matin de ce dimanche d'été, sous un soleil qui commençait de répandre sa bénéfique chaleur, il fallait que je les rejoigne. Ma place n'était pas parmi les contremaîtres du camp ou les flics de la route, ces adultes complices et manipulateurs de ce que Bill avait eu raison d'appeler « une farce ». Ma place était à l'intérieur de la farce. De deux choses l'une : ou bien j'aurais dû rester au camp comme beaucoup d'autres et surtout comme Bill – qui expliquait de sa voix grave qu'il est interdit de se battre, dans la vie, pour rien. Ou bien j'étais venu à la Grande Confrontation, et alors j'y jouais mon rôle. Je ne pouvais demeurer le juge et le témoin de ce qui allait se passer, il fallait que j'y aille, quel qu'en soit le prix. Aussi enjambai-je la barrière de bois pour sauter dans le corral et courir à toute allure vers mes camarades de West Beaver en leur criant du plus profond de mes poumons :
– Attendez-moi!
Je me sentis voler vers cette bagarre, courant sur mes

bottes à talons biseautés qui soulevaient la poussière blanchâtre sous la fine couche formée par l'humidité de la nuit. Je voyais grossir vers moi, à mesure que je me rapprochais, la double rangée des combattants. Je ne réfléchissais plus; mon corps, par sa course, avait pris possession de mes peurs et mes scrupules. Et seul comptait l'instant présent, la ruée vers le choc physique.

– Attendez-moi, criai-je à nouveau.

Et ce cri, pour la simple raison qu'il brisait le silence qui avait accompagné les préliminaires de la confrontation, déclencha la bagarre. Quelques têtes se retournèrent vers moi, les types de Horse Fly voulurent profiter de cette diversion pour engager le combat, et ce fut la mêlée. En un instant, les deux lignes humaines entrèrent en collision avec une violence inouïe, puisqu'on se battrait sans règles ni limites.

Des poings jaillirent. Des cris retentirent dans l'espace clos et les corps s'entremêlèrent, alors que j'arrivai à pleine vitesse vers le cœur même de la bataille rangée. Emporté par mon élan, je fus comme catapulté sur un magma d'hommes, je trébuchai contre une paire de jambes et j'effectuai un court vol plané dans une irréelle euphorie. Je me retrouvai, tête en avant, projeté dans le thorax d'un adversaire. J'entendis quelque chose craquer et je crus que j'allais perdre connaissance. Mais il n'en était rien. Face à terre, avalant une poignée de poussière irritante que je recrachai aussitôt, je voyais les bottes et les jambes tournoyer autour de moi. J'entendais des cris sourds, des ahans, le son de la douleur donnée et de la douleur reçue. Ça gueulait, ça cognait, les tissus et les chairs froissés faisaient comme un bruit d'archets qui crissent. Cris, jurons, onomatopées, borborygmes rauques. L'homme que j'avais renversé bougeait vaguement à mes côtés. Une forte odeur de

crottes de bouvillons et de cheval m'avait envahi et j'eus le
temps de comprendre que nous nous battions à l'endroit
même où, les jours de concours de rodéo, les cow-boys
tentaient de dompter les bêtes, et les relents de leurs
excréments surgissaient avec intensité maintenant que
l'humidité de la première couche du sol avait disparu, et
que la poussière blanche et jaune dominait et virevoltait
avec les mouvements incohérents des belligérants.
Je me suis redressé pour éviter d'être piétiné et chercher
de quel côté se trouvaient ceux de mon camp. C'est alors
qu'un énorme coup de poing s'est abattu derrière mes
oreilles. J'ai ressenti comme une décharge électrique et je
suis retombé à terre, inconscient cette fois.

J'ai vite repris mes sens. Quelqu'un avait dû me traîner
par les pattes jusqu'à la barrière du corral, un ami sans
doute. Un mauvais goût dans la bouche, incapable de me
relever, j'ai tenté de suivre la bataille du regard mais j'étais
dans un état filandreux qui me distanciait momentanément
de la réalité. Je voyais tourbillonner au loin, les corps dans
la poussière, mais ils semblaient appartenir à un autre
monde que le mien, et je ne m'y intéressai guère. L'enthou-
siasme, et l'étrange curiosité que j'avais éprouvée au seuil de
la violence s'étaient évanouis et il ne restait plus qu'à me
recomposer. Rien de cassé, aucune impossibilité de me
mouvoir, mais une sensation ouateuse, un manque de
ressort, la perte de l'adrénaline. En baissant les yeux sur ma
poitrine, j'ai vu que la merveilleuse veste de daim, cadeau de
la fille Clarke, avait, elle aussi, mal supporté ma brève
incursion dans la mêlée humaine. La manche droite était en
lambeaux, les poches étaient arrachées, et ça puait la bouse

de vache. Mon jean déchiré, mes belles bottes éraflées, un talon détruit. J'avais du sang sur la main droite.

Ce que je pouvais suivre sur le terrain de rodéo, en relevant les yeux, n'était pas plus brillant que ma tenue. Des hommes s'étaient écroulés au sol; d'autres avaient fui en claudiquant; la majorité avait, comme obéissant à un ordre non formulé, abandonné le combat et s'était éparpillée de part et d'autre du terrain. Un dernier groupe, situé au centre, faisait cercle autour des deux ou trois ultimes duels que livraient, pour notre camp, le géant noir Bubba Williams, le gros Donald K. Banch qui s'était avéré un redoutable cogneur, et Drayne Smith, le visage ensanglanté, qui s'épuisait dans un corps à corps du style des luttes gréco-romaines, avec un Asiatique deux fois plus épais que lui. Vue d'où je me trouvais, adossé à la barrière du corral, la Grande Confrontation n'était plus qu'un spectacle mesquin et laid, désordonné, poussiéreux.

Le triste état de ma veste en daim m'a fait penser à Amy et à la tendre miséricorde qu'elle avait suscitée chez moi. Puis à la brillante Elizabeth, perdue là-bas à l'autre bout du pays dans sa richissime résidence de Nantucket. J'imaginai que si elles m'avaient ainsi découvert, affalé dans le sable jaune du terrain de rodéo, la première aurait entrepris de m'épousseter; la seconde m'aurait fait entrevoir le ridicule de mon allure et de ma situation. Alors, comme mû par le double regard, cependant absent, de ces jeunes femmes à l'estime desquelles je tenais tant, je suis parvenu à me remettre debout et à faire quelques pas, en tournant le dos à la bataille.

— Imbécile, tu l'as eue, ta dose. Je t'avais pourtant dit de ne pas te mêler de ça.

J'ai reconnu la voix de Mack. Tout en surveillant d'un œil amusé la bagarre qui diminuait de violence, il m'a toisé

168

puis, semblant hésiter sur l'attitude à adopter, il a fini par rire et m'a dit :

— T'avais plutôt l'air flambant quand tu as fait ton vol plané par-dessus les gars, il y a un instant. Encore une chance que tu ne te sois pas pété quelque chose. T'es verni, Frenchy.

Comme je ne trouvais rien à répondre, Mack a ajouté :

— Va donc t'asseoir à l'avant du camion. T'as pas l'air encore très frais. Y a de la gnôle dans la boîte à gants.

J'ai cru devoir suivre son conseil et j'ai bu l'eau-de-vie de mesquite au goût violent. Mais je l'ai aussitôt rejetée, et avec la gnôle, j'ai vomi tout le « petit déjeuner de combat » servi quelques heures auparavant par Antonito. Il m'a fallu quelques minutes pour aller au bout du dégoût : cette peur, ce désir, ce choc, ces effluves de sang et de merde, ce rite barbare que nous avions tous voulu, mais qui n'avait abouti à rien. Cette fois, je me suis senti à nouveau moi-même — contusionné et fragile, mais redevenu maître de mes sens et enfin capable de comprendre que s'il s'était passé quelque chose, je n'aurais pu précisément dire quoi.

Il y a eu un coup de sifflet. Mack, et son homologue du Camp Horse Fly, accompagnés des flics, qui n'avaient pas jusqu'ici renoncé à leur attitude de spectateurs attentifs mais impartiaux, ont pénétré sur le terrain et entrepris de rassembler les hommes. Ils ont relevé ceux qui restaient à terre, et embarqué cette horde défaite vers les camions bâchés. Visages contusionnés et souillés de sang, bouches maculées de poussière; certains courbés en deux, le ventre martelé par les coups, d'autres indemnes, une expression pâle sur leurs joues balafrées. Il n'y avait aucun blessé grave, mais l'on était passé près d'un petit massacre. J'entendis Mack gueuler à la cantonade :

– C'est fini, personne n'a gagné.

Il répéta, au présent cette fois :

– Personne ne gagne.

Et ce changement de temps me fit dresser l'oreille. Ensuite, nous rentrâmes à la maison – c'est-à-dire là-haut, loin du village, là-haut parmi les arbres.

Pourquoi tout cela ? Dans les jours qui suivirent, je me poserais la question. A l'origine, il y avait eu un projet confus et Mack l'avait canalisé, il en avait déterminé les limites, il avait posé des balises. « Personne n'a gagné » – avait-il conclu. Et de fait, nous étions revenus à West Beaver Camp ni triomphants, ni penauds. Dans cette Amérique obsédée par la réussite et par l'accès aux premières places, quoi qu'il en coûtât – l'Ouest révélait cette évidence, prononcée comme après une courte réflexion par Mack : personne ne gagne... Mack voyait peut-être, mais je ne l'avais pas aussi bien vu que lui, que nous n'avions fait que suivre ce qu'écrit Pascal à propos des hommes : nous avions recherché l'amusement du jeu, et non pas le gain. Nous nous étions *divertis*. Je me souvenais, néanmoins, que Pascal énonçait aussi que les hommes se divertissent pour échapper à leur misère et à leurs malheurs. Mais nous n'étions pas malheureux, là-haut dans la forêt – loin s'en fallait. Alors, qu'avait signifié cette comédie ? J'ai dit plus haut dans ce récit, que nous étions des hommes sans femmes. L'absence de femmes – le manque d'amour – avait-il fait naître ce besoin de guerre ? Je n'y ai pas réfléchi ainsi. J'ai mis tout cela sur le compte de l'Ouest – et je me suis endormi avec le reste des hommes, au moment où me venait une idée nouvelle : il fallait apprendre à refuser la pulsion d'une communauté – il fallait rester au-dessus, ou à côté de la foule. La masse avait voulu ce moment de violence et de haine, et si nous avions été des individus et non pas des suivistes, nous aurions résisté à l'instinct du camp.

TROISIÈME PARTIE

La forêt

18

La pluie s'est mise à tomber quelques jours plus tard, et il a plu pendant des jours et des jours sans interruption, et il pleuvait aussi la nuit, et l'on entendait le drip-drip-drip régulier et bientôt insupportable de la pluie qui cognait sur le toit de la tente et coulait le long des parois.

On était fin juillet. On ne pouvait plus faire sécher ses vêtements. Au matin, on se réveillait dans l'humidité et on partait au travail en roulant dans des flaques de boue, sous le voile indéchirable de la pluie du Colorado, et il fallait continuer à répandre l'insecticide et c'était d'autant plus pénible que sous les coups du vent, parfois, la pluie vous rabattait les gouttes du liquide sur le visage et cela vous cramait la peau, et nous nous protégions de plus en plus au point de ressembler sous nos *ponchos*, les larges capes vertes de l'US Army, à des soldats engagés dans une guerre chimique, perdus dans une forêt sans limites et sans horizon. Dans la brume des sous-bois, les silhouettes déformées des hommes avec leurs machines à dos traversaient les rideaux de pluie comme des fantômes ou des robots.

La rivière avait pris une consistance boueuse et brune, les aliments, autant que l'eau qui nous servait pour boire et nous laver, avaient le même goût de terre et de rocaille; nous avions fini par nous faire à l'idée qu'il pourrait pleuvoir ainsi tout l'été, jusqu'à la fin des travaux. Putain de pluie, disions-nous, en nous couchant le soir. Putain de pluie, répétions-nous, quand sonnait la cloche du réveil. La pluie était devenue quelqu'un, une personne qui dominait notre vie et nos conversations; elle avait transformé l'aspect des sapins et des montagnes; elle avait modifié les couleurs et les odeurs; elle avait détruit en nous la notion des jours, la perception d'un calendrier; nous étions privés de bleu et de citron, le bleu des rangées de Ponderosas et de Fir-Trees, l'odeur de citron de leurs aiguilles et de leurs pommes résinées; la pluie avait imposé sa loi sur nos gestes, nos pensées, nos besoins. Elle nous avait soumis.

C'était un être supérieur, une entité qui semblait être arrivée dans notre petit univers pour une raison particulière. Elle avait lavé le camp des séquelles de la Grande Confrontation, avait tout noyé sous le déluge. La pluie nous avait un peu plus isolés du reste du monde. Nous éprouvions d'immenses difficultés à descendre en ville sur le chemin transformé en un torrent impraticable de nuit. La pluie avait remis toutes actions et tous hommes à leur vraie place. Les clans, les rodomontades, les défis, les jeux du cirque avaient disparu, emportés par cette obsédante faucheuse de bêtise et de violence, cette réductrice impitoyable. Nous ne pouvions pas lutter contre elle. Dick O'Neal enlisait son GMC dans la gadoue, et c'en était fini des courses folles vers le petit pont en rondins de bois. La pluie était plus forte que lui ou que les bûcherons, les éclaireurs, ou Antonito le cuistot roublard, ou même Bill le taciturne que nous surprîmes à s'impatienter devant cette puissance supérieure à la sienne. La pluie nous apprenait à courber l'échine et attendre que le ciel formule les choix à notre place.

176

Par sa pénétration et par sa monotonie, la pluie avait corrigé nos rythmes et nos usages, et lorsqu'elle cessa, nous n'étions plus les mêmes, mais aucun d'entre nous, pas plus Bill, aux aphorismes rares, pas plus Doc Larsen avec son intelligence efféminée ou Mack avec sa ruse de stratège, pas plus moi avec ce sens grandissant du surnaturel qui, depuis ma découverte de la route et de la forêt, faisait des brèches dans mes raisonnements d'Européen – aucun d'entre nous n'aurait pu dire pourquoi la pluie avait ainsi tourné une nouvelle page. Mais c'était ainsi, et quand revinrent le bleu et le parfum de citron et le soleil et les eaux claires, nous eûmes l'impression tenace que la pluie nous avait fait un signe, et je pressentis alors qu'il allait se passer d'autres événements, que l'été avait basculé dans une autre musique, et que d'autres rendez-vous m'avaient été assignés.

19

A quelque temps de là, Mack me nomma éclaireur.

La complicité née entre nous au long des épisodes de la Grande Confrontation, le jugement qu'il portait sur ce qu'il appelait mon « astuce » (« Tu es astucieux, Frenchy », m'avait-il dit à deux reprises) et la défection d'un titulaire parti vers un autre emploi mieux rémunéré dans le Nord-Ouest, en Orégon, avaient dicté cette promotion. Je n'en étais pas peu fier. J'appartenais, désormais, dans le système social du camp, à la classe de privilégiés que j'avais tant enviée : ceux qui mangent du steack, ont droit à la douche chaude, s'arrêtent de travailler le samedi à midi, gagnent plus de dollars et s'habillent non plus en forçat de l'insecticide mais en véritable « Westerner » : bottes Acme ou bottes Tony Lama et chapeaux North Rider – jacket Levis et jeans de la même marque. Ceux, enfin, qui arpentent la forêt en avant-garde du reste de la troupe, et découvrent ses beautés et ses profondeurs. Solitaires, hachette à la main, ils déterminent d'un coup de leur arme le futur travail des équipes. Tâche de direction, de *leader*.

Je mesurais l'honneur qui m'était fait. Je craignis que ce changement de statut ne me coupât de mes compagnons de tente. Apparemment, il n'en fut rien. Aucune rancœur, aucune jalousie ne vinrent troubler l'homogénéité de notre petit groupe. Bill, dont le refus de l'ordre et du galon demeurait un mystère inexpliqué, mais que je croyais avoir compris, ne pouvait pas m'en vouloir. Il fit un bref commentaire :

– On ne peut pas toujours avoir ce que l'on veut, mais tu l'as eu. Bravo.

Plus tard quand nous fûmes seuls, il devait ajouter :

– Un éclaireur est un homme mieux informé que les autres. N'oublie pas notre pacte.

Swede et Donald K. Banch me félicitèrent. Seul, Pacheco, qui avait été mon valeureux coéquipier dans le labeur ingrat du transport et de l'arrosage de *goop*, le maudit liquide dont l'odeur avait pénétré nos vêtements et notre vie de tous les jours, parut troublé.

– Je t'avais dit qu'il faut pas faire confiance à Mack, dit-il. C'est un chef, donc c'est un salaud. Et voilà maintenant que tu appartiens à son bord.

– Mack n'a rien à voir avec tout ça, dis-je. Devenir éclaireur ne change rien à ce que je pense de Mack.

Je sentis le besoin de me justifier : tout le monde avait le droit d'accéder à un meilleur job, mieux payé, ce qui faciliterait la poursuite de mes futures études. J'étais venu dans l'Ouest pour ça. Je n'avais trahi personne, je n'avais pas vendu mon âme au diable, j'étais en règle avec moi-même.

– Et moi, répliqua Pacheco, as-tu pensé à qui va te remplacer à mes côtés et faire équipe avec moi ?

Les mots me transpercèrent. Je répondis sans réfléchir :

– On va s'en occuper. On va te trouver quelqu'un de bien. Je te le promets.

Il soupira.

179

— O.K., fit Pacheco. Si tu me le dis, je veux bien te croire.

Il me tendit la main spontanément. Son maigre visage basané et perpétuellement inquiet fut traversé d'un sourire.

— On reste amis. C'est ça qui compte.

Je lui serrai la main avec effusion. J'admirais Pacheco pour la vision claire qu'il avait des choses de la vie, son sens de la loyauté. Je comprenais les limites étroites que traçaient, pour son destin, ses modestes origines mexicaines et son manque d'éducation, et j'admirais la conscience qu'il avait de ses limites, sa résignation dépourvue d'amertume. Il acceptait que tout ait été décidé pour lui à l'avance; il fallait, dès lors, lutter et survivre dans une société inégale mais on pouvait le faire avec organisation, et avec dignité. Il avait un faciès ingrat, le nez camus, un corps sec et mal nourri. A vingt ans, il en paraissait déjà quarante. Il se déplaçait dans l'existence mû par le souci de ne pas attirer le regard ou l'attention, mais il incarnait le courage même, et il ne connaissait pas les chausse-trapes de la comédie humaine. L'hypocrisie, les compromis, le recours à l'arme de l'homme urbain civilisé – le verbe – pour contourner les dangers qui se présentent, lui étaient inconnus. Il y avait en lui une sorte de noblesse et je n'aurais pu dire pourquoi, face à lui, je me considérerais toujours comme son inférieur. Je n'étais pas meilleur que lui. J'avais eu plus de chance dès le départ, c'était tout.

Et puisque, grâce aux ressources dont je disposais, je me trouvais dorénavant dans une situation dominante, je décidai sur-le-champ que je ferais tout mon possible pour aider Pacheco, le protéger, ne jamais l'humilier. La promesse que je venais de lui faire prenait son vrai sens : d'une certaine manière, j'étais comptable de quelque chose à son égard. Et le regard qu'il continuerait de poser sur moi et mon comportement en tant qu'éclaireur – membre de la classe privilégiée – jusqu'au dernier jour de notre travail au camp, me servirait de baromètre, de juge arbitre ou de garde-fou. Pacheco était une âme simple. Mais la simplicité d'âme de l'obscur ouvrier mexicain m'avait alerté et devait me pousser à exiger de moi-même un surcroît de rigueur, pour compenser mon trop-plein d'astuce; un peu moins d'ambition, un peu plus de vertu.

20

Au-delà des avantages matériels, le métier d'éclaireur m'offrit enfin l'occasion de connaître et d'aimer la forêt et les montagnes de l'Ouest. Guidé par Mack, j'appris à identifier les espèces, différencier les genres, donner un nom à chaque plante, chaque animal. Ce fut l'un des tournants de mon séjour dans le Colorado. On était en août maintenant, et au petit matin, une fragile sensation de froid commençait à s'inscrire au-dessus des épaules, comme pour rappeler combien l'été est bref dans les Rocheuses.

Après m'être acquitté de ma mission d'éclaireur, je rejoignais Mack.

— Marchons, disait-il.

Nous marchions longuement dans une dominante de bleu, puisque le bleu du ciel renvoyait au bleu qui s'imprime dans le fond du vert de chaque espèce de sapins. Les espaces que nous explorions, Mack les appelait le Pays Bleu — *The Blue Country*. Il arrachait les aiguilles des conifères pour les broyer dans la paume de sa main et les réduire en une matière verte et bleuâtre dont il me faisait sentir la forte saveur de fruits exotiques. Citron, vanille, ananas, et parfois une essence de violettes, ou de prunes.

— Sens-moi ça, Frenchy, sens le bleu, me disait-il. Tu vois, le bleu a une odeur. On peut sentir une couleur !

Cette réalité paradoxale semblait l'enivrer et illuminait son masque habituellement dépourvu d'expression. La dureté et l'autorité qu'il avait manifestées dans sa conduite des affaires du camp et dans le maniement des hommes, laissait la place, lorsque je me promenais seul avec lui dans la forêt, à une jubilation poétique. Il était chez lui dans la forêt, il y avait passé la majeure partie de sa vie et il lui donnait son temps, son regard, son écoute et son amour.

– Assieds-toi, me disait-il, et attends. On ne comprend et on ne rencontre bien les animaux ou les choses qu'en restant immobile.

Il choisissait un promontoire pelé dépourvu d'arbres, un point privilégié connu de lui seul, situé au-dessus des rangées de sapins, et au pied des premiers contreforts rocheux. De là, on voyait loin : on distinguait la Rivière du Désappointement et les toits des tentes du camp, et par certaines trouées dans l'étendue des sapins, on pouvait aussi observer les clairières et les points d'eaux, les étendues de ce qu'on appelle le Chaparral – c'est-à-dire tout ce qui n'est pas du domaine des arbres, cette brousse à tige courte, cette prairie indéfinie dont l'ondulation sous le vent m'avait captivé lorsque j'avais reçu le premier choc de la beauté du haut pays, à ma descente de camion. Chaparral, un beau nom dans lequel battait comme le pouls d'une vie secrète.

– C'est dans le Chaparral que couraient les Indiens, c'est là que vécurent les cerfs, les antilopes, les bouquetins et les bisons, disait Mack, la voix lourde de nostalgie.

Mack avait été initié aux forêts du sud-ouest du Colorado par un Indien Ute, la tribu la plus présente dans ces parties-là du pays, avec les Navajos. L'Indien s'appelait Moon Dog – Chien-de-Lune – et il me semblait, à entendre Mack, que cet homme aujourd'hui disparu avait joué un grand rôle dans la vie du contremaître. Il l'avait rencontré en traversant, par inadvertance, un cercle invisible dans une clairière sacrée. Mack était parti seul, en expédition dominicale, dans les plateaux proches de Mesa Verde. L'Indien avait surgi de nulle part et avait expliqué au jeune Mack – il devait avoir seize ans lors de cet épisode – qu'il lui faudrait payer longtemps le prix de cette erreur. Mack avait formulé des excuses. Chien-de-Lune avait ri et lui avait dit qu'on n'en était plus aux temps des luttes impitoyables entre chasseurs blancs et Indiens jaloux de leur territoire. Alors Mack avait partagé sa nourriture avec lui. Il lui avait offert ses jumelles, sa boussole, et un coutelas à ressort, à la lame gravée, à manche en nacre perlière. Ils avaient fait amitié.

Chien-de-Lune était déjà très âgé, mais tous les dimanches, le jeune Mack quittait la ferme familiale, il retrouvait son ami l'Indien dans la forêt, et celui-ci lui enseignait le poids des saisons, le rôle des bêtes sauvages, la disposition des choses de la nature.

Entre autres méthodes, il lui avait inculqué celle que Mack aujourd'hui, trente ans plus tard, me révélait à son tour : ce n'est pas en marchant qu'on observe la vie des bêtes. Il faut s'asseoir calmement, puis se déplacer vers un autre point fixe pour s'asseoir à nouveau, et attendre que la vie vous enveloppe. Les animaux – oiseaux ou mammifères – s'habituent assez vite à une forme humaine qui ne bouge pas.

Chien-de-Lune lui avait appris d'autres choses, qui dépassaient le simple savoir de la forêt. Mack n'était pas un bavard. Il perdait pourtant sa retenue lorsqu'il évoquait son mentor et, grâce au souvenir jamais attendri mais empreint de révérence qu'il dévidait à propos de l'Indien, je pus prendre la vraie mesure de celui que Pacheco avait étiqueté à tort comme un salaud. Comme beaucoup d'hommes de l'Ouest, c'était un individualiste farouche. Même s'il savait contrôler des groupes d'hommes et son rôle à West Beaver Camp le démontrait amplement – il ne s'intéressait guère à cette activité. Les épreuves qu'il avait imposées aux nouveaux venus dans le camp, que nous avions considérées comme des actes de sadisme, marquaient la nécessité d'opérer le tri entre les individus faibles et les autres. Son interlocuteur véritable n'était pas la société des autres hommes, mais la nature et les éléments qui commandent les pluies, les neiges, les canicules ou les épanouissements printaniers.

Pour lui, les Rocheuses – terme dans lequel il englobait aussi bien la forêt et sa faune que le Chaparral, les contreforts subalpins, et les montagnes elles-mêmes – n'étaient pas une merveille destinée au tourisme, mais plutôt le théâtre d'un combat quotidien et contradictoire. Car il fallait se battre pour s'y nourrir, y prospérer ou y survivre, mais il fallait aussi lutter pour en préserver la beauté, et cette sauvagerie qui en faisait à la fois un ami et un adversaire. L'Indien l'avait incité à écouter le ciel, à interpréter certains mouvements atmosphériques comme autant d'appels ou de signes; il prétendait qu'on pouvait lire ou prévoir un événement à partir d'une observation aiguë de la nature. Par la grâce de leur amitié, l'Indien lui avait enseigné à ne marquer aucune intolérance dans ses rapports avec les autres races, et en ce sens aussi, Mack était un vrai homme de l'Ouest. Pour lui les hommes n'étaient pas des Noirs, des Mex, des Blancs ou des Jaunes. Ils étaient des forts ou des faibles, des astucieux ou des fous. Des naïfs et des innocents, des durs et des lâches. Leur caractère comptait plus que leur intelligence et il éprouvait une méfiance aiguë vis-à-vis de tout ce qui portait le masque de « l'éducation », toute forme de raisonnement qui ne venait pas de la vie sur le terrain – comme il disait – mais des

185

livres, des diplômes, des professeurs, Or, c'était à un *college boy* qu'il s'adressait, à qui il livrait quelques-uns de ses secrets, et lorsque je lui en fis la remarque, il répondit :

— Je sais, tu as raison. Quand je rencontre un type « éduqué », j'ai d'abord envie de le briser mais ensuite il m'intéresse plus que les autres — parce qu'il est capable d'apprendre plus vite, mais surtout parce que ce que je lui apprends, il ne pourra jamais l'apprendre ailleurs, dans les villes ou dans les salles de classe! Alors c'est excitant, ça me gratifie, si tu vois ce que je veux dire.

— Vous en voyez souvent passer, dans votre métier?

— Oui, dit Mack, chaque été. Ils viennent dans l'Ouest pour des *summer jobs,* comme tu l'as fait. Tu n'es pas le premier d'entre eux à qui j'ai appris à marcher dans les bois. Mais toi en plus, tu es Frenchy et tu es celui qui est venu de très loin.

Je soupçonnais qu'à sa façon, Mack rendait un hommage posthume à Chien-de-Lune qui avait, d'emblée et sans arrière-pensée, décidé d'initier le jeune Blanc. Mack à son tour, dispensait son savoir à des êtres aussi lointains et différents de lui qu'il l'avait été du vieux chef Ute. Emporté par ses élans de confidence, Mack lâchait :

— Je n'ai jamais été marié, je n'ai pas eu d'enfants et je n'en aurai pas. Mais un jour, je tomberai sur un gamin que je formerai et qui ne me quittera pas avec les premières neiges pour rentrer à la ville, ou au *college,* ou chez ses parents.

Puis il se taisait, et nous reprenions notre marche. Ainsi, Mack était-il à la recherche d'un fils — comme d'autres sont en quête d'un père.

– Commence par le commencement, m'a dit Mack au premier jour de notre relation nouvelle, et apprends d'abord les arbres.

J'ai bientôt pu distinguer chacun d'entre eux et les appeler par leurs noms. Le pin Ponderosa, large et rond, qui donne un bois lourd, le pin le plus répandu et le plus précieux, celui qu'il fallait à tout prix sauver du travail destructeur des insectes; le White Fir, aux aiguilles plates et flexibles, bleu-vert avec des lignes blanchâtres sur les deux surfaces; le Fir subalpin à la couronne pointue et aux branches basses, aux extrémités desquelles viennent se nourrir la grouse et les daims; le Juniper des Rocheuses, dont les pignes rouges dissimulées dans les pommes en forme de cônes sont appréciées des rongeurs; le Blue Spruce; et le Douglas, le plus haut, avec sa taille de soixante mètres, son écorce rouge et sombre, souvent liégeuse, ses pommes en forme d'œufs, brun clair aux pignes savoureuses que viennent dévorer les élans et picorer le *blue bird* des montagnes au bec noir et à la robe bleu lavande – le Douglas, superbe et colossal, le roi de la forêt nationale Uncompaghre!

J'aimais ces arbres. Le caractère écrasant de leur beauté ne m'avait pas autant frappé lorsque j'aspergeais leurs racines et la naissance de leurs troncs à coups de *goop* – mais maintenant que je les observais d'une autre hauteur, je pouvais mieux jouir du spectacle de leur *evergreen* – le vert éternel, une appellation qui me ravissait – et j'étais capable d'apprécier l'ensemble comme les détails de l'univers qu'ils dominaient. Ces couleurs et ces espèces avaient toujours été là, mais si Mack ne m'avait pas ouvert les yeux, je n'aurais pas connu le bonheur de toucher à ces fruits, ces fleurs, ces feuilles et ces branches.

Ainsi, sans parvenir à les cataloguer dans ma tête, car

Mack les identifiait souvent trop vite, et je ne pouvais, tel un naturaliste, prendre des notes ou croquer leurs profils – je découvris les fleurs sauvages des Rockies, aux teintes subtiles, à l'existence fragile, des fleurs évanescentes aux types multiples, aux infinies variétés :

– Il y en a une telle multitude qu'il te faudrait un livre de cinq cents pages pour les répertorier, disait Mack en avançant.

On en trouvait, en effet, par milliers. Vous pouviez les cueillir dans la rocaille le long des pistes et des sentiers, ou bien dans le Chaparral en lisière de la forêt, ou bien dans les clairières des *aspens* ou sur les flancs des plateaux, ou dans les prairies subalpines. Mais surtout le long du torrent, sur ses rives, et enfin dans les bois eux-mêmes, au pied des sapins, dans la mousse et l'humus, là où tout était toujours un peu moite et spongieux. Et chaque nom portait, comme l'avait dit Chien-de-Lune à Mack qui me le transmettait, un sens, un symbole, une existence et une histoire.

Vous aviez le choix entre l'exotisme de la Plume Apache, petite chose jaune et tordue; la Nymphe des Bois, pâle, rose et délicate; la Fitweed de Case, une plante haute, plutôt douce, dont le goût succulent dissimulait un poison alcaloïde dangereux pour les moutons; l'Orchidée Fantôme, aux pétales blancs et cireux, et qui apparaissaient difficilement dans la lumière toujours amoindrie du tapis de la forêt; la Fleur de Singe, avec sa corolle jaune tachetée de rouge; la Primerose du Soir, qui tournait à l'orange dès le deuxième jour de son éclosion; la Goutte de Pin, l'une des plus connues, qu'on retrouvait sans faillir sous chaque Ponderosa; la Lily des Montagnes Rocheuses, aux six segments rouge-orange; la petite Pipsissewa, à l'étonnante conjonction de vert et de rosacé, dont le nom dérivé du langage des Indiens Cree voulait dire : « celle qui se brise en petits morceaux »; la Colorado Four o'clock, au rose profond et vibrant, qui s'ouvrait seulement à l'approche du soir et dont la racine avait servi de nourriture aux volailles des tribus d'Indiens Ute; la Gentiane de l'Explorateur, sans doute l'une des plus belles, sa corolle passant du bleu au vert jaunâtre, avec ses cinq lobes pointus, presque droits, en forme de clochettes; la Menthe de Coyote, blanche et grisâtre, aromatique, avec un sommet dense et pourpre; et enfin la plus répandue, la Phacelia Soyeuse, un bouquet de pousses couvertes d'une impalpable poussière d'argent, aux fleurs d'un violet sombre et profond et qui semblaient avoir été brodées en leurs extrémités.

Devant le déroulement sous mes pieds de tant d'éphémères beautés, je comprenais mieux comment Doc Larsen avait composé l'insolite bouquet qui décorait sa tente individuelle, le jour où il m'avait infligé ses piqûres de pénicilline pour enrayer la maladie honteuse transmise par Amy.

Amy... le parfum et le toucher de la Phacelia Soyeuse m'avait fait, sans raison, penser à elle, et à cette odeur de fleurs séchées qui flottait autour de la chevelure de la jeune joueuse de guitare. Je l'avais rayée de mon esprit depuis quelques semaines. Trop d'événements, de découvertes. Et voilà que la délicatesse d'une fleur sauvage des montagnes faisait surgir à nouveau son visage et sa voix. J'ignorais si Chien-de-Lune et Mack avaient raison de prétendre qu'il existait des « appels », et que telle pluie annonçait tels changements, ou telle action dans tel paysage transmettait telles pensées et provoquait telles rencontres – mais les deux hommes, l'un mort, le chef indien – l'autre, présent dans ma vie quotidienne, m'avaient exposé et proposé une autre approche des péripéties de la vie. Cela m'avait insidieusement influencé.

Ces deux personnages étaient des « primitifs », ou des

enfants, ce qui revient au même. C'est-à-dire que, contrairement à la plupart des adultes, ils ne croyaient pas à l'unité de leur personne. Ils s'étaient nourris de la notion simple qu'il y a des Esprits, et qu'on peut être habité un temps par celui du mal, ou protégé par celui du bien – et que les cieux et les éléments surnaturels décident parfois des choses à votre place. Si je me sentais aussi troublé par leur croyance, c'était que, depuis le départ de mon tranquille campus pour mes aventures sur la route et dans la forêt, tout ce qui m'était arrivé avait procédé de cette façon. Les voyous dans la Ford ; Amy ; la tornade dans l'Indiana ; ma rencontre avec Bill et Pacheco ; ma lutte contre la maladie ; la Grande Confrontation ; la pluie ; l'initiation faite par Mack... Et s'il m'était possible de dire que cela avait eu lieu parce que c'était l'Ouest, ou l'Amérique, ou parce que c'était ma jeunesse – j'aurais pu tout aussi aisément considérer qu'il existait, après tout, une autre dimension.

Aussi bien ne fus-je qu'à moitié surpris de retrouver Amy – oui, Amy ! quelques jours seulement après avoir pensé à elle au moment où je caressais entre mes doigts les délicats pétales d'une Phacélia Soyeuse.

Amy dans un restaurant de Cortez, à l'intersection des routes US160 et US666.

21

C'était un dimanche.

Je revenais, avec Swede et Donald K. Banch, du Monument des Quatre Coins – *The Four Corners*. Cet endroit, unique sur la carte des États-Unis, est le seul point géographique où se rencontrent, et donc se croisent, les frontières de quatre États : le Nouveau-Mexique, l'Arizona, l'Utah et le Colorado. Il n'est pas un Américain qui n'ait eu envie, au moins une fois, de venir sacrifier à ce rite : vous vous couchez sur la pierre du monument, vous étendez vos bras et vos jambes à la façon de l'homme de Léonard de Vinci et alors votre jambe gauche est en Arizona, la droite au Nouveau-Mexique, votre bras gauche en Utah et le droit dans le Colorado.

Toute la région qui recouvre les Quatre Coins est splendide, constellée de réserves indiennes (Jicariya, Apache, Zumi, Navajo et Ouray), de rivières à truites (Dolorès, San Juan), d'anciennes villes minières, de forêts nationales et de barrages électriques, de lacs, de canyons, de musées archéologiques et de vieilles voies de chemin de fer qu'empruntaient les chercheurs d'or. En été, les touristes abondent. Nous n'en avions pas vu un, perdus dans notre forêt et nos montagnes. Nous avions une haute opinion de notre identité. Nous étions des travailleurs forestiers, pas des ploucs qui déambulent en roulottes et achètent des cartes postales à tout moment. C'est pourquoi nos incursions dans la zone touristique avaient été rares et nous avions préféré nous cantonner à notre petit village poussiéreux et isolé, théâtre de nos beuveries et bagarres, à l'écart des grandes routes nationales : Norwood, 150 habitants – ou à des bleds semblables. C'était notre royaume, et lorsque nous en sortions, nous nous dirigions vers les villes de l'intérieur (Montrose, Delta, Gunnison), des cités authentiques où nos mines barbues et nos vêtements rudimentaires passaient inaperçus, plutôt que dériver sur la région des Quatre Coins, porte ouverte sur un monde étranger au nôtre, celui des bambins et des familles, des bourgeois affublés d'appareils photo, menant des vies factices. Bill et Mack détestaient cette engeance et lui appliquaient l'un des mots les plus méprisants du vocabulaire des gens de l'Ouest : ces hommes et ces femmes étaient des *dudes* – c'est-à-dire, en gros, des jobards. Les *dudes* ne connaissaient pas la Loi de la route. Ils n'avaient pas foulé comme nous les steppes hautes où passaient naguère le grizzli, le loup gris, ou la wolverine. On n'adressait pas la parole aux *dudes*, et pour éviter leur contact, mieux valait encore s'abstenir de pénétrer dans leur lieu de prédilection – et par exemple, la région des Quatre Coins.

J'avais néanmoins ressenti la curiosité de voir à quoi ressemblait cet endroit. Swede et Donald K. Banch m'avaient accompagné. Nous avions touché le point des quatre frontières comme les *dudes*, en nous étendant sur la pierre plate du monument, et à peine l'avions-nous fait que nous repartîmes vers le camp, dans la Packard 1938 d'occasion, rachetée par Swede avec sa paye de juillet à un vieil excentrique de Telluride. C'était une imposante bagnole toute noire, avec des rideaux aux fenêtres latérales arrière, un moteur sans raté, elle nous fut utile pendant l'été pour nos virées du samedi soir. Il fallut faire de l'essence et Swede arrêta la Packard aux portes de Cortez, un gros bourg où se rejoignent deux routes importantes : la 666, qui arrive de Gallup dans le Nouveau-Mexique pour monter jusqu'aux plateaux désolés de l'Utah, et la 160, qui vient de Teec Nos Pos en Arizona pour s'achever à Cortez, précisément.

Tandis qu'un employé de la station-service faisait le plein, nous sommes descendus de la Packard pour regarder passer le trafic, des camions épais et fumants, des autocars aux flancs recouverts du sable ocre de l'Arizona. De l'autre côté de la voie, il y avait un petit restoroute, et l'on pouvait deviner à travers les fenêtres une agitation différente de celle qui prévaut dans ce genre d'établissement. Plus de clients que la normale, surtout en cette heure plate d'un dimanche après-midi. Une intuition m'est venue. J'ai dit à Swede :

— Allons voir ce qui se passe là-bas.

— Pas le temps, a dit Swede. J'ai envie de rentrer au camp avant la nuit.

— Il se passe un truc, pourtant, ai-je dit. Tu ne vois pas toutes ces têtes à travers la vitre ?

— Et alors, a dit Swede. Ça n'est rien qu'une bande de *dudes* qui boivent un coup avant de regagner leurs hôtels.

Donald K. Banch qui mâchonnait un os de poulet, reste d'un quart de son mets favori, acheté plus tôt au snack-bar des Quatre Coins, voulut corriger Swede :

— Il n'y a pas de *dude* à Cortez. Tous ces mecs, c'est des routiers. Tu vois pas leurs gros bahuts, parqués derrière le bistrot ? C'est plein à craquer de 10 tonnes.

Le gros Donald K. Banch avait raison. Tous les routiers des environs semblaient s'être donné rendez-vous dans ce misérable petit resto à l'entrée de Cortez. Depuis la station-service, nous ne pouvions lire l'origine des plaques minéralogiques, mais elles présentaient un aspect suffisamment multicolore pour comprendre que le restoroute était un arrêt obligé des camionneurs de toutes les extrémités de l'Ouest et du Sud-Ouest. Le plus étrange, c'est qu'il ne sortait personne du bistrot – comme si les chauffeurs entraient pour y consommer quelque chose mais, qu'une fois à l'intérieur, une autre chose les avait cloués sur place. Car toutes ces têtes et silhouettes derrière la vitre présentaient un autre point commun : elles ne bougeaient pas. Par-dessus les bruits de la circulation, j'ai dit à Swede :

– Tu fais ce que tu veux. Moi, je vais voir ce qui se passe.

– O.K., a dit Swede. Je range la Packard et je vous rejoins.

Avec Donald K. Banch, nous avons traversé la 666 et nous avons poussé la porte du resto. Et j'ai alors reçu le son d'une voix qui m'était très familière.

Rauque, sensuelle, lascive, trop tôt mûrie par un passé douloureux et par des errances souvent dangereuses, une voix de femme fascinait les routiers assis ou debout mais figés dans un silence heurté seulement par le bruit des verres, des bocks ou des tasses. Je ne parvenais pas à voir la femme tant le rideau de spectateurs agglutinés le long du comptoir et autour des guéridons et banquettes, était serré et impénétrable, mais je l'avais évidemment reconnue à l'instant où j'avais ouvert la porte. Et les accords rythmés, secs et répétitifs de sa guitare m'avaient tout aussi instantanément confirmé dans mon intuition : c'était Amy, la fille Clarke, mon amour d'un jour au début de mon été. Elle leur

194

chantait *La Loi de la route* et c'est pour cela qu'ils avaient retenu leur souffle et fait silence. Mais à chaque fin de strophe, à chaque arrêt entre deux articles de la Loi, ils applaudissaient et criaient leur approbation, si bien que cela prenait du temps. Personne ne semblait s'en plaindre, pas plus le public que la chanteuse.

Quand nous étions entrés, Amy entamait la sixième loi, l'une des plus belles et des plus amères – et dont j'avais pu moi-même, au camp, mesurer l'effet qu'elle faisait sur les hommes :

> *... tu sais pas ce que c'est que la chance*
> *avant d'avoir à la saisir*
> *Et tu sais pas ce que c'est qu'une femme*
> *avant d'avoir à la séduire*
> *Et tu sais pas ce que c'est qu'un homme*
> *avant d'avoir à t'en servir.*

La banalité apparente des paroles renfermait pour chacun d'entre nous, dans ce bistrot de Cortez comme là-haut à West Beaver Camp, le rappel d'une expérience, la morsure d'une vérité vécue. Et le tout était sauvé, récupéré pourrait-on dire, par la chute en forme de pirouette ironique :

> *Et tu sais pas ce que c'est qu'une tortilla*
> *avant d'avoir à la faire cuire!*

J'ai réussi à me frayer un chemin parmi les hommes et j'ai enfin pu voir au-delà des tables, le dos au mur, Amy, assise sur un haut tabouret prélevé au comptoir du bar. Elle n'avait pas changé. Sa tenue était restée la même : l'ample jupe de velours, les bottines à talons western, un chemisier trop large pour son corps de petite

195

fille, une bandana rouge et blanc autour du cou. Ses cheveux toujours aussi abondants et semblables aux moissons de son pays natal, dissimulaient son visage infantile lorsqu'elle le penchait vers sa guitare afin d'appuyer un peu plus sur un accord qui scandait la ballade. Puis elle le relevait, faisant face aux consommateurs, et elle leur décochait le final de sa chanson avec ce même sourire que je lui avais connu quand elle s'était étendue sous moi dans le champ de colza – un sourire éthéré et lointain, désincarné, et qui renforçait le contraste avec sa voix, ce timbre mûr et déjà lissé par les expériences, comme une pierre de jade érodée par le temps. En la redécouvrant, anonyme parmi ces routiers qui ne l'avaient pas connue comme moi, je pouvais m'assimiler à eux mais je sentais qu'ils ne la regardaient pas avec les mêmes yeux. Elle n'était pas leur type de femme. Pour eux, ce n'était même pas « une femme ». Les filles qu'ils recherchaient ou dont ils rêvaient, avaient l'allure de ces patineuses en maillot moulant et culotte courte, aux cheveux bouclés et ondulés et qui servirent de modèles à des marques d'huile à moteur, ces corps à la Rita Hayworth ou à la Jane Russell dont ils clouaient les effigies sur la calandre de leurs véhicules. Amy n'appartenait pas à cette race, cette génération. En avance sur son temps, elle préfigurait les enfants-fleurs qui déferleraient avec les mots amour et paix au bord des lèvres et que ces mêmes camionneurs aimeraient d'abord, pour ensuite les rejeter violemment.

Il n'empêche : elle leur parlait de leur monde et disait en musique ce qu'ils ne parviendraient jamais à exprimer – et le trouble créé par sa voix pesait sur cette assemblée d'hommes qu'elle tenait ainsi dans le creux de sa petite main, au creux de sa maigre guitare, jusqu'à la dernière note de sa chanson. En l'observant plus longuement, il me parut tout de même qu'une modification était intervenue en elle, mais je n'aurais su dire laquelle.

Les applaudissements et les sifflements exprimèrent la satisfaction du public qui martela les tables de bois avec des chopes de bière. Ils ne voulaient pas qu'elle les quitte, certains commençaient à réclamer un « encore » et Amy leva la main pour les faire taire, l'air ravi.

— Écoutez les gars, dit-elle, je veux bien vous la rechanter, mais d'abord permettez que je vous fasse passer ma sébille.

Elle agita un petit panier en osier, qu'elle tendit vers les occupants de la table la plus proche d'elle.

— Vous mettez la somme que vous voulez, dit-elle. C'est plutôt le geste qui compte. Ma route est longue, la vôtre aussi. Alors...

Tandis que le panier était transmis de table en table et que les pièces de cinquante cents et les billets d'un dollar y étaient jetés sans réticence, Amy trempa ses lèvres dans une tasse de thé, puis releva la main pour demander à nouveau un silence qu'elle obtint facilement.

— Je vous remercie de m'avoir applaudie avec une telle chaleur, dit-elle, mais je ne suis qu'une interprète. Cette chanson n'est pas de moi. J'en écris beaucoup, mais celle-là est de loin celle qui a le plus de succès dans mon répertoire, elle a été écrite et composée par un garçon qui s'appelle Tom Morningside. Je crois qu'il mérite bien qu'on lui rende hommage. Un jour, tous les États-Unis entendront parler de cet artiste.

On siffla et l'on applaudit, mais Amy, du même geste de la main, fit signe qu'elle n'avait pas fini.

— Morningside, répéta-t-elle. Ce nom ne vous dit rien? Est-ce qu'aucun d'entre vous l'a jamais rencontré? C'est un

197

jeune homme, il a le même âge que moi, il est grand et mal rasé, il a une voix de vieillard et il tape la route dans tous les États du Nord-Ouest. Vous ne l'avez jamais pris en stop? Ça m'intéresserait, parce que je suis à sa recherche. Réfléchissez. N'importe quel renseignement sera utile. Vous savez, ce type, une fois qu'on l'a vu, on ne peut pas l'oublier.

Je crus percevoir dans la voix d'Amy une intonation anxieuse et nostalgique. J'avais compris lors de notre rencontre, dans l'Indiana, qu'Amy était habitée par la pensée de Morningside, mais cette fois il était clair qu'elle s'était donné pour but de le retrouver. Je ne trouvais pas impudique qu'elle s'adressât ainsi à des inconnus et révélât son intérêt pour le garçon; je n'avais aucun droit sur elle; et les pincements de jalousie que j'avais autrefois ressentis s'étaient évanouis. Mes sentiments avaient évolué au cours de l'été. Le « cadeau » malsain qu'elle avait laissé dans mon corps m'avait aidé à me détacher inconsciemment d'elle. Seul, le souvenir de ce moment qu'elle m'avait fait connaître sur le compartiment arrière d'un autocar Greyhound, aurait pu amorcer à nouveau le violent désir que j'avais eu, à l'époque. En la contemplant par-dessus l'épaule d'un consommateur, je sentis qu'Amy ne provoquait plus les mêmes réactions. Néanmoins, une irrésistible bouffée de tendresse complice m'avait envahi dès que j'avais reconnu sa voix, et je la trouvai toujours aussi pathétique et attirante, puisque je connaissais son misérable petit secret et puisque nous avions partagé en un jour ce que certains couples mettraient plus d'une vie à découvrir. J'étais avide de savoir ce qu'elle avait fait depuis qu'elle m'avait abandonné avec, pour seul mot d'adieu : « Ne t'inquiète pas. Tout est bien. » J'étais convaincu que ce n'était pas le pur hasard qui avait fait une deuxième fois se croiser nos chemins, et j'avais l'intention de la soustraire au restoroute et à ses clients afin de passer le temps qu'il faudrait pour satisfaire ma curiosité.

— Pas de chance, dit-elle à son public. Je vois que personne ne peut m'aider. Ah! voici mon panier! Wow! quelle fortune! Vous avez été généreux, dites donc! Vous avez tous votre route à reprendre et moi aussi — alors je vous bisse la chanson de Tom Morningside et après on se quitte. O.K.?

Un accord unanime se fit entendre et Amy amorça les premières notes de sa chanson. J'avais fait quelques pas pour atteindre le premier rang des tables. En m'apercevant, Amy eut d'abord un froncement de sourcils, puis une lueur dans son regard, puis un sourire éblouissant qui effaça d'un coup la somme de rancune que j'avais amassée.

22

— Tu as changé, me dit-elle, comme tu as changé! Tu es
barbu, moustachu, tu as une gueule de bûcheron! Quand tu
avançais tout à l'heure vers la table, j'ai mis une seconde
pour te reconnaître. Qu'est-ce que tu as aux yeux? Ils sont
tout rouges et tout charbonneux.

Elle passa les mains sur mon visage. Elles étaient douces
et cela me fit trembler.

— C'est l'insecticide, répondis-je. Le rouge c'est cela, et le
noir c'est les insectes et la poussière et la forêt.

Je pris ses mains dans les miennes.

— Toi, dis-je, tu n'as pas changé du tout.

Elle eut un léger recul.

— Si. Mais ça ne se voit pas tout de suite.

Je ne compris pas ce qu'elle voulait dire. Nous étions assis
au centre de la petite salle du restoroute. La plupart des
chauffeurs avaient quitté l'établissement. Swede et Donald
K. Banch m'attendaient patiemment, au bout du comptoir.

— Tu connais cette fille? m'avaient-ils demandé.

— Oui, avais-je dit, soyez braves, laissez-moi lui parler un
petit moment, après on remontera au camp.

Mais d'ores et déjà, je voyais que le moment serait trop

bref et je m'interrogeai sur le devenir de la soirée. Les mains d'Amy sur ma barbe d'homme des bois avaient fait fondre mes réticences. Depuis Amy, aucune femme n'était venue traverser mes jours et j'avais tout oublié, là-haut, dans les tentes et sous les sapins de l'Uncompaghre Forest, toute notion de sexe, tout jusqu'à la délicatesse des gestes. J'avais perdu la saveur de la jeune femme, et n'avais retenu que la douleur qu'elle m'avait léguée. Maintenant que j'étais si près d'elle et qu'elle déployait en toute candeur les mouvements, les senteurs, les expressions qui m'avaient déjà captivé, je me retrouvais partagé entre l'envie, ou, plus, le besoin de lui faire l'amour, et la conscience du danger que cela représentait, ainsi que de sa frigidité – ce « rien », cette vacuité qu'avaient transmis ses yeux et son sourire distant et immatériel. Ce « tu l'auras voulu », qui m'avait hanté chaque fois que j'avais pensé à elle.

– Comment es-tu arrivée ici? lui demandai-je. Pourquoi Cortez? Je croyais que tu ne voulais pas pénétrer dans l'Ouest, mais rester dans les plaines, dans le ventre du pays, comme tu disais.

Elle évita ma question en m'en posant une autre.

– Tu ne portes pas ma veste de chasseur? Tu ne l'as pas perdue au moins?

– Non, lui dis-je, mais elle a été passablement amochée dans une bagarre – et je n'ai encore trouvé personne pour la réparer.

Cette conversation anodine ne menait à rien. Soudain, exaspéré, je pensai que nous étions comme ces vieux couples qui lorsqu'ils se réunissent au bout d'une longue absence, ne trouvent rien d'autre à évoquer que des sujets familiers et procèdent par petites phrases triviales. Je n'attendais pas cela d'Amy.

– Dis-moi plutôt les choses importantes, lui dis-je. Dis-

201

moi ce que tu fais ici et ce que tu as fait depuis que tu m'as quitté.

Elle eut un rire moqueur.

— Ce serait un peu long, tu sais, dit-elle. J'en ai fait des miles et des miles! et j'en ai noté des phrases et des histoires! mais je veux te dire que j'ai beaucoup chanté et beaucoup joué de la guitare et que je m'améliore et que j'en suis heureuse. Maintenant, j'ai bien vingt chansons qui tiennent le coup. Il paraît qu'à San Francisco, il y a des boîtes où l'on accueille des gens comme moi et qu'il y vient des managers et des directeurs artistiques, et qu'on a une bonne chance de s'y faire connaître.

— C'est pour cela que tu traverses l'Ouest, dis-je. Tu vas à San Francisco?

— Oui, oui, c'est ça, dit-elle. C'est là-bas que les choses se passent. On dit qu'il y a toute une nouvelle création qui est en train de naître. Il y a des poètes, il y a des routards, ils se sont tous connus dans une petite librairie, et c'est là qu'ils se lisent leurs textes. Il faut que j'y aille, c'est le moment.

Elle semblait résolue.

— Tu te feras toujours appeler Rimbaud Clarke? dis-je. Même à San Francisco, dans cette librairie?

— Je ne sais plus, dit-elle. On se moquerait peut-être de moi, mais il faut oser, il n'y a pas de raison. Si, si, même à San Francisco, je le prendrai, ce nom de scène.

— Tu as des nouvelles du Minnesota? demandai-je. Ta famille?

— De temps en temps, dit-elle. Je les appelle. Les frères vont bien. La famille et la ferme Clarke prospèrent.

J'avais le sentiment que nous tournions autour de « choses importantes » sans vouloir les aborder. Le temps pressait et j'oubliai soudain tout désir. Le goût délicieux des retrouvailles avait fait place à une obscure volonté de la voir souffrir.

— Amy, lui dis-je, as-tu songé à te faire soigner?

Elle eut l'air interloquée.

— Soigner? Mais de quoi? fit-elle.

— De la maladie que tu portes en toi, répondis-je, et que tu m'as transmise, et dont on m'a guéri, Dieu merci!

Je ne savais pas pourquoi j'avais voulu être brutal — peut-être avais-je pris, dans la forêt, de mauvaises habitudes. Dire la vérité tout de suite et tout droit, selon la tradition des gens de l'Ouest. Mais ma petite vanité de mâle offensé avait, aussi, dû jouer son rôle. Elle me répondit avec une infinie humilité, qui me fit baisser les yeux de honte.

— Je ne savais pas que j'avais cela, dit-elle. Personne ne me l'a jamais dit. En tout cas, pas de cette manière-là.

Et pour pousser l'avantage qu'elle venait de prendre sur moi et ma muflerie, Amy parut rire d'elle-même.

— Si personne ne me l'a jamais dit, fit-elle, c'est peut-être parce que je n'ai jamais revu un seul des hommes qui m'ont aimée au bord des routes. Ça doit être pour cela!

Sa tolérance et sa générosité, la façon dont elle désarçonnait ma mesquinerie me firent, à nouveau, honte.

— Pardon, lui dis-je, pardon. Ne dis pas des choses comme cela, tu sais que tu es une fille bien. Pardon. Je t'aime.

— Non, dit-elle. Tu m'aimes, mais tu ne m'aimes pas. Tu m'aimes bien. Et moi aussi. Mais nous ne nous aimons pas d'amour. Nous nous aimons d'amitié. C'est aussi beau, crois-moi, c'est aussi durable. Tu es allé ton chemin et moi le mien et nous avons d'autres fleurs à cueillir. Le colza est fané depuis longtemps.

— Si tu veux, dis-je.

— Et si je t'ai donné le mal, je l'ai fait sans le savoir. Je ne t'aurais jamais laissé m'aimer si j'avais su que j'étais vérolée.

— Ne dis pas ce mot.

— Je dis toujours la vérité, tu le sais bien.

Je l'avais heurtée. Je voyais aussi que j'étais passé au-delà du désir de lui faire l'amour. Elle s'était tue, la lumière dans ses yeux avait faibli. Elle semblait réfléchir, ses lèvres remuaient sans qu'elle prononçât un mot, engagée dans un dialogue avec elle-même. Elle se mit à hocher la tête à plusieurs reprises, comme si une révélation venait de lui traverser l'esprit.

— Ah oui, dit-elle, oui, je n'avais pas pensé à cela. Oui, bien sûr!

— Quoi, dis-je.

— Rien, dit-elle. Ça ne te concerne pas. Ne t'inquiète pas. Mais je te remercie de m'avoir informée en fait, merci beaucoup! non non, c'est sans ironie, je te le dis comme j'ai dit tout le reste. Tu as eu raison de me révéler cette saloperie, ça va m'être très utile.

Un gros camionneur en vareuse de laine rouge, à la trogne barrée d'une moustache noire, vint interrompre notre conversation dont certains éléments commençaient à échapper à ma compréhension.

— Je vous dérange, ma petite dame, fit-il en restant debout, mais j'ai du retard sur ma route et je peux plus attendre. Je vous voyais parler avec ce jeune homme barbu, et j'attendais que ça finisse mais comme ça durait, alors je vous interromps, parce que moi j'ai ma route qui m'attend.

Amy tendit la main vers une chaise vide.

— Je m'assieds pas, dit-il. Juste pour vous dire, j'ai réfléchi à votre gars là, le type que vous recherchez, Morningside, c'est bien cela?

204

– C'est ça, oui, dit-elle avec une vivacité qui jurait sur le tempo précédent. Asseyez-vous, je vous en supplie. Vous savez quelque chose?

L'homme à la vareuse rouge décida de s'asseoir. Il tira la chaise à lui et vint se rapprocher d'Amy qui le dévorait des yeux.

– Finalement, dit-il, oui, je crois bien que je l'ai pris en stop dans le Wyoming il n'y a pas si longtemps que cela. Un type un peu voûté avec des longues guibolles comme un cow-boy, non? Et il avait une guitare sur le dos, ça j'en suis sûr.

– Oui oui, dit Amy. Oui, alors c'était lui!

– Il n'a pas beaucoup parlé avec moi, dit le camionneur. C'était la pleine nuit. Je l'ai posé à la limite de l'Oregon. Il m'a dit qu'il voulait aller là-haut dans le Nord, qu'il songeait à traverser la frontière pour aller en Alberta au Canada. Il a raconté que c'était pas assez dur et qu'il n'avait pas encore touché le plus dur. J'ai pas bien compris. On s'est quitté là-dessus : l'Alberta! vous parlez d'une destination! C'est aussi nu que le cul d'une vache là-haut – si vous me pardonnez l'expression.

Elle enregistrait ses paroles.

– C'est tout ce que vous avez appris? dit Amy.

– Oui, c'est tout, fit le camionneur à la vareuse rouge. Mais c'était votre gars, ça j'en suis sûr. Une guitare sur le dos en pleine nuit dans le Wyoming, ça s'oublie pas. Il n'arrêtait pas de fumer des clopes et il avait une voix aussi bousillée qu'un chantier d'autoroute après une avalanche de pierres. Voilà, hein, je peux plus vous aider.

Il se leva. Amy se leva aussi, l'embrassa avec exaltation, se dressant sur ses pieds pour atteindre les joues du gros bonhomme, et passa ses deux bras graciles autour de ses larges épaules.

– Merci, dit-elle. Merci de tout cœur!

– Pas de quoi, fit l'homme.

Il ajouta, en guise d'adieu, la formule des gens de la route, plus particulièrement ceux qui roulent dans l'Ouest, et que j'avais appris à utiliser :

– Je vous dis au revoir, je vous dis bonne chance.

– Bonne chance à vous aussi, dit la fille Clarke.

Elle se rassit, l'air transfigurée. Une expression nouvelle se dessinait sur son visage. Une détermination, une énergie, quelque chose qui durcissait son menton et la privait de sa grâce diaphane de petite fille. Mais c'était aussi cette lumière qui vient sur le visage d'une femme amoureuse.

– Je suis vraiment un con, dis-je. Je n'avais pas compris que tu l'aimais à ce point-là. Quel con je fais!

Elle ne répondit pas.

– Je ne pensais qu'à moi, continuai-je, et à notre rencontre, et j'ai bâti une partie de mes rêves d'homme seul tout l'été autour de toi. J'aurais dû voir, dès que tu m'avais parlé de Morningside, qu'en réalité tu ne pensais qu'à le retrouver. C'est pour cela que tu as franchi le Continental Divide et que tu es venue dans le Colorado, ce n'est évidemment pas dans l'espoir de tomber sur moi! Je comprends tout maintenant : les États et les villes et les gares routières, tu les as faits les uns après les autres à la recherche de Morningside et pas seulement pour enrichir tes carnets de notes, et à chaque fois tu as dû poser à tout le monde, dans tous ces endroits, la même question. Tu ne dis rien?

Elle eut un de ses sourires clairs, cette manière rayonnante de vous dénuder en ayant recours à l'arme imparable de la sincérité.

– Je ne dis rien parce que tu vois enfin juste, dit-elle.

– C'est cela, dis-je. O.K., d'accord. Mais alors, va jusqu'au bout, tu m'intéresses : Pourquoi es-tu venue à Cortez ? Il y a des milliers d'autres endroits dans le Sud-Ouest.

— Parce que, répondit-elle, très régulièrement, des routiers, des *drivers* d'autocars, des tenanciers m'ont dit que c'était un lieu de passage très précieux. Vous devriez essayer Cortez, près des Quatre Coins, si je n'ai pas entendu cette phrase cent fois, je ne l'ai pas entendue une fois ! C'est les Quatre Coins, tu comprends, qui m'ont attirée. C'était forcé que j'y recueille au moins une bribe d'information.

Je ne me sentais pas déçu. Amy ne m'avait jamais raconté de blagues à notre sujet. Maintenant, en réalité, sa quête me passionnait et je la trouvais déraisonnable, donc merveilleuse.

— Mais ça n'est qu'une bribe d'information, dis-je, une goutte d'eau. La limite de l'Oregon... l'Alberta... Le camionneur t'a dit si peu de chose. Tu ne crois quand même pas que tu vas repérer Morningside avec ces deux seuls éléments. C'est tellement grand, ce putain de pays !

— Je t'ai bien trouvé, toi, dit-elle.

— Oh, dis-je, sans vouloir faire le malin, c'est justement parce que tu ne me cherchais pas que tu es tombée sur moi.

Elle sut retourner la proposition en sa faveur, une expression malicieuse dans son sourire.

— Réfléchis un peu, dit-elle. Toi, tu me cherchais !

— C'est exact.

— Et par conséquent tu m'as trouvée, fit-elle, comme pour mettre un terme à ce qui lui semblait une conversation oiseuse.

J'ai pensé qu'elle ressemblait à Mack et à Chien-de-Lune — tous ces Américains qui ne croyaient qu'aux signes. Et je me suis souvenu qu'elle avait su voir venir la tornade, là-bas dans l'Indiana, et qu'elle l'avait évitée. Alors, j'ai fait confiance à la puissance de ses certitudes.

Elle s'est courbée vers son éternel duffle-bag, posé à ses pieds, et a sorti une liasse de billets d'une des poches latérales.

— Je sais ce que je vais faire, a-t-elle dit. Voilà : j'ai gagné assez d'argent aujourd'hui pour m'acheter un ticket express pour un Greyhound transétats. Je vais rouler jusqu'en Alberta. Et j'arriverai avant lui, et je le retrouverai certainement à Calgary, il ne doit pas y avoir tellement de coins où on joue de la guitare là-bas! C'est moi qui l'attendrai!

Elle s'est levée, je l'ai imitée. Elle avait un air radieux. Je n'ai pas osé lui dire qu'elle prenait un gros risque et que Tom Morningside avait peut-être déjà fait demi-tour pour une autre destination — pourquoi jouer les oiseaux de mauvais augure? Avec sa guitare sur le dos et son énorme baluchon au bout du bras, elle semblait transporter un avenir indécis de nomadisme, d'amours transitoires, d'auditions ratées ou réussies dans des salles enfumées et vides, des nuits et des nuits sur les bancs des gares routières, pour aboutir à quoi? Cependant, elle vivait d'espoir et de mouvement, elle était animée par une foi sans limite dans son étoile, qui commandait l'admiration, et même jusqu'à un certain respect.

— Et San Francisco, ai-je demandé. La librairie, les poètes? Tu laisses tomber?

— Mais non, a-t-elle dit, pas du tout. Après, on ira ensemble, Tom et moi. On leur lira nos poèmes et on leur chantera nos chansons et c'est là-bas que débuteront vraiment nos carrières. Ne t'inquiète pas, tout est bien.

« Nos carrières... »! Swede et le gros mangeur de poulets de l'Oklahoma m'attendaient devant la porte du resto, battant du pied sur le plancher pour indiquer leur impatience. J'ai embrassé Amy et elle m'a rendu un baiser à la fois attendri et absent. Son odeur de fleurs séchées m'est revenue et elle m'a serré les muscles de l'avant-bras dans un geste intime.

— Je te dis au revoir, je te dis bonne chance, ai-je fait rituellement.

Elle a souri, avec cette lueur de prescience un peu démente, cette flammèche qui passait fugacement dans ses yeux clairs.

— Je te dis bonne chance, a-t-elle répondu, mais je ne te dis pas au revoir. Parce que nous ne nous reverrons pas.

Elle avait raison, bien sûr. Je n'ai jamais revu la fille Clarke.

23

Je pensai à Tom Morningside. Ce personnage mythique dont les routiers, les vagabonds, les auto-stoppeurs et les buveurs de bière des *roadside cafes* avaient entendu le nom et dont certains peut-être fredonnaient la chanson – hymne occulte d'une communauté éparse. Morningside, dont aucun vers n'avait été publié, aucune mélodie enregistrée mais qui jouissait déjà d'une notoriété souterraine.

Comme on peut fantasmer sur un être que l'on n'a jamais vu ! J'aurais donné une bonne partie de ma paye, les dollars que j'avais si chèrement gagnés au cours de l'été, pour lui parler au moins une fois. Apercevoir, ne fût-ce qu'un instant, ce visage émacié, piqueté par un rasage épisodique, cette silhouette voûtée sur ses jambes interminables, et cet air prématurément vieilli qu'avaient dû lui donner ses nuits et ses rencontres dans les « cités coriaces » qui semblaient tant l'attirer.

Ce baladin qu'une jeune femme médiumnique poursuivait par amour, admiration et jalousie confondus, sillonnant en zigzags incohérents toute l'étendue des États de montagne, les Mountain States, où caracolent encore les troupeaux de mustangs, où fleurit la Gentiane de l'Explorateur et pousse l'Herbe à Ours, une herbe au jaune mélancolique. J'assimilai bientôt ce couple qui n'en était pas un – la femme-fille et le poète à la voix râpée – aux paysages dans lesquels j'évoluais avec bonheur. Tous deux faisaient maintenant partie de mon espace, au même titre que le Tanagra de l'Ouest, à la tête rouge brillant, au ventre vert, aux ailes noires et dont les courtes stances comme celles d'une flûte nous réveillaient le matin avant même la cloche du cuistot. Ou le Sapsucker à ventre jaune, à la robe chapée de cardinal rouge et à la poitrine noire et jaune et qui faisait prmmp, prp, prp, prp, et qui était notre allié, puisque de son bec pointu et féroce, il picorait frénétiquement les mêmes insectes maudits que nous combattions au sol. Ou les coyotes gris-grenat qui ne fréquentaient pas la forêt, mais dont nous pouvions apercevoir les hordes arrogantes lorsque nous roulions dans la Packard modèle 1938, fenêtres ouvertes, le long des plaines, les coyotes qui couraient dans la savane couleur de soufre ou sur les bancs des rivières, avec leurs queues basses et les lignes noires verticales sur leurs jambes de devant, et dont les longs hululements qui s'achevaient par un aboiement court et aigu se mélangeaient aux chœurs familiers qu'on entend la nuit, quand l'Ouest dort.

Au début, la nuit, le silence de la forêt m'avait frappé. Maintenant, je savais qu'il y avait tout un chœur derrière ce silence.

C'est le chœur des bêtes, des rongeurs, des prédateurs, des animaux à fourrure, de la gent ailée et à mesure que le soleil bat en retraite, il prend possession de la prairie et du Chapparal, puis des sous-bois, clairières, pâturages, torrents et ruisseaux, puis il finit par imposer sa musique avec la nuit tombée, à la forêt subalpine et au haut pays. Et l'air tout entier, depuis les basses terres plates et sèches jusqu'aux bois en altitude, humides et obscurs, résonnent de ce grand bruissement, ces sons et ces cris qui se répondent

211

sans jamais s'être interpellés. Et si Mack vous a appris à écouter comme il vous avait appris à voir, vous pouvez, quand le reste du camp est assoupi, sorti de votre tente, assis sur le monticule herbeux qui domine West Beaver Camp, deviner ou reconnaître d'où viennent ces frémissements innombrables. Et vous interprétez jusqu'aux silences puisque vous savez qu'ils renferment une histoire et sa signification; vous savez qu'en ce moment même, quelque part dans la forêt, se déroule un drame sans témoins, sans paroles.

Ce chœur dans la nuit, c'est la marte qui chasse dans les forêts d'épicéas les plus glauques et qui furète sous les arbres abattus et l'épine de rochers formant une cache naturelle pour les souris, les mulots ou le Lièvre à Pattes de Neige. C'est la course du ragondin à la queue cerclée qui va dénicher les poissons dans les alluvions sablonneuses des rivières, et c'est le voyage nocturne du *bobcat*, dont les raids meurtriers comme ceux de son cousin, le lynx, déciment les troupeaux de moutons, de daims, de biches et de chevreuils. Seul, le *ram*, le bouqueton à cornes recourbées, ne craint pas le *bobcat* aux oreilles pointues. C'est le castor, qui a donné son nom à notre camp, et dont la frappe de l'eau ressemble au bruit d'une main humaine s'abattant sur la planche d'un lavoir; le castor travaille le long du torrent parmi les boqueteaux d'*aspens*, de bouleaux et d'érables. Dans le ciel de velours bleu-noir, clouté d'argent, au-dessus de vous, ce sont les appels du Grand Hibou Cornu aux yeux stupides et jaunes, qui dévore les corbeaux et les canards et à qui les Indiens ont prêté un pouvoir surnaturel puisqu'il peut voir très loin, la nuit. C'est la rumeur fragile d'une escadrille d'Orioles du Nord, formation en W, en partance pour les terres d'Amérique centrale afin d'y hiverner, car l'on est déjà aux portes de l'automne. C'est le vol furtif du geai gris qu'on appelle aussi Whisky Jack ou voleur de camp, tant il aime chaparder la nourriture des hommes autour des bivouacs et des cantines. C'est le battement, tel celui du taffetas que l'on froisse, des ailes de la Caille de Gambel, élégante avec son plumeau noir perché sur sa tête de hussard de la garde, et qui cherche avec ses petits, un buisson dense où se recroqueviller sur elle-même afin de passer une nuit sans péril à l'abri des créatures voraces. Sa robe est le plus efficace des camouflages.

Sorti de sa cache pour entamer la mise à sac des pignons de Ponderosa, des glands de Junipers, et le dépeçage des écorces du même arbre, c'est l'Écureuil d'Albert, large, sombre, avec ses touffes de poils roux qui lui sortent des oreilles; ce sont les Rats des Bois à Queues-Broussailles, qui farfouillent dans les noix, la mousse, les brindilles et aiguillettes; c'est la Marmotte à Ventre Jaune, qui se réfugie dans sa crevasse favorite en sifflant pour indiquer à ses proches qu'elle est enfin en sécurité; c'est le gros Crapaud Western à gorge pâle qu'un *gopher,* reptile tacheté orange, a effrayé et qui pépie comme un poussin, et la Grenouille Léopard du Nord dont les ronflements, de trois secondes chacun, ponctuent votre sommeil.

Vous savez enfin que certains bruits, plus effrayants et indéfinissables que d'autres, peuvent traduire l'activité d'une bête que vous n'avez pas rencontrée, dont Mack vous a appris qu'elle se faisait rare, mais vous vous plaisez à supposer que ce martèlement sourd entre deux cris de chouette, pourrait être la lourde marche de l'Ours Noir. Impérial et redoutable, il avance maladroitement mais peut atteindre à la course une vitesse de soixante kilomètres à l'heure. C'est un bon pêcheur et il attrape les poissons avec ses mâchoires ou avec le croc d'une de ses griffes. Il lacère les arbres à abeilles pour se gaver de leur miel, leurs œufs, leurs larves. S'il parvient à oublier sa peur de l'homme, il peut devenir dangereux. Il y a des gens qui se sont fait tuer comme ça, par lui, à l'occasion. Quant au Lion des Montagnes, autre tueur solitaire, le plus craint et le plus volumineux de tous les chats sauvages américains, il y a eu une époque où l'on pouvait repérer sa masse rousse sans tache dans n'importe quelle configuration de terrain, pourvu qu'il n'y eût aucune habitation. Il mangeait tout ce qui traversait son champ de vision : élan, cerf, caribou, porc-épic, et même des sauterelles. Il massacrait le jour et voyageait de nuit, abattant parfois plus de quarante kilomètres entre le crépuscule et l'aube, sautant de ravin en falaise, animal légendaire, attiré par les cimes, la neige, mais aussi les marécages − animal magique et fatal qui évoluait sans bruit sur les coussins doux de ses pattes assassines.

Mack vous a raconté tout cela et quand il n'a pas tout vu ou vécu lui-même, il le tenait de Chien-de-Lune. Assis sur votre talus, vous écoutez le chœur de la nuit composé de tous ses bruits de vie et ses silences de mort, quand dort le Colorado, et vous vous dites : j'avais raison, et vous vous dites : je me suis trompé.

J'avais raison : l'Ouest portait un mystère et j'en démêle peu à peu, jour après jour, le subtil écheveau. Je me suis trompé : à l'Ouest, les choses ne sont pas aussi simples qu'elles en avaient l'air. Amy Clarke n'était pas seulement une femme-enfant; Mack n'était pas seulement un contremaître brutal; Pacheco n'était pas seulement un Mexicain inculte; Morningside n'était pas seulement un gratteur de guitare; la Grande Confrontation n'avait pas seulement été une bataille entre camps rivaux; Cortez n'était pas seulement un carrefour routier; Frenchy ne se sent plus seulement français et se demande depuis peu si cela vaut la peine de quitter les bois pour retourner à l'automne au collège; et Bill va bientôt révéler son secret.

214

24

Pacheco a recousu ma veste de chasseur en daim à franges sur les manches. Il a ravaudé les déchirures, reprisé les coudes et cicatrisé les boutonnières. Lorsqu'il a eu fini à la lueur de la lampe à acétylène, il m'a tendu le vêtement et m'a dit, assis, ses yeux noirs et inquiets levés vers moi :

— Tiens, c'est suffisamment bien pour aller avec, à la ville.

Il a soigneusement rangé dans un sac de toile bleue sous son lit de camp, une petite trousse de couture faite en tissu bariolé mexicain et aucun des occupants de la tente n'a vu dans ce geste méticuleux et cet accessoire insolite, le signe d'une quelconque féminité. Pacheco était un garçon qui se suffisait à lui-même. Il transportait avec lui tout ce dont il avait besoin pour survivre, afin de n'avoir jamais à quémander un service quelconque. Lorsque vous lui demandiez où il habitait, il faisait cette réponse typique des hommes de l'Ouest, et qui m'enchantait :

— Je vis où me conduisent mes bottes, j'habite sous mon chapeau.

Cette indépendance, cette merveilleuse autonomie n'étaient pas les moindres raisons qui me faisaient graduellement envisager d'entamer comme lui, Bill, Swede et tous les autres hommes que j'avais découverts en mon été, une existence de déplacement dans l'Ouest, de forêts en chantiers miniers, du Montana à la Californie, du Nevada au Wyoming. Une vie d'aventures et de boulots provisoires à l'air libre, sous les cieux immenses des espaces à bisons et mustangs et sur les routes ouvertes, vides et enivrantes d'infini – avec des arrêts dans les ranchs qui auraient besoin de garçons-vachers, et des virées dans les petites villes à la recherche d'une fille assez délurée pour passer la nuit avec vous et ne pas vous retenir au matin, lorsque l'appel de la route vous faisait boucler votre sac et repartir « là où vous conduiraient vos bottes ». L'argent n'était pas un problème. Il y avait toujours de l'embauche, à condition que vous acceptiez de faire n'importe quelle tâche, la plus astreignante, la plus fastidieuse ou la plus dangereuse : dynamiter une carrière ; conduire des bétaillères pleines de moutons pour les faire tondre ; combattre les feux de forêt ; être le dernier sur la ligne de découpe dans les scieries de l'Oregon ; décharger les cuves de raisins dans la Napa Valley ; ramasser trois dollars le dimanche soir en nettoyant les étrons, les confettis et les boîtes de bière sur les terrains de rodéo, quand la fête est finie. La pancarte *help wanted* – besoin de main-d'œuvre – était le signe de ralliement de tous ces garçons. Ils s'arrêtaient quelques jours, parfois quelques semaines, puis ils tapaient la route à nouveau à la poursuite non pas de la fortune, mais de l'imprévisible et de la liberté. Quelle perspective – quelle tentation !

– Suis-nous, me disaient-ils. Ne repars pas dans l'Est.

Les jours, maintenant, étaient plus courts et les matins plus froids. Août touchait à sa fin. Quelques-uns de mes compagnons évoquaient déjà leur prochain point de chute, lorsqu'on aurait fermé le camp et distribué la dernière paye hebdomadaire. D'abord, ils iraient s'offrir quelques jours de

216

pêche à la truite aux alentours de Morrow Point, l'un des coins les plus secrets et les plus giboyeux du Black Canyon de la sauvage rivière Gunnison.

— Y paraît qu'il y en a des grosses marron, disait Swede, et aussi des truites arc-en-ciel tellement lourdes que ça fait mal aux poignets et aux avant-bras quand on les ramène à soi. La meilleure saison c'est le printemps, mais on pourra encore faire une belle pêche avant que les glaces de l'hiver viennent assombrir les rives et noircir les hautes falaises de granit.

Je ne l'avais jamais entendu prononcer une phrase aussi longue, et aussi poétique. Ensuite, le groupe (Swede, Donald K. Banch, Dick O'Neal et peut-être Pacheco qui n'avait pas dit oui mais n'avait pas dit non) finirait l'hiver en suivant l'Arkansas River pour atteindre les plaines du Kansas, où l'été indien se prolonge au-delà de novembre, et où l'on trouve aisément du travail dans les fermes à grain et chez les éleveurs de bœufs. Ils voyageraient en voiture, dans la Packard, et, toutes vitres ouvertes, ils déquilleraient les coyotes et les *jack rabbits* — ces lièvres gigantesques aux oreilles larges comme des feuilles de bananiers — avec leurs 22 long rifle, leurs fusils de chasse Boss et leurs colts à répétition, car ils avaient l'intention d'acheter des armes à feu — ils avaient gagné pas mal d'argent, comme moi, depuis bientôt trois mois... Ensuite? Ils ne savaient pas. Ils pensaient qu'ils feraient une boucle par la Californie où il ne fait jamais vraiment froid, et où l'on peut gagner sa vie dans les champs d'arbres fruitiers, mais ils étaient décidés à rejoindre le Colorado dès la fonte des neiges, car le Colorado était « le plus beau pays du monde » et ils l'aimaient, autant que moi. *God's country*, disait-on aussi : le pays choisi par Dieu.

Ces objectifs indéfinis et ce calendrier flou me séduisaient autant qu'ils m'inquiétaient, car j'étais un jeune homme habité par des projets.

— Tu veux faire quoi, plus tard? m'avait demandé Mack.

Et j'avais répondu :

— Du journalisme. Écrire.

— Écrire! s'était-il exclamé sur un ton incrédule.

Il avait rejeté sa curieuse casquette à visière en arrière et nous avions interrompu notre marche dans les sous-bois.

— Écrire pour quoi? avait demandé Mack. Pour la gloire?

Je n'avais pas su répliquer. Il m'avait fixé de son œil clair et réaliste — ce regard qui lui donnait un air endurci, sans humour, et qui trompait son monde, puisque Mack avait besoin d'affection et de considération, comme chacun d'entre nous.

— La gloire, avait-il dit. Cette fumée pour laquelle on fait tant de choses.

J'avais sursauté. La phrase du grand romancier était inscrite depuis longtemps dans mon carnet de notes d'étudiant, et Mack venait de la citer, dans son exactitude.

— Vous avez lu Jack London?

Il avait ricané :

— J'ai rien lu de tous tes livres, moi. Je n'ai pas fait d'études, mais je n'ai pas besoin d'un écrivaillon pour te dire ce que la vie vous apprend dans l'Ouest.

Mais il avait paru secrètement fier de s'exprimer comme mon idole, lorsque je lui avais raconté que Jack London n'était pas « un intellectuel à la con », mais qu'il avait vécu mille aventures, autrement plus brûlantes que les siennes — et Mack avait tempéré son jugement.

— Alors, avait-il dit, tu veux retourner au *college*, c'est ça?

– Je ne sais pas, avais-je fini par admettre.

L'université m'attendait, dans la Virginie verte, rieuse et civilisée – un tout autre pays que les Rocheuses et ce territoire du Sud-Ouest Colorado, devenu ma nouvelle patrie provisoire. Je ne pouvais oublier ceci : par un coup de chance quasi miraculeux j'avais gagné une bourse pour une année de plus sur le campus afin de parfaire mes connaissances américaines, langue, histoire, économie, littérature. Un doyen lumineux aux cheveux blancs, des professeurs tolérants et stimulants, des amis généreux m'attendaient aussi. Je me figurais parfois, tout en foulant les aiguilles de pins et la mousse sous les Ponderosa à la recherche des arbres malades, ma hachette à la main, que là-bas dans la douce vallée du Sud, on préparait le campus. Les fraternités, le dortoir, la bibliothèque, le gymnase et la *coop* sentaient la cire et l'encaustique administrés par les services d'entretien. La « fabrique à gentlemen » s'apprêtait à rouvrir ses portes, et si je l'avais négligée sur la route et au cœur de la forêt, l'institution revenait en moi comme un rappel à l'ordre. Je ne pensais pas à la France, rarement à ma famille. Nous avions échangé une seule lettre pendant l'été. Mais j'étais conditionné par un rythme auquel j'avais fortement adhéré en moins d'un an d'Amérique, et qui m'avait d'ailleurs été inculqué pendant mon adolescence au pays natal : l'automne est la saison où l'on rentre. On reprend les études. Je m'étais cru débarrassé de ces réflexes.

Il n'en était rien, d'autant qu'une autre obligation s'imposait à moi. Un vieux monsieur fortuné, ancien élève de l'université, avait spontanément débloqué une somme d'argent pour financer la prolongation de mon séjour américain. Je n'allais pas le décevoir, et je ne voulais pas perdre la face vis-à-vis de mes camarades étudiants. Ils étaient les « autres », ceux dont l'estime comptait tant. Il me semblait que l'on passait, ainsi, des contrats avec ses contemporains ou avec une communauté au sein de laquelle on a voulu jouer un rôle. Et ce n'est pas au moment où ce rôle prend consistance, qu'on laisse tomber. Puisque les « autres » vous ont accordé le droit d'interpréter votre part dans la musique, il faut tenir la note jusqu'au bout. Vous n'êtes pas « une pierre qui roule » sur le chemin, vous n'êtes pas seul. Il en avait toujours été ainsi : sans doute l'éducation que m'avaient donnée mon père et ma mère jouait-elle pour beaucoup. J'avais été élevé dans ce que l'on appelle une « famille nombreuse » et j'y avais acquis une forme d'éthique. Je gardais, enraciné au fond de moi-même, un sens de ma place au milieu des « autres », et l'université où j'avais eu la chance d'être transplanté était bel et bien devenue, à ce stade de ma vie, ma famille nombreuse.

La tentation de l'Ouest était forte, aussi persistante que l'odeur des sapins et le souffle du vent descendu des San Juan dont les versants commençaient de se couvrir d'une neige rosâtre — mais je me disais : « Tu es venu jusqu'ici pour amasser un pécule qui t'aidera dans tes études, et non pour errer au gré des saisons et des routes, en compagnie de garçons frustes et sans projets définis. » Cela déchirait mon orgueil d'admettre que je n'étais pas Jack London, le vagabond fou et génial qui va brûler sa vie dans les tavernes aux confins du Grand Nord, et il m'en coûtait de découvrir que j'étais un animal aussi raisonnable, aussi social. Il était difficile — que dis-je, impossible — d'exposer ces états d'âme aux copains de West Beaver Camp. Seul Mack, qui écouta ce long examen de conscience, hocha la tête en signe non d'approbation, mais de compréhension :

— Tu as raison, fit-il. Enfin non, tu n'as pas raison, mais tu as tes raisons. Et elles sont aussi bonnes que d'autres.

Il avait un nez droit qui semblait couper l'air quand on le regardait marcher de profil. Sa silhouette mince et musclée, ses enjambées calculées et prudentes, cette façon souple d'avancer dans la forêt et les rocailles avec une telle science du terrain qu'il n'avait pas besoin – comme moi – de baisser les yeux pour éviter les crevasses, les dalles glissantes, les marécages ou les reptiles, ne cessait de m'impressionner. Vous ne l'entendiez pas arriver dans votre dos. Vous étiez en train de souffler dans la clairière après avoir marqué une vingtaine d'arbres, en amont des équipes, il surgissait à travers les fougères et vous vous retourniez en sursautant :

– Ah ah, disait-il, je te surprends encore à rien foutre. Tu ne m'as pas entendu venir, hein ?

Il avait tué plusieurs hommes. Mack avait quarante ans, cela voulait dire qu'il avait combattu pendant la Seconde Guerre mondiale. Théâtre d'opérations : le Pacifique. Il avait été caporal-chef dans la première division du légendaire régiment de Marines du général Vandegrift et il avait participé à la reconquête de Guadalcanal. Il avait haï cette période de sa vie mais il lui en était resté une démarche de soldat, un parler abrupt, le ton du commandement. La froideur et la fixité qui passaient dans ses yeux s'expliquaient dès lors qu'il avait accepté de m'ouvrir les portes de son passé. Il avait tué à la grenade, au pistolet, mais aussi à la baïonnette, à l'arme blanche.

– J'ai eu la chance d'y aller quand j'avais déjà vingt-cinq ans, racontait-il, et c'est pour ça que j'ai survécu. Les plus jeunes, ils tombaient comme des mouches, ou alors s'ils s'en tiraient c'est qu'ils étaient fous et courageux – ou qu'ils avaient le cul bordé d'étoiles, ou que l'artillerie avait bien tout nettoyé avant qu'on débarque. Moi, c'est Chien-de-Lune qui m'a sauvé la vie parce qu'il m'avait appris à voir et à entendre. Parce que dans la jungle, les Japs, ils avaient une sacrée avance sur nous, plus d'expérience. De notre côté, c'est les paysans et les gars de la forêt, comme moi, qui s'en sont le mieux tirés. On m'a même décoré, figure-toi, quand je suis rentré à la maison, et j'aurais bien voulu refiler ma médaille à Chien-de-Lune, mais il était déjà mort. C'est ça que j'ai regretté le plus. J'aurais voulu lui raconter comment c'était la nuit dans ces saloperies d'îles, quand on entendait des cris d'oiseaux dont on connaissait même pas le nom mais que j'avais appris à différencier des autres cris d'oiseaux imités par les Japs – pour communiquer entre eux. Ils étaient très forts, tu comprends, Frenchy. Ils refusaient le combat de jour. Ça se passait la nuit, quand on est aveugle et perdu. Je te souhaite de jamais connaître cet enfer-là.

— Vous avez tué beaucoup d'hommes? demandai-je.

— J'ai pas compté, répondit-il.

— Et quel effet ça vous faisait? insistai-je.

— Ça ne fait pas d'effet, répondit-il.

Mack n'essayait pas d'éviter mes questions. Le souvenir des nuits sanglantes sur les sables ou dans les jungles de Guadalcanal ne modifiait pas son ton, ni les traits de son visage. Autant il avait pu devenir loquace et lyrique lorsqu'il m'avait initié à la flore et la faune du Sud-Ouest Colorado, autant ses répliques se faisaient cursives quand il évoquait la guerre et les guerriers. Il regardait devant lui comme à l'habitude, et si je ne le relançais pas en l'interrogeant, il suspendait sa phrase comme pour dire : à toi de t'exprimer, si tu veux en savoir plus. Et comme souvent, je voulais, en effet, en savoir plus.

— Ne me dites pas que vous ne pensiez à rien, dis-je.

— Tu n'emploies pas les mots qu'il faut, dit-il. Penser, c'est pas le mot exact. Ça se passe pas à ce niveau-là, mon garçon. Tu as des réflexes ou tu n'en as pas, mais tu réfléchis pas.

— Oui bien sûr, dis-je, mais si on ne réfléchit pas, on se fait tuer et on meurt, non?

Il fronça les sourcils et parut sourire.

— Je te dis qu'on réfléchit pas, continua-t-il. On réagit, ce n'est pas pareil. On agit et on réagit.

Il parut chercher un mot, une image. Mon insistance l'amusait et l'agaçait, et le stimulait aussi car l'on pouvait soupçonner qu'il n'avait pas souvent réfléchi à l'absence de réflexion dans l'acte de tuer. Ma curiosité l'obligeait à effectuer un retour en arrière, ce qui transformait sa physionomie. Ses yeux, déjà durs et perçants, semblaient se perdre dans les arbres au-devant de nous, s'enfoncer dans une obscurité inconnue du jeune homme ignorant qui marchait à ses côtés.

— Il y avait un type du Tennessee avec nous dans mon escouade, dit-il. C'était un grand échalas, long comme une journée sans bière, tout taché de roux, un type d'une grande laideur. Il nous avait servi d'éclaireur jusqu'ici parce qu'il marchait en silence et qu'il avait de bons yeux et de bonnes oreilles, mais il était devenu trop sûr de lui. Après le massacre de la Crête Sanglante, les Japonais se sont réfugiés dans les grottes. Nous, on les attendait entre la jungle et le terrain d'aviation, dans les trous creusés dans la terre, derrière les sacs de sable. Fallait plus sortir de là. On savait qu'ils viendraient parce qu'ils étaient condamnés à reprendre le terrain, Henderson Field, pour avoir une chance de survivre. Mais quand même, de temps en temps, on devait aller en reconnaissance du côté des premières grottes. On croyait les avoir vidées depuis longtemps au lance-flammes. Le type du Tennessee est passé devant l'une d'elles et il a dit, ça sent la merde ici, ça veut dire qu'il y a encore des hommes vivants, je tire. Il s'est alors découvert et s'est mis à arroser à l'intérieur et il a pris une balle dans la nuque, par-derrière. La patrouille est arrivée à la rescousse, et on a tiré dans tous les sens. Il y a eu dix morts de notre côté. Finalement, un Japonais est tombé, un seul, il était planqué dans un cocotier. Tout seul! Dans la grotte, il n'y avait que des cadavres. Après, on a reconstitué l'affaire, et on a compris que le tireur était le dernier survivant de cette grotte-là. Il avait délibérément posé sa merde à l'entrée de la grotte pour attirer l'ennemi et l'obliger à se débusquer, puis il était gentiment allé se positionner sur un arbre pour canarder depuis le ciel, tout à sa guise. Il aurait fallu un peu réfléchir et se demander pourquoi des types qui étaient supposés se planquer au fond des caves seraient ressortis uniquement pour poser leurs petites crottes, juste à l'extérieur. C'était anormal. Tennessee n'a pas bien réagi.

Mack s'assit contre un arbre et souffla :

— Réagir ou réfléchir, appelle ça comme tu veux. Le tout est de survivre.

Puis il voulut clore la discussion :

— Qu'on me parle pas des Mers du Sud ou du bleu Pacifique! Quand je suis rentré ici, j'ai compris une chose que même l'Indien n'avait jamais pu me dire. C'est qu'il y a deux sortes de nature et que l'une d'entre elles porte la mort. Ici c'est la vie, là-bas c'était la mort. C'était la boue, jaunasse, la terre comme de la glu, la pluie et les sangsues, la mousson et le feu et la jungle étouffante avec son odeur pestilentielle et qui pourrissait tout, les chairs et les intestins. J'ai mis dix ans à me débarrasser de cette odeur.

Il leva le doigt comme pour rectifier une erreur :

— Je te disais tout à l'heure que je te souhaite de jamais

connaître cet enfer. Eh bien, j'ai eu tort. Je te souhaite de le connaître une fois dans ta vie. Une fois dans ta vie, il faudra que tu passes par la guerre.

En avait-il assez dit? Le visage dénué de toute expression, il contemplait l'étendue verte des sapins au-delà de la rivière et l'étendue bleue du ciel au-dessus de nous et semblait trouver une consolation dans la pureté de son territoire du Sud-Ouest. La majesté des espaces lui fit plisser les yeux, comme si Mack le dur voulait dissimuler qu'il était au bord des larmes.

— Il ne faut le dire à personne, me dit-il. Faut pas qu'on sache que ça existe ici. C'est trop beau. Quand tu redescendras dans les villes, ne parle à personne de cette région, tu veux? Fais-moi cette fleur : raconte le Colorado à personne! Tu m'entends, à personne!

Il retrouva son sourire, ce trait sardonique et provocateur qui barrait son visage.

— T'es toujours décidé à retrouver les villes, Frenchy?

Ses yeux étaient secs. Je m'étais trompé : je ne verrais pas Mack pleurer.

— Vous savez, dis-je, mon campus en Virginie ce n'est pas précisément la ville. C'est même plutôt très champêtre. Il y a des arbres et des champs et une rivière, et on voit passer les saisons.

Mais je savais qu'il avait raison : les beautés du Colorado et des Rocheuses surpasseraient toujours dans ma mémoire la douceur bucolique du Sud cher à mon cœur. Mack n'avait pas entendu ma réponse.

— Le seul danger qui guette cette région, poursuivit-il, c'est qu'on y vienne acheter du terrain. C'est qu'on voie débarquer les *developers*, ces saligauds qui vont se mettre à parceller tout ça et à construire des hôtels et des chalets, des loges à touristes et qui vont trouver des pistes à fabriquer

225

pour les skieurs. Tout ce qu'il faut espérer, c'est que La Dame ne vendra jamais un seul hectare à un inconnu venu de l'Est.

Il m'apprit ainsi que la quasi-totalité du comté d'Ouray — à la frontière duquel nous travaillions — était entre les mains d'une seule personne, une femme nommée Mary Prescott et qu'on appelait simplement La Dame. Elle régnait sur soixante-dix mille acres de forêts, de prairies et pâturages, de vallées vierges et perdues, un pays dont l'économie reposait sur quelques mines d'argent et surtout sur l'agriculture. Mack n'avait aperçu La Dame qu'une fois aux cérémonies du 4 juillet, la Fête nationale, dans la rue principale de Montrose. Il me la décrivit comme une femme coriace, dont le regard passait au-dessus des têtes, une figure imposante. Elle caracolait sur son cheval en tête du défilé et son allure royale avait impressionné Mack. Elle était vêtue de daim et de vigogne, un foulard navajo piqué d'une perle autour du cou; elle portait un Stetson blanc et la foule semblait s'écarter sur son passage. Elle avait un air « propre et clair ».

— Quand je l'ai vue ce jour-là, je me suis dit que le comté était entre de bonnes mains, dit-il. Une dame pareille, elle saurait certainement garder le pays propre et clair, répétat-il avec un accent d'admiration dans la voix.

Un instant, j'ai imaginé La Dame traversant les hautes herbes de son domaine pour s'enfoncer sous les grands arbres, suivie de loin par ses contremaîtres et métayers, montant des chevaux sans doute moins nobles que le sien. Je me suis demandé s'il y avait un homme et une famille derrière cette légende vivante. J'ai alors mieux compris la différence que Mack avait établie entre la guerre qu'il avait faite — sale et obscure — et la paix qu'il recherchait — « propre et claire » — et qu'incarnait curieusement à ses yeux une riche et inaccessible propriétaire terrienne. J'aurais aimé en apprendre plus sur Mary Prescott, mais Mack avait épuisé sa veine de confidences, et, le jour tombant, nous sommes rentrés au camp.

Un télégramme m'y attendait.

25

C'était une enveloppe jaune et carrée, imprimée aux armes de la Western Union, et le nom et l'adresse du destinataire avaient été tapés à la machine sur une mince bande de papier blanc que le télégraphiste de Norwood avait collée à même l'enveloppe, à la mode ancienne. J'hésitai avant d'ouvrir cette missive insolite. Dans la tente, mes amis m'observaient en silence.

L'arrivée d'un télégramme en plein cœur de la forêt ne pouvait rien présager de bon. L'employé de la Western Union avait fait deux heures de route dans les sentiers caillouteux menant à la montagne pour délivrer ce pli, et il lui faudrait deux autres heures pour retrouver son officine étroite, juchée sur les trottoirs de bois du petit village dont nous connaissions si bien les saloons mal éclairés.

Nous étions coupés de tout dans la forêt et cette distance entre le monde civilisé et nous-mêmes, conférait au mince télégramme le poids annonciateur des grands malheurs. J'ai pensé à ma famille si loin de moi, en France, et j'ai craint pour mon père autant que pour mon frère aîné, qui continuait de servir en Algérie. Mais le message ne provenait pas de mon pays natal. Il avait été dicté depuis le bureau de poste principal de Nantucket Island, dans le

Massachusetts, et sur les rubans de papier semblables à ceux de l'enveloppe, collés eux aussi sur une feuille jaune, étaient imprimés les mots suivants :

ME MARIE SAMEDI PROCHAIN AVEC LE DOCTEUR
CIDRE DE POMME – STOP –
AURAIS SOUHAITÉ QUE VOUS ABANDONNIEZ VOS
COW-BOYS HIRSUTES ET SPECTACULAIRES POUR SERVIR
DE TÉMOIN À CE QUI NE MANQUERA PAS D'ÊTRE UNE
INOUBLIABLE ET PARTICULIÈREMENT PUTRESCENTE
CÉRÉMONIE – STOP –
AFFECTUEUSEMENT – STOP –
ELIZABETH BALDRIDGE.

J'ai eu comme un élancement dans la poitrine. J'ai cru qu'un insecte m'avait piqué jusqu'au sang.
— Quelque chose de grave? demanda Bill.
— Non, non, rien, dis-je.
— Allons, dit Bill, quelqu'un qui te télégraphie jusqu'ici au milieu des bois, c'est que c'est important.
— Mais non, dis-je, c'est simplement une amie qui m'annonce qu'elle se marie.
Les autres, Pacheco, Swede et Donald K. Banch, ébauchèrent des sourires indécis. Swede hasarda :
— C'était ta fiancée?
— Euh, non, pas vraiment, dis-je.
Quand ils virent que je ne leur en dirais pas plus, ils retournèrent à leurs occupations. J'étais comme eux maintenant, je parlais quand il fallait parler, et je gardais le reste pour moi, à la façon des hommes de l'Ouest. Mon télégramme à la main, je suis sorti de la tente.
Non, Elizabeth n'était pas « ma fiancée ». J'avais été attiré

par elle dès le début de mon année universitaire et son refus de l'ordre établi m'avait interloqué, puis séduit. Nous avions vécu des moments de sentimentalité inavouée et j'avais joué un rôle de comparse lorsque sa mère était venue la rechercher un soir de bal au printemps, pour la rapatrier à la maison, à Boston, puis la confier au corps médical, à ce docteur Cavanaugh dont elle m'avait révélé l'existence puis le surnom ridicule (docteur Cidre de Pomme!) au cours de l'unique lettre que j'avais reçue d'elle, ici, dans le Colorado. Cette jeune fille faisait partie de mon histoire, elle s'était inscrite dans mon paysage intime et j'avais souhaité que notre relation se poursuive. Ma volonté de devenir plus « américain » et de demeurer au collège une année supplémentaire avait été en partie nourrie par les projets que j'avais formés au sujet d'Elizabeth. J'avais espéré qu'elle reviendrait guérie de Nantucket. Nous nous retrouverions dans l'été indien de la Virginie, dans les couleurs de flammes de ses hêtres et ses ormeaux, et nous connaîtrions ensemble une belle et longue année et peut-être alors, nous comporterions-nous comme des « fiancés ». Mais ce télégramme surprenant venait détruire mes plans. Pourquoi se mariait-elle aussi soudainement avec ce psychiatre dont elle me décrivait, un mois seulement auparavant, le comportement imbécile? M'avait-elle menti? Je n'y voyais pas clair, ces choses-là arrivaient de trop loin, j'avais perdu le fil avec Elizabeth, je n'étais plus tout à fait l'étudiant innocent et romantique qui avait accroché son espoir à cette étoile évanescente. Devant moi s'ouvrait la perspective du retour au campus, mon magot du Colorado calé au fond de ma poche, assez de dollars pour profiter à plein d'une autre saison universitaire avant de rentrer en France. J'en avais encore tant à apprendre, tant de mots et de leçons à recueillir des hommes ou des femmes qui, tel Mack ou telle

Amy, m'avaient fait mesurer l'espace qui restait à parcourir avant de pouvoir dire : je sais quelque chose.

Voir, entendre, apprendre, faire son travail, durer, comprendre. Et écrire lorsqu'on sait quelque chose et non avant; ni trop longtemps après. Ernest Hemingway avait écrit tout cela dans un livre sur la tauromachie. Je relisais ses phrases que j'avais consignées dans un carnet de notes qui ne me quittait plus maintenant – un calepin de comptable aux couvertures noires retenues par une bande élastique. J'avais appris les phrases par cœur; le précepte convenait à la vision que je me faisais des années qui s'étalaient devant moi. Le mariage impromptu d'une jeune fille que je croyais aimer mais que je n'avais pas aimée dans son corps, ne pouvait interrompre le déroulement de cette histoire passionnante dont, incurable Narcisse! je me croyais l'acteur unique et le seul spectateur : ma vie vécue comme une aventure américaine. Maintenant, une porte se refermait sur Elizabeth, et dans le silence froid de cette nuit de fin août sous le grand ciel de l'Ouest, loin des jeunes filles en fleurs des campus, je me repliai sur moi-même pour oublier la morsure que j'avais ressentie à hauteur du cœur.

Je n'ai pas voulu voir que ce télégramme constituait peut-être un appel au secours. Je n'ai pas voulu, ou bien je n'ai pas pu, ou bien je n'ai pas su. Mais j'ai éprouvé un grand remords et n'ai rien trouvé de mieux pour m'en soulager que d'aller en ville, le lendemain matin, afin de répondre à la jeune fille qui allait se marier dans son île de la Nouvelle-Angleterre sans que je puisse rien y faire.

26

Penché sur le formulaire de la Western Union, je griffonne les quelques expressions auxquelles j'ai pensé durant une partie de ma nuit sans sommeil :

IMPOSSIBLE TRAVERSER LE PAYS EN 48 HEURES – STOP – MARIEZ-VOUS SANS MOI – STOP – VOUS SOUHAITE CHANCE ET BONHEUR – STOP – LE COW-BOY HIRSUTE ET SPECTACULAIRE VOUS EMBRASSE UNE DERNIÈRE FOIS.

Cela semble convenir à mon humeur du jour. Je sors du bureau de la Western Union, les yeux embués, amer. De l'autre côté de l'étroite rue, la vitrine du magasin de *dry goods* me renvoie l'image d'un jeune homme barbu, moustachu, son chapeau western auréolé de sueur fiché sur des cheveux trop longs, la carrure plus épaisse qu'autrefois, les bras plus noueux, et qui avance avec ce balancement des épaules et des hanches dû au port de bottes à talons biseautés. C'est moi, j'ai changé en apparence, mais je ne me sens pas plus sûr de mes sentiments ou de mes désirs. Il me semble que je pourrais avoir un chagrin d'amour, mais je m'avise, aussi, que ce n'est ni le lieu ni l'heure. Deux motos, avançant au ralenti dans un bruit bourdonnant et insidieux, passent le long des trottoirs de bois, soulevant une fine couche de poussière.

Je n'y ai pas tout de suite prêté attention. La rue principale de Norwood n'est qu'une longue ligne droite et étroite, qui s'achève au bout de la rangée d'habitations de bois à un étage, par un virage menant sur la grand-route et la prairie vide à l'infini, encadrée par les montagnes bleutées. Les motos ont traversé le village puis amorcé le tournant et disparu de mon champ de vision. La rue est vide, excepté un chien et trois gamins vêtus de bleu. Mais voilà que le chien aboie et les enfants s'éparpillent pour se réfugier sur le trottoir, car les motos viennent de réapparaître. Elles ont dû faire demi-tour, puisqu'elles arrivent maintenant en sens inverse et je peux mieux remarquer le rythme lent, l'allure insolite de leurs passagers, et entendre à nouveau leur ronflement vaguement menaçant qui filtre, avec la fumée, par les pots d'échappement. Les motos roulent au pas, ou presque. Ce sont deux énormes Harley-Davidson à guidons hauts et chromés, aux châssis noirs, lourds et cambrés. Les sièges et réservoirs sont recouverts de drap de cuir noir et clouté. Les deux chevaux de feu sont montés par des personnages étranges.

Le premier porte une casquette faite dans le même cuir et ornée des mêmes rivets d'argent que ceux des selles et des sacoches. Il est chaussé de Ray-Ban d'aviateur aux verres gris foncé et à monture d'acier blanc. Il mâchouille un cigare éteint. Le deuxième, qui roule à un demi-mètre en retrait, très proche de lui, comme s'il voulait coller sa moto à la sienne, a le front ceint d'un bandeau de toile noir et blanc, à la façon des corsaires, avec un nœud à l'arrière de sa tignasse. Il est aussi mal rasé que son partenaire mais ne porte pas de lunettes et ses yeux rougis ne cessent d'aller à droite et à gauche de la rue, comme un projecteur balayant une portion de territoire, cherchant un objet à identifier. Arrivés à hauteur des ruelles qui coupent l'artère principale et morcellent la petite agglomération, les deux motards se séparent comme à la parade. Je ne les vois plus, mais j'entends le chant monotone et continu de leur marche au ralenti, puis les voici qui surgissent à nouveau dans la rue, comme s'ils étaient allés patrouiller dans les allées, les arrière-cours des bâtiments, pour revenir au centre du village, n'ayant rien trouvé. Quelques commerçants, des habitants, des vieilles dames, leur curiosité attirée par cet attelage inconnu en cette heure creuse de la matinée, ont pointé leurs visages aux fenêtres. Les deux motards arrêtent leurs engins à hauteur du bar côté nord et parquent les machines à la façon des cow-boys qui délaissaient les chevaux aux abords des saloons. Les deux motards sont vêtus l'un d'un blouson de policier en cuir noir, l'autre d'un gilet à manches courtes tricoté dans une laine grossière marron-noir. Sur le dos du blouson du premier, on peut lire, brodé en lettres blanches : *Hell's Angels* – Les Anges de l'Enfer. Ils portent des bottes noires et graisseuses à talons carrés, bouclées à la cheville par un éperon de laiton blanc. Ce sont des Frye Boots, qui ne ressemblent pas à nos bottes de l'Ouest et s'apparentent plutôt à celles d'un uniforme militaire. Ils grimpent les marches de bois qui mènent au haut trottoir et poussent la porte-revolver du saloon, y pénétrant dans la même lenteur nonchalante et calculée avec laquelle ils avaient investi la rue du village, dégageant la même impression qu'ils sont en terrain conquis, mais demeurent aux aguets. On dirait deux prédateurs en vadrouille, reniflant l'air aux alentours.

Debout en retrait sur le trottoir d'en face, je me suis figé. Instinctivement, j'éprouve le besoin de me dissimuler comme si je savais qu'il se passe quelque chose qui ne me concerne pas encore, mais me pousse à refuser d'entrer en contact avec ces gens venus d'ailleurs. J'entends alors dans mon dos le même bourdonnement agaçant parce qu'il inquiète et insiste, le ronronnement d'une moto qui s'approche.

C'est un troisième motard, surgi du bout de la rue, et l'idée me vient qu'il ferme la marche, il a délibérément pris quelques minutes de retard sur les deux premiers cavaliers. Son apparence physique est semblable à la leur, à quelques nuances près. Ainsi, il porte un chapeau melon, écorné et troué en son sommet, couvre-chef habituellement comique mais qui, sur cette gueule mal rasée, fait ressortir l'aspect croque-mort du personnage. Son blouson est d'un autre type : style aviateur, en nylon vert kaki, doublé de toile de parachute orange vif. Avec un tel accoutrement, vous feriez tache au milieu d'un millier de personnes. Ici, dans la rue déserte de Norwood, l'apparition dérange encore plus, comme si le motard voulait provoquer un rire et déclencher ainsi une mauvaise querelle. Il y a dans les vêtements et les gestes de ces étrangers, une telle volonté affichée de surprendre ou de faire peur, que l'honnête citoyen du Colorado, habitué à voir passer hommes des bois et aventuriers de tout poil, ne peut s'empêcher d'éprouver un sentiment de recul.

Comme les autres, le type en chapeau melon surveille les deux côtés de la rue, son visage levé vers les toits, puis tourne la tête à droite et à gauche en direction du trottoir sur lequel je me trouve. Je baisse les yeux brusquement afin de ne pas rencontrer son regard. Il m'a dépassé, je peux reconnaître la même inscription sur le dos de son blouson. Contre toute attente, le troisième motard ne vient pas ranger son engin auprès des deux autres. Il fait demi-tour, accélère légèrement son allure, et traverse la bourgade pour aller côté sud se garer au pied de l'autre bar. Il y rentrera de la même démarche paresseuse, le rebord du chapeau melon se détachant de façon incongrue dans l'encadrement de la porte à battants. Le silence retombe sur Norwood.

Intrigué par l'apparition de ce trio et la présence des engins déposés le long des trottoirs à chaque bout de la ville, avec leurs aciers rutilants, leurs peaux et leurs gris-gris attachés aux guidons, je m'approche des deux bécanes parquées côté nord. Sur les plaques d'immatriculation jaunes à lettres et chiffres peints en bleu, je peux lire le sigle CAL, diminutif de Californie. Les cavaliers sont donc venus d'aussi loin, d'au-delà des montagnes?

Les Anges de l'Enfer! On commence seulement depuis un an à entendre parler de ces vagabonds de grands chemins, ces motards qui, tout le long de la côte Nord du Pacifique, se déplacent de ville en ville pendant les week-ends et jouent à effrayer petits commerçants et bourgeois des villages endormis. Puis ils rentrent après avoir brisé quelques vitres vers leur quartier général de Bakersfield, l'agglomération où est née cette nouvelle race de marginaux délinquants motorisés. Jusqu'ici, ce phénomène strictement régional n'a pas dépassé le stade du bouche à oreille. Quelques lignes dans les pages de faits divers des journaux de l'Ouest et des histoires colportées sur la route. C'est la première fois que je les vois en chair, en métal et en os. Ils m'intéressent et me répugnent à la fois. Doucement, je rebrousse chemin pour atteindre le parc automobile en lisière de la ville, où j'avais rangé la Jeep empruntée à Mack afin de descendre déposer le texte de mon télégramme. Elizabeth Baldridge est loin de mes pensées. C'est à Bill, soudain, que je songe.

Non seulement j'avais entendu les bécanes, comme il les appelait, mais je les avais vues ! Il me parut évident que ces trois types, l'homme au melon, l'homme au gilet, l'homme aux lunettes, étaient à la recherche de mon ami Bill. Je n'avais aucune raison tangible de le croire mais le pressentiment était si fort que j'en ai tremblé, assis derrière le volant de la Jeep, incapable de mettre le contact. Ils étaient venus là pour Bill, c'était sûr ! Je les avais vus patrouiller, prêts à dégainer, déployés dans un espace ouvert, l'un ouvrant la marche, l'autre couvrant son flanc, le troisième protégeant les arrières et balayant le terrain négligé par les deux autres – et je dus m'avouer que malgré mon appréhension, j'avais été séduit par leur allure. Ils n'étaient pas ici en touristes. On ne traverse pas trois ou quatre États assis sur une moto pour le plaisir d'écluser des bières dans les bars vides d'un patelin du Sud-Ouest Colorado. Ces types étaient arrivés dans un but précis, et j'eus un nouveau frisson en me demandant depuis quand durait leur quête, et combien de localités ils avaient ainsi ratissées. J'ai fini par réussir à tourner la clé de contact, sortant du parc municipal, engageant prudemment l'engin sur la route, tournant le dos à Norwood, portant mes yeux sur le déflecteur extérieur pour m'assurer qu'ils ne me suivaient pas. Mais le paysage était nu, j'ai peu à peu repris de l'assurance et j'ai accéléré pour atteindre le chemin de caillasse qui lâchait le bitume de la départementale et menait à West Beaver Camp. J'avais fait une promesse à Bill. Il fallait le prévenir !

Je l'ai trouvé dans la partie est de la forêt, au-dessus des huit boucles que formait le torrent à cet endroit précis de l'Uncompaghre. C'était peut-être le plus beau coin de toute la région sur laquelle nous travaillions depuis bientôt trois mois, et les arbres y étaient plus difficiles à traiter, parce que perchés plus haut sur le plateau, moins accessibles aux porteurs de machines à insecticide. Bill faisait équipe avec Pacheco. Lorsqu'il m'a vu descendre de la Jeep et courir vers lui, il a abandonné le Mexicain pour se porter à ma rencontre. J'étais essoufflé, je bredouillais, je bégayais.

— Bill, ai-je dit, Bill, Bill!

— Qu'est-ce qu'il y a, Frenchy? Qu'est-ce que tu as vu? Parle!

Ses yeux scrutaient les miens.

— Je les ai vus, Bill! Les motos! je les ai vus. Ils sont en ville.

— Du calme, petit, du calme, a-t-il répété. Dis-moi exactement ce que tu as vu et à quoi ça ressemblait.

Je lui ai tout raconté et à mesure que je décrivais les vêtements et la physionomie des Hell's Angels, je voyais le visage de Bill se fermer, ses yeux se baisser vers le sol, il courbait la tête afin de mieux enregistrer mes dires, se concentrer sur les informations que je m'efforçais de restituer avec précision. Il posait peu de questions mais sa réaction confirmait mon intuition : Bill connaissait les hommes dont je lui avais narré l'entrée dans Norwood. Il semblait à peine surpris. Au fond, c'était comme s'il avait attendu tout l'été que quelqu'un vienne lui faire ce récit.

— Qu'est-ce que tu vas faire, Bill? ai-je dit. Tu es sûr qu'ils sont venus ici pour toi? qu'est-ce qu'ils te veulent?

Bill ne répondit pas. Il se contenta de me remercier avec une sorte de solennité, frappant mon épaule de sa lourde main, puis il rejoignit Pacheco pour reprendre son travail. J'avais l'impression d'être entré dans une histoire nouvelle, et bien qu'ayant peur pour mon héros, je brûlais d'en connaître la suite ou la fin. Aussi, le soir tombé, ai-je commencé d'épier les faits et gestes de Bill, guetter ses regards, peser la moindre de ses paroles. Les trois autres habitants de la tente avaient senti qu'il se passait quelque chose d'insolite. Mon arrivée en trombe au volant de la Jeep, au milieu du chantier, les avait intrigués. Un climat d'attente et d'incertitude s'installa dans notre petit groupe.

J'ai déjà écrit que nous ne savions rien de Bill. Sur la route, les gens m'avaient raconté leur vie au moindre prétexte. Dans la forêt, au début, j'avais cru évoluer parmi des êtres sans identité, mais au fil des mois, des bagarres et des beuveries, et surtout de l'épreuve quotidienne de labeur sous les grands arbres, les langues s'étaient déliées et nous avions fini par nous connaître et nous reconnaître. Des photos de parents et de fiancées, de frères et de sœurs, étaient sorties de portefeuilles écornés, des souvenirs avaient affleuré à la surface. La solidarité de ceux qui avaient « tenu » et n'avaient pas été expulsés du camp, l'expérience partagée de l'enfer de l'insecticide, la saison des pluies, et la Grande Confrontation, avaient soudé nos rangs et nous avions échangé des adresses et certains d'entre nous avaient décidé de faire route commune. Celui qui dominait et maîtrisait nos vies dans le camp, Mack lui-même, que nous avions au début craint et détesté et que j'avais un jour entendu dire : « parler ne vaut rien », s'était révélé à moi lorsque j'avais été nommé éclaireur; il avait trouvé en Frenchy, l'étudiant étranger qu'il jugeait plus astucieux que les autres, le confident et l'interlocuteur qu'il rechercherait sans doute tout au long de sa vie de solitaire. Seul, Bill s'était tu. J'aurais souhaité qu'il m'en dise plus; il m'avait confié une mission, je m'en étais acquitté, il semblait juste qu'il m'en récompensât en expliquant qui étaient ces étranges cavaliers venus d'une terre lointaine et dont je ne doutais pas qu'ils avaient rendez-vous avec lui. Mais Bill a gardé le silence, et j'ai eu beau m'évertuer à ne pas dormir afin d'observer son comportement, la nuit et la fatigue se sont emparées de mon corps comme tous les soirs et j'ai fermé les yeux.

Ma vie américaine m'avait appris à considérer l'avenir comme une promesse perpétuelle; on devait, on pouvait tout attendre du lendemain. Ainsi, chaque nuit, je m'endormais en observant un rite intime, commun à beaucoup d'hommes, mais dont je me croyais l'unique pratiquant. Je reconstituais d'abord ce que j'avais vu et vécu au cours de la journée écoulée, puis je projetais mes espoirs, mes craintes, mes fantasmes, dans les perspectives de ce jour inconnu qui allait se lever, au son du cri des bêtes dans la forêt, du souffle du vent déferlant des montagnes, et de l'obsédante chanson de la Rivière du Désappointement. Et je me disais, non pas comme l'héroïne du roman populaire de Margaret Mitchell : « Demain est un autre jour », mais plutôt : demain, tu en sauras plus.

27

En savoir plus, demain!

Le monde s'est ouvert devant moi, à l'image de cette interminable théorie de vallées, de vallons boisés et profonds qui s'incurvent dans le Pays Bleu cher au cœur de Mack et de son mentor disparu, l'Indien. Je suis à l'âge où chaque journée compte double. La gloire du matin, je n'en ai pas encore saisi la douleur poignante, je n'en connais que les cuivres éclatants, je ne sais pas que les matins peuvent être monotones. La chance m'a évité de plonger dans un obscur et incompréhensible désespoir, celui qui pousse une Elizabeth à se marier envers et contre toute envie ou logique. Comblée des dieux, riche, jeune et belle, on lui avait promis l'univers comme la tranche juteuse d'un melon mûr où la dent, jamais, ne rencontre de résistance. J'ai à peine compris ce qui lui est arrivé. Je pressens que je suis passé à côté d'elle et par conséquent, je me crois comptable de quelque chose à son égard. La force aveugle de la jeunesse va me permettre de ne pas m'immobiliser longtemps. J'ai marqué un arrêt, certes, avec l'énigme que m'a posée la jeune fille, si distante et néanmoins si proche de mon cœur. Mais je suis impuissant comme devant le jeu de la nature, et les mouvements du soleil. Il me faudrait sans nul doute un *point fixe* pour bien juger. Mais je n'ai pas encore trouvé le point fixe.

Je sais, maintenant, que les grandes personnes vous imposent des rites de passage. J'avais désiré être confronté à ces épreuves, je m'aperçois que je suis capable de les surmonter les unes après les autres, comme tout le monde, puisque lorsque je ne peux surmonter, je contourne. Seul dans ma nuit, à la veille de ce lendemain que j'attends avec une si belle impatience, j'ignore encore que l'apprentissage ne s'arrête pas, mais que c'est ma garantie de durée, surtout si je veux, plus tard, écrire. Et si j'en apprends plus demain, cela, je ne le sais toujours pas.

28

Une ville, un pays, une saison de votre vie ne s'inscrivent pas dans la mémoire par la seule grâce des images ou des parfums. Les sons aussi jouent leur rôle, il y a une musique de l'air qu'on a traversé à cet instant-là; un impalpable rideau de résonances, aussi fugace mais inoubliable que la lumière filtrant à travers les feuillages.

Ainsi, lorsque je me souviens de cet été dans l'Ouest, me reviennent les accords de guitares faussement hawaïennes, les stries des violons-crécelles, la mélopée d'un harmonica et la rythmique ingrate du banjo, les saccades des pianos désaccordés, les pianos bastringues du style *honky-tonk* avec les voix vulgaires mais prenantes des chanteuses à l'érotisme primaire, aux prénoms populaciers : Dotty, Loretta, Tammy, Lynn — et tout cela mélangé au brouhaha dans les bars et les saloons, et à la plainte des juke-boxes dans les salles d'attente d'autocars. Plus fort et plus envoûtant, il y a les bruits et les silences de la forêt, la nuit, dont j'ai déjà parlé. Enfin, j'entends encore les sons familiers de notre vie quotidienne à West Beaver : les moteurs des camions qui toussotent le matin avant le départ pour les chantiers; la pétarade de la Jeep de Mack; les cris des bûcherons renvoyés par l'écho à travers les clairières et qui se répercutaient contre les parois des montagnes pour redescendre ensuite vers le torrent; les déferlantes de vent qui secouaient les tentes comme les voiles d'un bateau en pleine tempête et faisaient siffler les cimes des arbres et gémir les troncs des hauts sapins.

Cet univers sonore, nous le reconnaissions d'emblée; il constituait la musique de fond de nos travaux et de nos loisirs, nous en étions tellement imprégnés que toute sonorité nouvelle nous faisait dresser l'oreille, puisqu'elle venait briser une routine, transportant ce qui peut faire peur aux âmes les mieux trempées : l'annonce de l'inconnu. C'est dans cet esprit que les habitants du camp accueillirent le ronronnement agaçant et insistant qui m'avait tant intrigué la veille en ville. Il n'appartenait pas à la vie de la forêt. Chacun voulut identifier cette rumeur motorisée qui montait vers nous, en crescendo. Nous étions au matin, un peu après l'heure du petit déjeuner, alors que les hommes commençaient de grimper à l'arrière des GMC pour partir vers les arbres à nettoyer.

— *Bikes*, murmura quelqu'un — des bécanes...

Et de fait, soulevant une auréole de poussière blanche et ocre, les trois Harley-Davidson firent leur apparition par le versant sud du vaste plateau qui débouchait sur le site du camp. Les hommes s'étaient figés.

— *Angels*, fit quelqu'un d'autre, les Anges...

Comme si ce vocable n'était pas étranger à quelques-uns des durs à cuire qui travaillaient à West Beaver. Mack et ses deux adjoints s'empressèrent de mettre les équipes en route. Le temps était de plus en plus compté, les jours se faisant courts et froids, et le quota de pins et sapins à préserver des insectes n'avait pas encore été atteint, alors qu'on évoquait déjà la date de fermeture du camp. J'ai cherché Bill du regard parmi les équipes et je ne l'ai pas trouvé. Mack s'est énervé et a gueulé de sa voix d'officier de Marines qui n'admet pas de réplique :

— A cheval! A cheval! Je veux plus voir un GMC d'ici deux minutes.

La cohorte des camions s'est ébranlée en direction du petit pont de rondins, puis de la masse sombre et humide de la forêt.

— On est pas au spectacle ici, a ajouté Mack.

Les trois motards s'étaient arrêtés en lisière du plateau à quelque cinquante mètres de nous, comme pour démontrer aux autorités du camp qu'ils n'avaient aucune intention de pénétrer sur un territoire qui n'était pas le leur. Ils avaient fiché les véhicules en terre, sur leurs béquilles, et ils se tenaient droit sur leurs bottes noires, trio insolite en chapeau melon, blouson de cuir, Ray-Ban et gilet bariolé, et c'était cela le « spectacle » dont parlait Mack. Ces trois hommes, attifés comme des épouvantails, qui semblaient attendre, sûrs de leur droit.

— Qu'est-ce que tu fous encore ici! me dit Mack. Ce n'est pas parce que tu es éclaireur que tu vas pas partir au boulot avec les gars.

— J'ai déjà balisé ma section hier, répondis-je. Je les rejoindrai plus tard si vous voulez bien. Ça m'intéresse.

Mack fit une grimace, jeta un coup d'œil vers le trio, puis ses yeux revinrent vers moi.

— Ah, dit-il, l'air amusé, tu saurais quelque chose que je ne sais pas, par hasard, Frenchy?

— Euh, non, dis-je.

— Frenchy l'astucieux, Monsieur-Je-Me-Mêle-De-Tout, continua Mack sur le ton moqueur qui déguisait son affection à mon égard. Eh bien, si ça t'intéresse tellement, viens avec moi, on va leur demander ce qu'ils veulent exactement, à ces clowns.

Le cœur battant, je lui ai emboîté le pas. Mack croyait sans doute me mettre une nouvelle fois à l'épreuve en m'entraînant vers le trio ou bien devinait-il que je n'avais espéré que cela ? J'étais curieux, je désirais être dans l'action, la connaître et la comprendre. Je cherchais la satisfaction de vivre au cœur de l'événement, animé par cette volonté particulière qui transcendait chez moi toute crainte et devait déterminer ma passion pour l'information, dans mon existence à venir.

— S'il y a quelque chose que je dois savoir, me dit Mack entre ses dents, alors que nous approchions du trio — t'as intérêt à me le dire vite. Je te tiendrai comptable de la merde, s'il doit y en avoir.

Il ne plaisantait plus. Son instinct et son expérience lui avaient fait humer l'odeur du danger dès qu'il avait pu détailler, en s'approchant d'eux, les gueules et les accoutrements des Hell's Angels. Il était responsable de West Beaver Camp, fonctionnaire assermenté du US Département d'Agriculture, et le petit secret que m'avait confié Bill éclata facilement sous la pression du moment.

— Ils sont là pour Bill, dis-je sans remords. Je ne sais pas ce qu'ils lui veulent ou ce qu'il leur a fait, mais ils sont venus chercher Bill. Ça, j'en suis sûr.

Mack ne répondit pas. Nous étions arrivés à la hauteur du trio. Ces hommes avaient l'âge de Bill, c'est-à-dire, quelques années de plus que moi à peine, mais leurs trognes étaient celles d'individus rompus et retors. Ils nous dévisagèrent et semblèrent tout de suite jauger la stature et le sang-froid de Mack, ses quarante ans, son regard gris acier, la couleur des tireurs d'élite, disait-on dans l'Ouest. Je ne comptais pas pour eux, mais l'autorité naturelle de Mack, seul face à ce trio, avait subtilement changé le climat, et je ne reconnaissais plus sur leurs masques l'insolence qui m'avait tant intrigué lorsque je les avais découverts la veille. Dans le silence lourd et long qui dominait la scène, j'avais la sensation que ces gens avaient entamé un dialogue, bien qu'aucune parole n'eût encore été prononcée.

Le trio semblait dire à Mack : « Nous acceptons ta force et ta maturité, nous savons qu'il faut compter avec toi », et Mack semblait leur répondre : « J'ai bien compris que vous n'êtes pas des clowns, mais vous êtes ici chez moi et il va falloir mesurer vos mots et vos actes. » Une fois que cet échange muet se fut achevé et qu'il apparut que chacun avait enregistré le pouvoir et les limites de l'autre, Mack se décida enfin à véritablement parler. Sa voix était plate, monocorde, presque douce.

— Qu'est-ce que je peux faire pour vous ? demanda-t-il.

L'homme aux Ray-Ban et à la casquette de cuir noir répondit :

— On cherche un type qui s'appelle Bill. Bill Cooper.

Il eut un geste inattendu, la main s'ouvrant sur le camp, la rivière et les arbres, et balayant nonchalamment l'air comme un semeur disperse des graines au vent, un geste gracieux et ample.

— Notre idée est qu'il se trouve quelque part par là, ajouta-t-il pour ponctuer le geste.

Il avait un accent traînant, la voix haut perchée comme un son de flûte, et n'était pas dépourvu de séduction.

— Qu'est-ce que vous lui voulez ? demanda Mack.

Ray-Ban eut un sourire étroit, révélant une ligne fracturée de dents jaunes et laides.

— C'est pas vos affaires, dit-il.

Mack hocha la tête, négativement, avec le même calme. Puis il eut le même sourire froid que son interlocuteur.

— S'il est « quelque part par là », alors c'est un de mes

hommes, dit-il posément. Et si c'est un de mes hommes, c'est forcément mes affaires.

Les mots tombaient, courts et parcimonieux, dans une tension qui semblait monter, puis redescendre. Il y avait une lenteur extraordinaire dans le va-et-vient des informations. Il était visible que Ray-Ban parlait au nom du trio. Chapeau Melon et Gilet Bariolé se tenaient un peu en retrait, semblant plus intéressés par la rangée de tentes de toile. Les silhouettes des cuistots et de leur chef, Antonito, étaient apparues près de la cantine et suivaient de loin le déroulement de la rencontre. Vidé de ses ouvriers, le camp n'était pas déserté pour autant. Doc Larsen était lui aussi sorti de la tente administrative et, de son allure guindée, il avait rejoint quelques *drivers* qui n'étaient pas encore partis pour la première course et quelques autres habitants de West Beaver, mécanos, hommes de corvées, une douzaine en tout qui s'étaient formés en arc de cercle, sur le terre-plein où avait eu lieu, au début de l'été, « la sélection » entre les costauds et les autres. Le soleil était venu baigner cet ensemble d'une lueur pâle, un soleil de septembre en montagne, à peine chaud.

Je me rendais compte que j'assistais à une sorte de jeu au cours duquel chaque protagoniste envoyait une phrase, un message, comme on envoie une balle, puis attendait la réponse et décidait de la façon dont il utiliserait le renvoi de cette balle. Ray-Ban n'avait pas réagi à la dernière remarque de Mack. Elle semblait lui poser un problème. Il eut un regard vers ses deux compagnons comme pour chercher une aide, mais les deux Anges se taisaient et il me parut que s'ils ne parlaient pas, ce n'était pas par respect d'une quelconque stratégie, mais plutôt parce qu'ils étaient incapables d'exprimer une pensée cohérente. Ce sont deux abrutis, pensai-je, et cela me remplit d'une joie brève et forte.

— Cette affaire ne concerne que nous, finit par lâcher le chef du trio. Euh... comment vous dire? Bill nous appartient. C'est à nous de juger ce qu'on doit faire de lui. C'est une affaire qui remonte à loin, et qui n'a rien à voir avec ce camp, et encore moins avec vous, Monsieur. Nous n'avons aucune querelle avec vous, personnellement.

Il souffla. Il avait construit trois phrases, un volume inhabituel dans ce dialogue dont j'étais le témoin. Il avait appelé Mack « Monsieur » — *Sir* — comme à l'armée, en prison ou au collège, comme dans toute communauté d'hommes organisée où les rôles sont suffisamment définis; cela signifiait que la balance avait imperceptiblement penché en faveur de Mack et comme j'avais craint le pire, cela aussi me rassura.

— Vous avez peut-être raison, dit Mack. Je ne sais pas si Bill vous « appartient ». J'ai été élevé dans la notion qu'un homme n'appartient à personne. Mais ça le regarde et ça vous regarde peut-être en effet. Seulement voilà : vous êtes ici sur un sol qui est propriété du gouvernement de la République des États-Unis, et j'en suis le gardien. Je dois y préserver la paix et l'ordre. Et il me semble que vos intentions et votre déplacement jusqu'ici sont de nature à troubler l'ordre. Aussi vais-je vous demander d'en rester là, et de rebrousser chemin.

J'eus envie de l'embrasser. Mais Ray-Ban eut un rire de défi.

— Vous êtes seul, Monsieur, dit-il. Nous sommes trois.

Mack fit un pas de côté, comme si cette phrase changeait entièrement le ton de la rencontre et il m'écarta du bras pour m'obliger à un mouvement de retrait, de recul. Je reçus comme une décharge lorsqu'il me toucha et je sentis que le corps de Mack était bandé, prêt à toute violence.

— Regardez bien les hommes en bas sur le terre-plein, dit Mack, et demandez-vous pendant combien de secondes exactement je vais rester seul face à vous.

Ray-Ban fronça les sourcils. Le calme peu ordinaire de Mack le désarçonnait. Celui-ci, sentant faiblir l'adversaire, ajouta rapidement :

— Et d'ailleurs, est-ce que vous savez seulement où se trouve le type que vous me réclamez? Vous croyez tout de même pas que je vais vous laisser fouiller les tentes une à une et la forêt en toute tranquillité?

Ray-Ban eut un nouveau regard perplexe vers ses deux acolytes. Chapeau Melon qui n'avait pas dit un mot jusqu'ici, parla enfin. Il avait le même accent que son chef, les mêmes intonations flûtées, on eût dit que ces hommes, vivant en bande, avaient été inconsciemment gagnés par un phénomène de mimétisme qui les poussait à s'exprimer de façon semblable, à l'unisson de leur chef, ou d'un autre chef plus lointain et qu'ils représentaient dans leur mission. Et cela rendait la scène plus dramatique, et ses acteurs plus inquiétants.

— Ceci est un pays libre, dit Chapeau Melon. Montrez-moi le texte de loi qui m'empêche de poser mon cul sur cette terre et de plus en bouger.

Ce disant, il souleva son chapeau, courba sa lourde carcasse pour épousseter le sol en agitant le chapeau comme un éventail, puis il s'assit, se recoiffa, satisfait, épais, royal. Gilet Bariolé l'imita aussitôt. Ray-Ban eut un rire gras et agréablement surpris, et il s'assit à son tour. Sortant un tronçon de cigare déjà mâchonné de la poche de son blouson, il l'alluma avec une lenteur délibérée, en faisant craquer la grosse allumette sur la couture de son pantalon. Mack leur tourna le dos sans parler et m'entraîna à toute allure vers le centre du camp. Il grommelait tout en

250

descendant du plateau, une trace de rage contenue parcourant sa voix.

— Qu'est-ce que c'est que ce bintz? disait-il. Qu'est-ce que c'est que cette salade?

— Qu'est-ce qui se passe, Mack? dis-je.

Il me regarda, furieux. Je vis dans ses yeux qu'il estimait avoir essuyé une sorte de défaite.

— Armes à feu, dit-il. Armes à feu. Voilà ce qui se passe.

J'ai pensé qu'il allait se diriger vers sa tente pour y récupérer un pistolet ou un fusil ou même plusieurs, et qu'il les distribuerait aux cuisiniers et aux *drivers* afin de chasser les intrus du camp, mais nous n'avons pas eu le temps d'aller plus loin, car nous avons vu Bill sortir de notre tente et marcher vivement vers nous, remontant le plateau à contre-courant. Bill avait changé de vêtements. Au lieu de porter les treillis ou jeans de travail comme à l'habitude, il s'était habillé en Ange de l'Enfer.

A l'instar des trois hommes qui l'attendaient là-haut et qui, l'ayant vu, s'étaient brusquement redressés et avaient déjà esquissé quelques pas en avant, Bill portait un blouson de cuir noir clouté et riveté, avec les ailes d'un aigle blanc cousu sur son dos. Les mots *Hell's Angels* étaient inscrits sous les griffes de l'oiseau. Il avait chaussé les mêmes bottes noires que nous lui connaissions depuis le début, mais il y avait rajouté deux éperons de laiton, et je vis alors qu'elles étaient identiques à celles des trois motards. Les bottes luisaient et j'ai essayé de reconstituer ce qu'avait fait Bill pendant que nous parlementions, là-haut, avec ses congénères. Je me le suis représenté sortant son sac en toile de dessous le lit de camp et dépliant cet uniforme qu'il avait su, jusque-là, si bien dissimuler. Je me suis demandé s'il avait tranquillement ciré et poli ses bottes tandis qu'à l'extérieur,

Mack tentait d'éloigner ceux qui étaient venus le chercher. Je me suis aussi interrogé : pourquoi n'avait-il pas fui la veille quand je l'avais prévenu, pourquoi avait-il préféré attendre? J'ai conclu que cette solution avait dû lui paraître la plus conforme à un code de conduite que je ne comprenais pas, et à un passé et une histoire dont, en réalité, nous ignorions tout.

— Qu'est-ce que tu fais, Bill? lui a demandé Mack.

Les deux hommes étaient nez à nez. Ils se regardaient, Mack tout à sa colère rentrée parce qu'il avait perdu le contrôle d'une situation qu'il avait cru pouvoir gérer — Bill, avec dans ses yeux noirs une sorte de scintillement, une expression hantée, qui me fit pressentir qu'il n'appartenait plus à notre petit univers — mais avait-il jamais été des nôtres? Ce que je pus lire sur son visage fit basculer mes convictions et mes affinités; j'avais cru connaître et aimer ce colosse bon et silencieux, il me semblait soudain qu'un pan entier de mon été s'écroulait, devant une telle lueur folle, survoltée.

— Restez à l'écart de ça, Mack, dit Bill. C'est une affaire entre ces types et moi. Ne vous en mêlez pas.

La loi de l'Ouest : *mind your own business* — occupe-toi de ce qui te regarde, et rien d'autre. Mack connaissait cette loi mieux que quiconque et il était homme à la respecter. Il avait pourtant la charge et la garde du camp, et ce conflit interne lui déplaisait souverainement.

— Tu as raison, concéda-t-il, c'est ton affaire, pas la mienne, mais alors va la régler ailleurs qu'ici.

Il le laissa là et repartit, en courant cette fois, dans la direction de sa tente.

Les choses allèrent alors avec une rapidité effrénée et qui me stupéfia d'autant plus que j'avais cru le temps suspendu pendant le dialogue entre Mack et les trois hommes. Il y avait eu comme une chape de métal alourdissant et ralentissant tout, les hommes, leur verbe et leurs mimiques. Et voilà que d'un seul coup, la fureur et la vitesse s'emparaient du même décor et des mêmes personnages. Le temps n'était plus le temps – et pourtant les mêmes secondes s'étaient égrenées aux mêmes horloges.

Tout va vite, donc, et cela va ainsi : s'éloignant de leurs bécanes et descendant du plateau, les trois types se sont avancés vers Bill. Gilet Bariolé, qui jusqu'ici, n'avait pas ouvert la bouche, sort de son vêtement de laine une espèce de parchemin qu'il déroule. Bill s'arrête à quelques mètres d'eux, en contrebas. Vindicatif, exalté, il crie :

– Et alors, bande d'ordures ?

De la même voix traînarde et haut perchée que les deux autres, Gilet Bariolé commence à déchiffrer son drôle de papier :

– William Cyrus Cooper, dit Bill, renégat de la confraternité 92 de la section Nord de Sacramento, vous avez été accusé et reconnu coupable de viol, vol, subornation, adultère, grivèlerie, inceste, abandon, fuite, trahison et manquement aux règles fondamentales de notre association. En conséquence de quoi...

Il n'achèvera pas d'ânonner ce texte grandiloquent. Bill a porté la main entre sa hanche et sa ceinture et il a dégainé le Colt Special Frontier 45 que j'avais aperçu un soir dans la tente, et dans le même mouvement, il a tiré en direction de Gilet Bariolé. Ça a fait un bruit sec et fracassant, comme les craquements du ciel quand la foudre envoie son premier avertissement. Gilet Bariolé est tombé face à terre. Bill réarme. Il pointe son colt en direction du deuxième, Chapeau Melon, qui décide de s'enfuir. Bill tire à deux reprises dans son dos, mais pendant qu'il assassine Chapeau Melon, Ray-Ban, le chef, a déplié son bras droit et en un geste d'une précision et d'une beauté terrifiante et pure, il a lancé un énorme coutelas à manche de corne qui est venu se planter en pleine poitrine de Bill, qui lâche son arme, porte les deux mains à son cœur et tombe, à genoux, suffoquant, crachant le sang.

Les hommes du camp se précipitent vers les trois corps. L'écho des coups de feu tournoie dans l'espace de la forêt. Ray-Ban détale, enfourche sa bécane, libère la béquille, engage le moteur et fait demi-tour vers le sentier à mules. J'entends un martèlement du sol et je vois Mack courant de toute la force de ses jambes, un fusil de chasse à double canon et à lunette au bout de sa main. Il a pris le terre-plein en diagonale. Son intention est claire. Il lui faut atteindre au plus tôt la grande butte qui domine la région et la piste rocailleuse.

Je cours à sa suite. Il file vite, bien plus vite que moi, mais je veux assister à la fin de cette incroyable série d'événements qui dépasse tout ce que j'avais redouté, imaginé, ou déjà vécu. Nous courons ainsi sur plus de deux cents mètres. Quand je le rejoins, hors d'haleine, Mack a déjà adopté la position du tireur debout. Il ne me prête aucune attention. Il paraît détaché du monde, concentré sur ce qu'il fait, et rien d'autre.

Les deux jambes écartées en équerre, les pieds ancrés dans le sol, il lève haut le canon du Double Gauge Remington 78 et le baisse sans trembler pour l'amener à hauteur de son œil, afin que les deux bras et les épaules, en complète harmonie, atteignent une fixité absolue et qu'il puisse incliner la tête pour vriller son œil droit dans le viseur, son corps entier tendu vers le même et unique objectif. Il ne tremble pas, il n'est pas essoufflé. Je peux suivre, à l'œil nu, se déplaçant telle une fourmi noire dans le sentier à mules encombré de rochers, la Harley-Davidson conduite par Ray-Ban, qui vire et zigzague à travers la caillasse rougeâtre. Sans doute est-elle bien plus grosse dans la lunette optique du fusil de Mack. Son œil gauche, glacé, est resté ouvert. Une grimace de crispation s'amorce à la commissure de ses lèvres. Il appuie sur la détente. Dans le tonnerre du coup de fusil, dont je reçois comme une escarbille de poudre, je vois la fourmi noire, très loin, là-bas, à quelque cent mètres de déclivité, qui se pulvérise et se désarticule, le corps du motard projeté au sol, inerte.

Mack se détend alors, rabaissant le canon du fusil vers le sol. La rage froide que j'avais remarquée quelques minutes plus tôt lorsqu'il avait senti que les événements lui échappaient, n'a pas quitté son visage.

– J'ai déconné, dit-il, ne s'adressant pas à moi.

Je ne sais quoi dire.

– J'ai déconné, répète-t-il. J'aurais pu éviter tout cela. J'ai déconné.

Puis il me regarde, comme s'il découvrait enfin ma présence à ses côtés. Sa fureur dérive vers moi.

– Tu savais qu'il était armé? Tu le savais? Réponds-moi!

Je baisse la tête, incapable de parler.

– Imbécile, me dit-il. Vous l'admiriez! Vous le trouviez mystérieux et costaud et vous l'admiriez, alors que ça n'était qu'un cinglé et qu'un psychopathe. Mais tu l'admirais, hein? Petit imbécile romantique et ignare!

Du canon de son fusil, il me fait signe d'avancer. Nous revenons au camp. Les trois hommes sont morts et il y a un quatrième cadavre, là-bas sur la piste. Un violent effluve âpre et vinaigré passe à travers moi, comme si quelque chose avait explosé à l'intérieur de mon corps mais je ne suis pas malade. Il me semble seulement que je suis anéanti, inerte, et que je ne suis plus qui j'étais. Je sens la main de

Mack qui se pose sur ma nuque. Je le regarde. Il a retrouvé une composition avenante et humaine. Sa voix est calme à nouveau, lourde d'un certain fatalisme.

— Oublie ce que je viens de te dire, Frenchy, me dit-il en souriant. Tu n'y es pour rien.

Et il répète, à voix basse, afin que les autres qui s'agglutinent autour de lui ne puissent entendre :

— J'ai déconné. Je n'ai pas assez anticipé. J'aurais dû voir venir tout ça.

Quelques jours plus tard, je quittais le camp.

29

Mack insista pour me conduire jusqu'à Montrose, où je devais prendre mon autocar pour l'Est, pour le retour au collège. La police d'État du Colorado avait dressé ses constats et établi ses rapports; Mack et les témoins de tout le drame – au premier rang desquels je me trouvais – avaient été longuement interrogés dans la grande tente du réfectoire, transformée pour l'occasion, en salle de commission d'enquête; nous avions essayé de reprendre le travail, mais l'événement avait trop perturbé le rythme de la vie au camp pour que l'on puisse attendre un rendement quelconque des hommes. On ne parlait que de ça. Chien-de-Lune, le chef indien qui avait légué sa science et ses dons à Mack, avait dû sans doute lui souffler depuis l'au-delà, qu'il était grand temps de fermer West Beaver. D'ailleurs, la saison ne se prêtait plus à nos tâches.

L'automne est bref dans les montagnes San Juan et dans l'Uncompaghre. Les couleurs y sont triomphales et indescriptibles, le rouge vermillon et le jaune carmin des érables, des chênes, des peupliers, des hêtres ou des bouleaux vont bouleverser l'hégémonie du grand tapis vert des résineux. Les Ponderosa et les Douglas conserveront toute l'année leurs teintes magiques, ce bleu mélangé au vert, avec en son cœur une touche dorée, dont la musique retentit encore dans ma mémoire – mais dans l'ensemble, contrairement à d'autres régions de l'Amérique du Nord, l'automne, s'il est beau, n'est pas clément, et la forêt, aux altitudes où nous l'avions connue, n'est plus tellement fréquentable. Il faut redescendre dans les vallées.

Pacheco, Swede, Donald K. Banch m'avaient précédé d'une journée. Ils avaient tous embarqué dans la Packard modèle 1938, résolus à atteindre en quarante-huit heures, les vignes de la Nappa Valley en Californie, pour y gagner les dollars des ultimes journées de vendanges. Nous avions eu des adieux peu éloquents, l'ombre de Bill et le massacre des *Hell's Angels* ayant été tant et tant évoqués dans la tente, au cours des nuits interrompues par mes cauchemars. Je me réveillais en hurlant. Les types en avaient été aussi malades que moi, et nous nous étions quittés sans effusions, sinon sans émotion. Je les ai regardés partir, leurs chapeaux de cow-boys crânement posés sur leurs têtes involontairement comiques et si juvéniles malgré la barbe et les moustaches – surtout la grosse tête de Donald, l'insatiable dévoreur de poulets, et je me suis dit que c'était Pacheco qui me manquerait le plus. Le Mexicain frêle au faciès osseux et aux yeux de chien battu, m'a serré la main.

– Adios, Frenchy, m'a-t-il dit. A propos de Bill, toi et moi on sait qu'il nous a aidés. Nous deux, on sait ce qu'on lui doit, n'est-ce pas? J' veux pas savoir pourquoi il a fait ce qu'il a fait et qui il était vraiment. Pour moi, si j'ai gagné tout cet argent – et il brandit sa paye, un gros paquet de biffetons enroulés sur eux-mêmes et tenus par une large bande de latex –, c'est parce qu'il nous a permis de tenir quand ça allait mal. Il nous a tendu la main. Tu es d'accord, Frenchy?

— Bien sûr, ai-je dit. Adios, Pacheco.

A mon tour, je suis allé toucher ma dernière paye et je l'ai ajoutée au tas de dollars que j'avais amassés samedi après samedi. Neuf cents dollars, j'avais gagné neuf cents dollars en trois mois. J'avais gagné ma vie.

Gagner sa vie! Quand on veut les jauger à l'aune de la jeunesse, les expressions les plus banales prennent une force inaccoutumée. Nous utilisons ces formules toutes faites en parlant ce langage que l'on dit de bois, ce dialecte de grandes personnes, figé et conventionnel et que les jeunes détestent et rejettent à juste titre, et nous oublions le sens initial des mots. Mes neuf cents dollars n'allaient pas seulement faciliter ma deuxième année d'études au campus. Ils valaient plus cher.

J'en avais chié, comme on dit, et chacun de ces billets sales et froissés, représentait une heure, ou plus, de peine et de dépassement de soi. L'insecticide qui brûle les paupières, les pommettes et les yeux; la manivelle de la sulfateuse qui scie les doigts; les lourds bidons pleins de liquide qu'on décharge et qu'on transporte, un dans chaque main, à travers les pins, les roches et la fougère, les reins brisés; les réveils douloureux quand les courbatures dans le dos et les arrière-cuisses n'ont pas disparu et quand tous les vêtements et sous-vêtements sont moisis et humides parce qu'il n'a cessé de pleuvoir depuis quinze jours; les piqûres d'antibiotiques dans le cul pour juguler la vérole et la fièvre; les coups répétés de la hachette sur les troncs, et on relève la tête et il y a des centaines et des centaines de troncs de pins malades semblables et la journée vient à peine de commencer; la monotonie écœurante de la bouffe et comment certains soirs on avait envie d'envoyer valser le rata que versait Antonito dans les gamelles mal lavées; la lente ascension à l'intérieur du système afin d'accéder à une meilleure place, et comment les regards avaient changé ce jour-là, certains étaient chargés de haine.

Si c'était cela gagner sa vie, cela valait en effet plus de neuf cents dollars, et alors oui, j'avais gagné quelque chose. Gagner, c'était réussir à ne pas perdre.

Par coquetterie et pour imiter mes compagnons, ces ouvriers vagabonds qui n'avaient aucune confiance dans les banques, le papier et les carnets de chèques, j'avais conservé tout en cash, pendant l'été entier, et cela formait désormais une grosse boule de fric, du volume d'un gant de boxe, que je compressais dans mes poches à la façon des forains, des toucheurs de bœufs, ou des croupiers de parties clandestines de *craps*. Au passage, j'ai dit au revoir à Doc Larsen, que j'avais vu quelques jours auparavant, penché sur le corps de Bill et des *Hell's Angels* et se relever pour énoncer un diagnostic que nous connaissions tous déjà.

— Morts. Ils sont tous morts, avait-il dit, de sa petite voix métallique.

A quoi Antonito, le chef cuistot, vicelard et ironique, avait sifflé entre ses dents :

— Sans blague, Doc? Sans blââââgue!

Mack avait dispersé tout le monde, y compris Doc Larsen, dont il n'avait guère besoin. Pauvre Doc, si déplacé dans ce camp perdu dans les montagnes, parmi ces hommes sans finesse et sans éducation, toujours prompts à railler ceux qui ne leur ressemblaient pas — Doc, qui prenait des précautions infinies pour dissimuler sa vraie nature, déployant une grande énergie pour apparaître impeccable, comme si son allure rigide et son maintien digne d'un officier de carrière, lui permettaient de donner le change.

Dans sa tente aménagée de façon spartiate mais embellie par les bouquets de fleurs sauvages des montagnes qu'il allait cueillir seul, en cachette, les dimanches, alors que les autres hommes étaient partis vers la bière et les filles dans les villes, il m'a serré la main, lui aussi. Soudain, il s'est frappé le front de l'index.

— Suis-je bête, a-t-il dit, j'ai complètement oublié de te donner un télégramme qui est arrivé pour toi l'autre jour.

— Comment ça? ai-je dit.

— Ben oui, a-t-il dit. Le jour du massacre des *Hell's Angels*, quelques heures après, quand la police d'État était déjà sur place, le gosse de la Western Union à Norwood est monté pour m'apporter un nouveau télégramme pour toi, mais dans la confusion qui régnait je l'ai oublié, et je ne m'en suis plus du tout souvenu. Désolé.

Il a entrepris de le chercher sur la petite table métallique qui lui servait de bureau, puis ne le trouvant pas, sous des livres et des magazines et puis, incapable de mettre la main sur le message, il a fini par retourner la plupart de ses affaires — mais rien n'y faisait, le télégramme avait disparu, sans doute pour cause de panique au cours de cette journée terrible où les coups de feu avaient éclaté dans le ciel pur du Pays Bleu. En temps normal, je me serais senti frustré de ne pas savoir qui m'avait télégraphié au fin fond de la forêt, mais ce jour-là, cela m'était, tout simplement, bien égal. J'ai pensé qu'il s'agissait encore d'Elizabeth; peut-être avait-elle renoncé à se marier et me demandait-elle quand nous nous reverrions au collège, en Virginie. Peut-être autre chose... Cela n'avait aucune importance. La violence incohérente et vaine dont j'avais été le témoin, avait chassé tout cela, et j'avais l'impression de me retrouver comme après une de ces épreuves que l'on n'attend pas, bombardement, inondation, incendie ou guerre, et qui forcent à se ramasser sur soi-même et à ne plus envisager que l'essentiel.

En vérité, ce sentiment n'était pas entièrement inédit. J'avais déjà été soumis à ce grand lavage de mes idées et mes sensations quand nous avions, avec Amy, en juin, sur une route de l'Indiana, évité une tornade et que j'avais cru rencontrer une part de surnaturel. Je pensai à cette jeune fille plutôt qu'à l'autre, à tout ce que l'Ouest m'avait apporté, d'abord à travers elle, ensuite à travers la forêt, Mack, Pacheco et tous les autres, et je m'avisai qu'il était possible, et parfois vital, d'accepter les incohérences, pourvu qu'on apprenne à discerner les impostures.

30

– Donne-moi une pièce de cinquante cents, ou d'un dollar, m'a dit Mack.

– Pourquoi?

– T'occupe. Donne.

Je lui ai tendu un demi-dollar en argent et il m'a remis en échange un couteau de chasse pliant, un Buck Hunter 110 fabriqué à la main par le meilleur coutelier des États-Unis, le Stradivarius des armes blanches, à Leavenworth dans le Kansas. L'objet pesait lourd dans ma paume et j'ai joué plusieurs fois avec, avant de le glisser dans la poche de ma chemise à boutons-pression nacrés, heureux et ému.

– Tu pourras porter ça sur toi, a dit Mack, quand tu seras dans les villes. Ne t'en sers pas, bien sûr, mais conserve-le, ce sera mon cadeau d'adieu.

Cela m'a fait penser à la mort atroce de Bill et à ce coutelas à garde dorée avec lequel Ray-Ban, tel un lanceur professionnel de cirque, avait transpercé le cœur et la vie de son adversaire, qui avait été un membre de sa tribu.

– C'était un *Bowie knife*, m'a précisé Mack. Quand on sait bien l'utiliser, il vaut toutes les armes du monde.

Mack a voulu faire un détour pour me montrer, ne fût-ce

que de loin, un plateau colossal, la plus grande plate-forme montagneuse du Colorado qui s'appelle Grand Mesa. Sur cette immense étendue qui s'élève à cinq mille pieds au-dessus des vallées, il y a des centaines et des centaines de lacs. Nous n'avions pas le temps d'y grimper, mais nous avons emprunté les routes de la région que domine cette masse. La présence de Grand Mesa pèse sur tout le pays, sombre, haute, hantée, pleine de lacs, de forêts et de roches volcaniques. Toutes sortes de légendes courent sur cette montagne insolite.

— Les Indiens racontent ainsi sa création, commença Mack. Un jour, un aigle géant, un *thunderbird*, l'oiseau de foudre, qui vivait le long de la falaise du Mesa a volé un bébé indien et l'a dévoré tout cru. Le père fou de vengeance s'est déguisé en tronc d'arbre, il a dérobé tous les œufs de l'aigle pour les donner à un immense serpent qui les a mangés. Les aigles alors, rendus furieux, se sont abattus sur le monstre et se sont mis à plusieurs pour le transporter loin dans le ciel. Là-haut, ils l'ont déchiqueté en mille morceaux. Les restes du serpent en retombant sur le plateau ont brûlé la forêt et ont creusé des trous profonds et noirs. Un orage a éclaté qui traduisait la colère des oiseaux de feu; des torrents de pluie ont rempli les trous de serpents, et c'est ainsi que sont nés les lacs de Grand Mesa.

Nous roulions vers Montrose.

— Il y avait un aigle de feu sur le dos du blouson de Bill, ai-je dit, un oiseau de foudre.

Nous allions nous quitter dans une heure, et j'estimais que Mack ne m'avait pas tout expliqué.

— Oui, a dit Mack. Tu vois, j'ai commis une erreur que je me reprocherai longtemps, une erreur extraordinaire. Je ne me suis pas assez intéressé à ce type. Quelqu'un qui fait de tels efforts pour rester anonyme, j'aurais dû m'en préoccuper un peu plus. En un été, j'ai dû lui adresser la parole une ou deux fois seulement. J'aurais pourtant dû remarquer son tatouage.

— Vous allez avoir des ennuis avec le service US des forêts? lui ai-je demandé.

— A cause de la tuerie? Non, répondit Mack. Mon rapport est très clair... Oh, peut-être qu'on ne me confiera pas un camp de cette dimension l'été prochain, mais je m'en sortirai. Ils savent très bien ce que je vaux. Il n'y en a pas deux comme moi sur tout le territoire. Non, là où je m'en veux, moi, tu comprends, c'est que je n'ai jamais senti venir le coup.

— De quel tatouage parliez-vous, il y a un instant? ai-je dit.

— Quand on a retourné son corps, a dit Mack, Bill avait les deux mains crispées sur la garde du *Bowie knife*, comme s'il avait essayé de se l'arracher. C'est là que j'ai vu la guêpe tatouée sur sa main droite, à la naissance du pouce.

J'ai ri.

— Eh bien oui, dis-je, je l'avais vue moi aussi sur sa main, un soir dans la tente.

— Ah, fit Mack, dommage que tu m'en aies pas parlé.

— Pourquoi? dis-je.

Il rit, à son tour, et me regarda avec cette même lueur d'ironie voilée de tendresse qui caractérisait son approche de ceux qu'il aimait; trop pudique pour leur avouer son affection, il avait recours à la dérision, démarche classique et risquée du timide, et du solitaire.

— Tu sais bien faire parler les gens, hein, Frenchy? Moi qui dis toujours que parler ne vaut rien, t'as pas arrêté de me faire causer depuis qu'on se connaît.

Je me suis congratulé en silence. Trois mois auparavant, un petit matin, sur le terrain de rodéo de Norwood, un type à gueule de brute avec une curieuse casquette à visière nous apostrophait pour nous décrire en quoi consisterait notre labeur, là-haut dans la forêt. Nous étions plus de cent cinquante et j'étais perdu au milieu de cette foule de cow-boys, Mexicains primaires, vagabonds sans définition sociale, les parias d'une Amérique inconnue de l'étudiant apeuré que j'étais. Et voilà que ce même contremaître avait fait de moi son ami; il m'avait distingué parmi tous les autres, d'abord pour me nommer éclaireur, ensuite pour que je devienne son confident et que je reçoive sa leçon de choses.

— Je vais te dire, dit-il. Un type qui est tatoué, c'est quelqu'un qui a un terrible complexe d'infériorité. Il a souffert. Il a eu dans sa vie au moins une expérience terrible, inavouable, dont il n'arrivera pas à se débarrasser.

— Mais Mack, ai-je dit en riant, tout le monde était tatoué au camp ou presque! Tous les hommes!

Il rit à son tour, comme si je venais d'émettre un énorme calembour.

— Et alors, mon garçon? Tu croyais quand même pas que tu vivais parmi des enfants de chœur! C'était la lie de la terre, West Beaver, mon ami! Tu ne sais pas à côté de quoi tu es passé!

J'ai trouvé qu'il exagérait et qu'il en rajoutait pour appuyer son argument, et j'ai voulu revenir à Bill.

— La guêpe sur la main?

— Oui, dit Mack, légèrement impatienté. Eh bien quoi?

— Quelle différence avec les autres tatouages?

Il fronça les sourcils, fouillant dans sa mémoire.

— Eh bien, je ne sais pas ce qu'il y a derrière, tu vois, constata-t-il. Mais j'ai déjà observé ce tatouage-là. A vrai dire très rarement. Trois ou quatre fois au cours de toute ma vie. Une fois pendant la guerre du Pacifique, les autres fois... en prison. Cette guêpe a quelque chose de particulier, je ne sais pas quoi précisément, quelque chose de... (il marqua une pause). Trouve-moi le mot, Frenchy, merde! c'est toi qui connais les mots! C'est toi l'intellectuel.

J'ai hésité.

– Quelque chose de maléfique, ai-je proposé.

– C'est ça, oui. Diabolique... Eh bien, les trois ou quatre types à qui j'ai vu ce tatouage, tu me croiras si tu voudras, ce sont les hommes les plus dangereux que j'aie rencontrés. Des vrais clients pour l'asile d'aliénés.

Il avait parlé des prisons et je me suis étonné : Mack avait-il, lui aussi, fait de la taule? Ou bien avait-il été employé comme gardien, à son retour de l'armée par exemple? Je lui ai raconté ma rencontre sur la route, avec les deux voyous qui m'avaient flanqué la plus belle trouille de ma vie. Aujourd'hui pourtant, avec le recul, le menu incident d'auto-stop me paraissait à mille lieues de la tuerie de West Beaver. Mais ce qui m'importait et que je voulais révéler à Mack, c'était que l'un de mes deux voyous avait aussi porté la petite guêpe funeste, verte et mordorée, sur sa peau. Il m'écouta en silence, ne relançant pas la conversation, une fois mon récit terminé. Il hochait la tête, comme si je venais de confirmer une vérité dont il tentait de faire la synthèse. La Jeep roulait et l'on ne tarderait pas à apercevoir les faubourgs de Montrose. Le vallon boisé que nous traversions était particulièrement beau, frais, immaculé, vert vif. Arrivé au bout de sa réflexion, Mack a presque murmuré ces quelques mots :

– Eh bien oui, c'est normal tout ça, puisque tout est connecté.

J'ai essayé de comprendre, mais je n'ai rien dit. Je m'en voulais, parfois, d'accabler les adultes de mes questions;

j'avais souvent senti naître chez mes interlocuteurs une exaspération due à ma volonté de savoir, tout mettre en phrase, chercher une explication rationnelle à tout. L'Ouest, et Mack, m'avaient appris à corriger ce travers. Nous sommes arrivés à Montrose quelques minutes seulement avant le départ de mon Greyhound, en direction de Denver. Il a fallu se presser, balancer la valise dans la soute, sous le châssis, entre les roues, et monter à bord pour trouver un siège libre. Quand je suis redescendu pour lui serrer la main, Mack a reculé d'un ou deux mètres, il a posé ses deux pattes sur ses hanches, relevé la visière de sa drôle de casquette sur son front et il m'a contemplé, avec toute l'ironie dont il était capable.

— Tu as fière allure, s'est-il esclaffé. Tu te vois traverser les villes dans cet accoutrement et débarquer comme ça sur le campus de ton joli petit *college*? Tu vas les effrayer, toutes les jeunes filles qui t'attendent!

Je portais une paire neuve de bottes Tony Lama, un jean délavé, une chemise à carreaux rouges et bleus à boutons-pression nacrés, et la veste en daim à franges que m'avait léguée Amy et qu'avait rapiécée Pacheco. Sur ma tête, j'avais vissé mon plus beau Stetson, couleur de paille, grand format; il y avait trois mois que je n'avais pas touché à mes cheveux, ma barbe ou mes moustaches. Mack s'est déchaîné.

— Alors, Frenchy, a-t-il raillé. On rentre dans les villes? On va retrouver les klaxons des voitures, les feux rouges, les sens interdits, les vestons, les cravates autour du cou et les courbettes auprès des messieurs-dames qui vont t'aider à obtenir tes diplômes?

Avec surprise, j'ai vu qu'il ne plaisantait plus. La voix s'était faite aigrie, plus sèche et amère. Il s'était approché de moi et un éclat mauvais de rancœur brillait dans ses yeux accusateurs.

— Les bouquins, a-t-il continué, et les profs, et les bals, et les risettes, et les rendez-vous du dimanche, et le fric, et le système. Tu vas retrouver tout cela dans l'Est, pas vrai?

Le mépris et l'hostilité avec quoi il avait prononcé le mot « Est »! Puis, il s'est arrêté aussi brusquement. Avait-il vu ma peine et mon étonnement? Un sourire sans nuances est revenu sur son visage. Il a eu un geste qui voulait dire : « C'était de la blague. » Je lui ai tendu la main.

— Je ne t'ai même pas appris à construire un feu, a-t-il dit.

Puis il m'a pris dans ses bras et m'a tapé fortement avec le plat de la main sur les épaules dorsales — en faisant le *abraso* à la mexicaine. Nous nous sommes dit « au revoir et bonne chance », comme il se doit dans l'Ouest.

— La phrase exacte, a dit Mack, c'est un chef d'une tribu Suquamish qui l'a prononcée. Le chef Seattle. *All things are connected.* Toutes choses sont connectées. Voilà ce qu'il a dit. Salut, mon garçon. Prends bien soin de toi.

— Salut Mack, ai-je dit. Prenez soin de vous. Et merci pour tout.

Je suis monté dans l'autocar.

31

Le Colorado est si vaste qu'il a fallu le diviser en neuf territoires. J'avais vécu dans celui du Sud-Ouest, j'ai traversé l'Ouest, puis le Central Ouest, puis le Central pour parvenir jusqu'à Denver, la capitale. A partir de là, on a l'impression que la route, qui devient de plus en plus rectiligne, n'est qu'une interminable descente à travers l'ultime territoire, le Nord-Est, vers les plats pays du Kansas.

Le voyage était long, cependant, jusqu'au franchissement de la Grande Division Continentale, et j'ai eu le temps de somnoler. A un arrêt, du côté de Gunnison, je me suis réveillé sans raison. Un Indien Ute est monté, accompagné de sa femme et de ses deux enfants. Son apparition m'a frappé. Il était grand, épais, il avait un œil noir dans lequel brillait du mauve. Il avait les cheveux longs dans le cou, noirs, très noirs et un peu gras, avec des boucles qui se formaient à hauteur de la nuque et des oreilles. Son visage dégageait une impression de force et de pugnacité en même temps qu'une ineffable sagesse, et de la douceur. Il m'a regardé longuement en montant dans l'autocar et lorsqu'il est descendu, une bourgade plus loin seulement, il m'a lancé à nouveau le même regard à travers les rangs des passagers, et je n'ai pas su pourquoi, j'ai eu l'impression qu'il me disait : « Toi, je te connais. »

Je me suis alors redressé. Je me suis tordu le cou pour me pencher et le voir partir et j'ai passé le reste du trajet avant que la nuit tombe, à regarder par la grande vitre arrière de l'autocar le paysage qui défilait, et mon Colorado à moi qui s'évanouissait. Les Rocheuses aux cimes recouvertes des premières neiges et les forêts disparaissaient lentement, avec le coucher du soleil, et avec l'avancée de l'autocar « vers les villes », comme disait Mack. Mes pensées et mon regard ont bientôt enveloppé ces images qui avaient été le décor de mon été et, dans ce mouvement qui s'était emparé de toute mon âme, j'ai uni dans une même vision les morceaux du serpent géant, qui creusaient lacs et cratères; les fleurs sauvages, les oiseaux et la musique des bêtes dans la nuit au cœur des forêts de l'Uncompaghre; les signes et messages, pluie, soleil ou tornade, plusieurs fois venus du ciel vers moi; la course de la frêle Amy dans le colza et notre deuxième rencontre; les magnifiques Ponderosa qu'il fallait sauver de l'invasion des insectes; la silhouette jamais entrevue de la Dame du comté de Ouray sur laquelle Mack reposait ses espoirs afin que le pays restât « clair et propre »; l'héritage de Chien-de-Lune qui avait tant appris à Mack, et dont j'étais sûr que le visage correspondait, trait pour trait, à celui de cet Indien anonyme qui avait grimpé à bord de mon autocar; la bagarre rangée sur le terrain de rodéo recouvert de la gelée du matin; les souvenirs de la guerre du Pacifique et le règlement de compte des *Hell's Angels* qui avait duré moins d'une minute, et au cours de laquelle j'avais vu mourir plus d'hommes qu'en dix-neuf années de ma vie écoulée; le néant qui avait suivi; les visages et les corps des hommes et d'une jeune femme et comment j'avais appris que ces corps et ces visages ont leur propre langage, qui n'a rien à voir ni à faire avec les paroles; l'inanité et l'insanité de toute violence, et comment, cependant, j'avais accepté cette violence.

Alors, j'ai commencé à digérer la phrase du chef des Suquamish et à m'interroger pour tenter d'élucider si toutes choses, en effet, n'étaient pas connectées.

32

Je me suis fait raser la barbe et tailler les cheveux avant d'atteindre le *college*.

La moustache, je l'ai gardée vingt-quatre heures, au bout desquelles la pression amicale de tout un campus respectueux de l'étiquette, m'a convaincu qu'il fallait se débarrasser de cet ultime déguisement qui faisait si mauvais genre.

J'ai conservé les bottes, toutefois, mes authentiques Lama et les authentiques Acme, avec leurs talons biseautés, et les dessins de plumes et de cactus sur le cuir de leurs hautes jambes, mais ça ne m'a pas facilité la vie, à mon retour, en France.

ÉPILOGUE

Des années ont passé.

Une nuit, alors que je conduisais une voiture de location en direction d'un aéroport du Texas, au retour d'un reportage que j'effectuais pour un grand journal du soir français, j'ai entendu une voix d'homme à la radio. C'était une voix rauque et cassée qui retenait l'attention, mais je n'aurais pas été aussi sensible à son charme éraillé si elle n'avait chanté un texte que je connaissais par cœur, *La Loi de la route*. J'ai attendu que le disc-jockey « désannonce » le titre et le nom de l'auteur-compositeur-interprète pour m'assurer que je n'avais pas fait d'erreur. Il s'agissait bien de Tom Morningside, dont l'animateur disait qu'après de longues années d'insuccès et ce qu'ils appellent, dans ce métier, des « galères », il avait enfin percé le rideau de l'anonymat et gagné un public et qu'il accéderait bientôt à une célébrité nationale, et pourquoi pas, internationale. En escale à New York, avant de m'envoler vers Paris, je me suis renseigné plus avant et si j'ai pu obtenir, par sa maison de disques, de nombreux « éléments biographiques » comme ils disent encore, à propos de Morningside, je n'ai pas retrouvé trace de celle qui l'aimait et l'avait poursuivi à travers tous les États de l'Ouest et du Nord-Ouest, au cours de l'été de

277

mes dix-neuf ans – Amy, la frêle, sagace et touchante fille Clarke qui avait voulu prendre Rimbaud pour nom de scène, et qui disait « Ne t'inquiète pas, tout est bien. »

Aucune trace d'elle dans l'entourage du chanteur. Elle ne faisait pas partie de son « équipe de route » – autre vocable de cet univers – parmi laquelle, pourtant, on trouvait plusieurs femmes : une maquilleuse, une guitariste accompagnatrice, et m'avait-on sobrement précisé, une « amie temporaire ». Je n'ai pas insisté. J'aurais peut-être dû m'adresser directement à Morningside. C'eût été facile, il suffisait de prendre un avion pour Detroit, où il se produisait le surlendemain, et j'aurais aisément trouvé l'occasion d'un face-à-face dans sa loge, sans témoins, pour recueillir des précisions sur la jeune femme. Mais un scrupule m'a retenu. J'ai sans doute craint une rebuffade, ou une petite nouvelle moche, du genre :

– Amy ? Ah... Oui... Attendez... Amy ? Je crois qu'elle travaille dans un resto végétarien dans la baie de San Francisco.

Ou pis encore.

Que l'on n'aille pas croire que mon incurable désir de savoir ce qui arrive aux gens et aux choses – et pourquoi ça leur arrive – m'avait abandonné. Au contraire : j'en avais fait ma profession. Pourtant, à propos d'Amy, non, tout bien réfléchi, je ne tenais pas à interroger Morningside. J'étais satisfait, d'une certaine façon, de vérifier que les dons divinatoires de la jeune femme ne l'avaient pas trahie et que, selon sa prédiction, Tom Morningside allait enfin faire parler de lui. Nous étions une bonne décennie plus tard, sur la fin des célèbres années 60, et les filles et garçons qui ressemblaient à Amy avaient littéralement envahi ce monde et ce siècle avec leurs us et leurs coutumes. Leur autodestruction, déjà, prenait le pas sur ce qui avait été leur triomphe. Ai-je été parcouru par une de ces intuitions dont la petite Amy était elle-même détentrice, ai-je reçu l'un de ces signes auxquels l'Ouest m'avait enseigné qu'il fallait parfois se soumettre – j'ai préféré ne pas apprendre ce qui avait pu arriver à celle qui avait été la première fille-fleur de sa génération.

Je ne me suis jamais posé de questions sur Mack.

Je lui avais envoyé une ou deux lettres, à mon retour sur le campus, lors de ma deuxième année universitaire américaine, et il ne m'avait pas répondu, ce que j'avais trouvé normal. Mack n'aimait pas écrire, il n'aimait pas ce qui était inscrit ou imprimé sur du papier, il assimilait cela à sa détestation des « intellectuels », des « gens de villes ». J'ai vite renoncé. Trente ans plus tard, je pense encore à lui. J'imagine qu'il a lentement vieilli au milieu de son Ouest chéri et qu'il est âgé aujourd'hui de plus de soixante-dix ans, mais qu'il écume toujours la forêt et la montagne, sa hachette à la main, à l'écoute du bruit des bêtes et du souffle du vent. Je me demande s'il a rencontré une femme avec qui il a partagé sa vie. Son individualisme féroce, la misogynie primaire et non dite qui semblait l'habiter, son refus déclaré d'avoir des enfants étaient-ils dus à un chagrin de jeunesse ? Nous n'avions à aucun instant évoqué cet aspect de sa vie. Je comprends plus facilement aujourd'hui que c'était un être d'une dureté inouïe, mais tout aussi violemment sentimental, et que s'il avait été trompé ou déçu une fois, il était fort capable de ne pas s'en être remis. Mais ça m'a toujours chagriné que Mack ne fasse pas un enfant, un garçon bien entendu ! à qui il aurait pu transmettre son savoir, et celui qu'il avait acquis auprès du vieux Chien-de-Lune. Je sais bien que c'est là une vision simpliste des choses, mais j'ai souvent pensé qu'il aurait pu épouser une Indienne. C'est cela, oui, une fille de la tribu Ute, à laquelle avait appartenu son mentor. On m'aurait appris la nouvelle, cela aurait convenu à l'image que je conserve de Mack dans ma mémoire. Ce type-là n'était pas fait pour les Américaines de race blanche.

En tout état de cause, et là encore je ne saurais trop dire pourquoi, je suis convaincu que Mack est vivant, quelque part entre le comté de Ouray et celui de Uravan et qu'il arpente le Chaparral, les clairières, les sous-bois et la forêt subalpine, son nez droit coupant l'air, se fiant à ses instincts autant qu'à ses sarcasmes, et qu'il entend encore vibrer en lui la couleur profonde du Pays Bleu.

Mes certitudes sont plus fragiles si j'en viens aux autres protagonistes de mon été dans l'Ouest.

Il est facile de supposer que Belette et Mâchoire Bleutée ont terminé leur parcours dans la violence, soit au cours d'une fusillade dans un hold-up ou d'un guet-apens dressé par la police de la route, soit dans un pénitencier du Middle West, par une exécution capitale, corde, cyanure ou chaise électrique. Ces deux-là n'étaient pas destinés à vivre longtemps.

J'ai quelque peine à déterminer l'itinéraire de mes compagnons de West Beaver Camp. Comment ont-ils achevé leur expédition en Californie cet été-là? Combien de temps sont-ils restés unis avant qu'un conflit ou un accident ne fasse éclater le petit groupe? Je me plais à croire que celui que j'ai le plus aimé et respecté, Pacheco l'ouvrier mexicain, a gagné assez de dollars pour s'acheter un lopin de terre près d'Alamosa, côté Est du même territoire Sud-Ouest du Colorado, le long du Rio Grande, où ses frères de race, immigrés comme lui, cultivent le melon et la pêche Elberta. Son évocation fait soudain revenir à mes narines l'odeur piquante et succulente des enchiladas, oignons et fromage chaud enfournés dans une tortilla de blé doux que Pacheco, un dimanche soir, avait cuisinées pour nous seuls au-dessus du petit feu du centre de la tente. Je revois son maigre sourire satisfait devant nos félicitations. J'ai gardé intact le souvenir de cette saveur, aussi intègre que celui du vol des ptarmigans au-dessus des pins, de la course des antilopes en haute prairie, de la brise embaumée des senteurs de sapins qui voilaient la nuit, de la mélodie sans fin de la Rivière du Désappointement.

Je ris parfois aussi, tout seul, en évoquant le gros Donald K. Banch, dévorant ses quarts de poulet, le menton luisant de graisse. Où est-il aujourd'hui? A mon avis il n'a pas dévié d'un pouce, il élève des poulets dans l'Oklahoma, et il n'est pas plus finaud qu'autrefois.

Et Drayne Smith qui aimait tant la bagarre, et Missouri aux joues d'enfant et aux muscles de catcheur, et Bubba Williams, le noir gargantuesque? Certains sont partis pour l'armée, peut-être ont-ils combattu au Viet-Nam, ils étaient faits de la chair et des os dont on nourrit les troupes de première ligne, ceux qui meurent la gueule dans la merde et dans la boue. D'autres continuent leur errance sur leur continent insaisissable. Ils étaient ma jeunesse et s'ils m'ont fait peur, s'ils m'ont parfois révulsé ou fasciné, je n'éprouve pour eux, maintenant, que fraternité et tendresse. C'est ainsi que je me demande si ce casse-cou de Dick O'Neal, aux yeux illuminés par l'amour du risque, et qui savait si bien engager le GMC en pleine vitesse sur le petit pont de rondins de bois pour parvenir au camp avant les autres véhicules, quitte à faire basculer trente passagers dans le torrent, n'a pas rencontré très tôt dans sa jeune existence, la camarde qu'il défiait avec une telle insistance. L'important, c'est de durer, répétait Hemingway. Mais Dick n'avait pas lu ce livre, pas plus qu'un autre, d'ailleurs – et la durée, je le crains, ne faisait pas partie de ses préoccupations essentielles.

J'en sais beaucoup plus, en revanche, sur Elizabeth. Elle ne s'était pas mariée à Nantucket avec le psychiatre en résidence. Toute cette histoire avait été un caprice, une folie, une provocation à l'égard de sa mère, et deux heures après qu'elle m'eut envoyé son premier télégramme, ce projet ridicule avait été abandonné par chacun des intéressés. Le collège de Sweet Briar n'accepta pas la candidature d'Elizabeth pour la rentrée universitaire et je ne pourrais donc, comme je l'avais envisagé, faire d'elle ma « *date* régulière » pour l'année qui s'annonçait. Venez me voir à Boston, insistait-elle dans la correspondance que nous avions reprise, dès mon retour au campus. Mais j'étais absorbé par mes nouvelles études, nouvelles habitudes, nouveaux flirts, et je ne suis pas monté à Boston. La lettre que je reçus d'elle ensuite était datée de Paris. Des amis de ses parents l'avaient invitée pour un séjour d'une durée indéterminée. Elle était inscrite à la Sorbonne, en étudiante libre, et suivait des cours de « psychologie de l'enfant et de l'adolescent » et de « l'amour courtois dans la littérature du Moyen Age ».

« Ne trouvez-vous pas d'une ironie désarmante, m'écrivait-elle, que je m'adresse à vous de votre pays natal alors que vous continuez de vous complaire dans l'irréalité incommensurable de votre petit campus de Virginie ? Voulez-vous que j'aille saluer votre digne famille ? Dois-je vous envoyer quelques tonnes de cette chose atroce et primitive mais néanmoins gouleyante que j'ai découverte et qui fait l'essentiel de mon alimentation et que l'on intitule saucisson ? »

Elle n'avait pas perdu son style. Je m'amusais toujours

autant à sa façon d'utiliser adjectifs et adverbes, de cet humour d'où sourdait son désespoir. Ce ton lui appartenait en propre et m'avait attaché à elle au-delà de tout amour, désir ou passion. Elle restait l'unique et névrotique jeune fille gâtée dont l'intelligence et la sensibilité la mettaient à part de tant d'autres bécasses de son âge, et c'est ce qui entretint encore quelque temps le lien qui s'était tissé entre nous. Je crus deviner, cependant, que les choses se gâtaient. Il semblait qu'elle se fût mise à boire. Ses lettres se firent rares. L'une d'entre elles exprimait une immense lassitude de vivre et un rejet de Paris, où « les gens n'étaient pas, finalement, moins pourris qu'ailleurs ». Nous nous sommes croisés comme il fallait s'y attendre, et lorsque je regagnai enfin Paris après deux ans de Virginie, elle avait, de son côté, rejoint la Nouvelle-Angleterre.

Le temps a passé. J'ai reçu irrégulièrement des cartes de vœux pour Noël et le Nouvel An, des mots espacés, un faire-part de mariage et l'annonce d'une naissance et j'ai fidèlement répondu à chacun de ses messages. J'ai su qu'elle avait divorcé. Plus tard encore, elle m'a envoyé une lettre de vingt pages, recto verso, d'une écriture fine comme les dessins d'un calligraphe chinois; la lettre avait été postée en Pennsylvanie. Elizabeth, dans une maison de repos (« de haut niveau », précisait-elle) énumérait avec une méticulosité maniaque et malade, chacun des objets et meubles de sa chambre, bout par bout, centimètre par centimètre, couleur par couleur, clou par clou, rivet par rivet. S'agissait-il d'un exercice qu'on lui avait imposé? C'en était obsédant et je l'aurais crue perdue si, par instants, au milieu de cet inventaire pointilliste, je n'avais pas reconnu une étincelle de son humour. J'ai répondu, du mieux que j'ai pu, mais ensuite, elle ne m'a plus donné de ses nouvelles.

Je n'ai pas été trop surpris quand, au cours d'un cocktail

à l'ambassade des États-Unis à Paris, une amie commune du *college* où je l'avais rencontrée pour la première fois, s'est avancée vers moi, s'est identifiée, et m'a appris qu'Elizabeth Baldridge s'était suicidée. Elle avait pris une chambre dans un petit hôtel de Boston, ville basse – sous le nom de sa femme de ménage; elle avait accroché la pancarte « *Do not disturb* » sur la poignée extérieure de la porte, elle avait avalé la dose nécessaire de pilules mélangée au volume nécessaire d'alcool, et ses parents, aidés de la police, l'avaient retrouvée, froide et morte, étendue sur le lit, deux jours plus tard. Il paraît qu'elle souriait.

Cette histoire ne serait pas complète si je ne m'interrogeais pas enfin sur ce jeune homme ignorant, apeuré mais aventureux et assoiffé de vivre et de savoir, qui a traversé l'Ouest de part en part, ce héros-narrateur, ce « je » qui n'est plus moi et qui l'est, pourtant, profondément. Qu'est-il devenu?

Nous le retrouvons, inconfortablement assis sur une banquette de moleskine vert foncé, semblable à celles des halls d'entrée dans les ministères, dans une petite pièce du deuxième étage de l'immeuble où siège le plus puissant et le plus populaire quotidien de la presse française – sur la rive droite, dans le cœur de la capitale.

Il a vingt ans. A peine débarqué du paquebot en rade du Havre et du train en gare de Saint-Lazare, porteur de quelques lettres de recommandations de ses professeurs du département de journalisme, il a commencé de faire le tour des salles de rédaction de Paris. Nous sommes en 1956 et la jeunesse n'est pas à la mode dans ce pays, pas plus qu'ailleurs. Aux demandes réitérées qu'il a formulées pour obtenir un stage, un poste, un « job », on lui a invariablement répondu : premièrement, qu'il était trop jeune; deuxièmement, qu'il devait d'abord faire son service militaire; troisièmement, qu'il n'avait aucune expérience dans ce métier; quatrièmement, que toutes les places étaient prises. Il a fait les agences de presse internationales, les hebdomadaires, les stations de radio, les quotidiens du matin, les quotidiens de l'après-midi et du soir. On a déchiffré les documents qu'il a présentés et on les lui a poliment rendus.

Le jeune homme ne comprend pas très bien.

A plusieurs reprises, il a tenté d'obtenir un rendez-vous avec le grand homme par lequel, lui a-t-on dit dès son retour à Paris, passe toute carrière journalistique. Ce grand homme tout petit porte des lunettes. Légende vivante, il règne sur un empire de papier, c'est un génie malin et souriant, prolifique et généreux – et si seulement le jeune homme parvient à rencontrer le grand petit homme, il n'y a aucun doute que les portes de la réussite et de la gloire lui seront ouvertes. Au téléphone, une batterie de secrétaires, dont les voix changeaient selon les heures et les jours de ses appels, a dressé ce qu'il a fini par définir comme un barrage – terme nouveau dans son vocabulaire, sa culture, sa vie de tous les jours. J'ai encore été barré aujourd'hui, raconte-t-il à ses frères, ses parents, ses anciens copains de lycée avec qui il a vaguement renoué des relations.

Il a eu l'impression que ces derniers le regardaient d'un œil goguenard, comme les habitants de province voient arriver « l'estranger ». Quand il parle français, il reste une trace d'accent du sud des États-Unis dans certaines de

ses expressions, et ses anciens copains lui ont demandé :
– Tu le fais exprès ou quoi?

Mais il ne le fait pas exprès. De même, sans en être totalement conscient, il roule ses épaules en marchant, des épaules plus carrées qu'autrefois, et comme il se déhanche dans le même mouvement, les bras ballants le long de ses cuisses, on lui a aussi demandé, en rigolant, s'il allait bientôt dégainer ses colts. Il a rigolé de son côté, mais il a continué de marcher de la sorte, il ne peut s'en empêcher, c'est devenu une seconde nature chez lui. L'ennui, c'est qu'on ne marche pas comme cela en France, encore moins à Paris, encore moins dans les salles d'attente des rédactions.

En réalité, il se sent en décalage. Il a l'impression qu'il en sait plus que d'autres, il vaudrait mieux ne pas le laisser paraître, et pourtant il va commettre cette erreur, qui le poursuivra longtemps : lorsqu'il verra débarquer en France au fil des années, des vêtements, des faits de société, des comportements, des modes qui s'empareront d'abord des snobs et des clans, puis de tout le monde, il aura pour fâcheuse habitude de dire : « Je connais, j'ai déjà vu tout ça là-bas », ce qui lui conférera une attitude désabusée et lui vaudra une mauvaise réputation – celle de qui se veut au courant de tout avant les autres, et qui écrase ses contemporains de son malheureux petit avantage de départ. Il mettra une éternité à se défaire de ce renom fâcheux.

Étudiant étranger aux États-Unis, il se sent étranger aux yeux de ses compatriotes. Ainsi, il s'habille avec des chemises à cols boutonnés. On n'a pas encore vu ça ici, à l'époque. Au quatrième doigt de sa main gauche, il arbore la *College ring*, la bague de son université, une chevalière dorée avec une pierre bleue, du lapis-lazuli. C'est le signe de reconnaissance de tous ses amis étudiants américains et lorsqu'il l'avait achetée en Virginie, il avait payé la dernière traite à la veille de son départ, il l'avait amoureusement glissée le long de son annulaire. Le bijoutier spécialisé, le vieil Hamric aux yeux de chouette, de la maison Hamric et Smith, avait pris ses mesures quatre semaines auparavant, et la bague lui allait à la perfection.

A l'intérieur de l'objet, il a fait graver son nom et son prénom, et sur les parois de côté avec les armes de son école, il y a l'année de sa classe, et la lettre qui indique le genre d'études qu'il a suivies. C'est un fétiche, un talisman, comme une sorte de médaille qu'il a, une fois pour toutes, accrochée à son corps. Or voilà que depuis son retour à Paris, il ne se passe pas de jour sans qu'on n'examine cette grosse chose voyante sur sa main, et que l'on ne s'exclame :

— Mais qu'est-ce que c'est que ça ?

Et il a vu en effet que ses interlocuteurs, ceux à qui il vient demander la possibilité de faire valoir ce qu'il croit constituer la gamme de ses multiples talents, jettent des regards intrigués, amusés et parfois incrédules sur sa bague vénérée. Mais comme il est orgueilleux, obstiné, et finalement encore très naïf, il a décidé qu'il n'ôterait cette bague pour rien au monde. Parfois, quand le regard des autres se fait trop insistant, il dissimule sa main sous la cuisse, ou dans la poche de son pantalon, ce qui lui donne l'air gauche. En fait, il est proche du ridicule, mais il ne le sait pas, et personne ne va se charger de l'en informer. Paris est une ville subtile, sophistiquée, compliquée, où les couches de pouvoir glissent, s'interpénètrent et se subdivisent, se transforment, se combattent et se neutralisent, et les « Parisiens », race maligne revenue de tout, blasée jusqu'à l'emphase et néanmoins avide de nouveauté jusqu'à l'extase — observent ce drôle d'oiseau avec froideur, et quelque agacement.

L'oiseau comprend de moins en moins. Son bec cogne à la vitre. Il trouve cela, tout de même, extraordinaire! Extravagant! Rendez-vous compte : il revient d'Amérique, il est entièrement bilingue, ce qui n'est le cas d'aucun garçon de sa génération – il sait lire et écrire dans les deux langues, il peut déchiffrer revues et journaux made in USA, raconter ce qu'il a vu et vécu – et il en a vu des choses! – il peut interroger les personnalités étrangères de passage dans la capitale, il est prêt à rédiger, interpréter, traduire, il a suivi des cours pratiques – oui, pratiques! – de radio, d'écriture scénaristique, de *rewriting*, de guerre psychologique que l'on n'appelle pas encore désinformation, il sait taper de ses dix doigts sur machine Remington, il sait conduire les voitures, les Jeeps et les camions, il connaît les règles de base d'un bon article et comment l'on doit, dès les premières phrases du premier paragraphe, informer du où, quand, qui, quoi, comment et pourquoi. Il est jeune, disponible, en bonne santé, il a coupé des arbres et lu William Faulkner, il est le cadeau du ciel, le don divin qu'a fait le Nouveau Monde à la presse française, et on lui claque la porte au nez! Et on lui dit :

– Ne laissez pas votre adresse. On ne vous écrira pas.

Il en est tout retourné, tout sot, tout marri, il n'en dort pas la nuit, mais ça ne le diminue pas. Au contraire : cela aiguise son agressivité, avive son esprit de compétition, raffermit son esprit de conquête. « Ils » vont voir! Il finira par « les » séduire, « les » convaincre, « les » avoir, gagner sa lutte contre ce système, comme il l'a fait en d'autres territoires.

Ce matin-là, après s'être assuré au moyen de son énième appel téléphonique au même numéro qu'il connaît par cœur (CENTRAL 20 00) que le grand petit homme est bien présent au siège de son journal, il s'est glissé par la porte d'entrée du grand immeuble. Il est monté rapidement au deuxième étage avant que l'huissier du rez-de-chaussée, qui lui tournait le dos, ne se soit aperçu de son passage. Il suppose que le grand petit homme est installé au deuxième étage car il a souvent, debout dans la rue, épié et étudié la façade et les fenêtres de cet immeuble prestigieux et tentateur, comme Cendrillon regardait les lumières du château pendant le bal. Il a observé qu'il y avait beaucoup d'agitation au premier étage. Le deuxième paraissait plus calme et plus cossu, plus feutré, et il en a conclu que c'était là qu'il fallait porter son offensive. Parvenu à l'étage sacré, il a rempli une « fiche visiteur » et à l'huissier qui lui demandait s'il avait un rendez-vous, il a répondu d'une voix ferme :

– Oui, bien sûr.

On l'a fait asseoir dans la petite pièce sur la banquette de moleskine vert foncé, et cela fait maintenant deux heures qu'il attend. Des gens sont venus et repartis. Des hommes mûrs, des binoclards, des chauves, des costumes croisés à grosses chaussures noires, des jolies femmes à talons aiguilles et bas fumés, des hommes venus par deux ou trois, portant des serviettes ou des grands cartons à dessins et chuchotant des mots comme « voilà ce qu'il faut lui dire », « la maquette est bonne, ça devrait l'intéresser ». L'huissier s'est acquitté de sa tâche envers ces visiteurs et, à chaque fois, il a jeté un regard désapprobateur et vaguement ennuyé sur le jeune homme qui n'a pas baissé les yeux.

– J'ai vérifié, avait dit l'huissier au bout de quelques minutes après qu'il eut rempli la fiche, personne ne vous attend. Vous n'avez pas rendez-vous.

— Si, si, avait-il répondu, croyez-moi, on m'attend.

— Monsieur, je vous dis que personne au secrétariat n'a noté votre nom. Vous n'avez aucune chance d'être reçu. Vous feriez aussi bien de partir, avait patiemment expliqué l'huissier, âgé et las.

— J'ai tout mon temps, avait-il répondu.

Et l'huissier, désormais, lorsqu'il pénètre dans la petite pièce, ne manifeste plus un seul sentiment à l'égard du jeune homme lequel, de son côté, récapitule qu'il va boucler sa deuxième heure d'attente et qu'il commence à avoir chaud et soif. Il se console en se disant qu'il lui est arrivé de poireauter bien plus longtemps sur les *highways* du Middle West quand il faisait du stop en direction du Colorado, quand les voitures et les poids lourds passaient en trombe devant son pouce tendu, le giflant de poussière, de gravillons, d'oxyde de carbone et de relents d'huile et d'essence, et personne ne s'arrêtait, et la nuit allait tomber, et l'angoisse pointait son nez funeste avec le crépuscule du soir. Le malaise qu'il éprouvait alors n'était pas le même, mais il pressent curieusement que l'obstacle auquel il se heurte aujourd'hui est plus redoutable, plus sournois.

La porte s'ouvre. Entre un homme d'une cinquantaine d'années vêtu d'un costume sombre et strict comme celui d'un clergyman, chemise blanche et cravate noire, un air de componction et de suffisance, le visage rose et les cheveux gris teintés de violet. Il est de haute taille, l'œil sévère, les doigts faits. Il se présente comme l'un des collaborateurs immédiats du grand petit homme et il attaque aussitôt :

— Qu'est-ce que c'est que ces manières, débarquer ainsi sans rendez-vous, forcer la porte, s'imposer ? Ça fait un mois que les standardistes du journal n'entendent que vous au téléphone. Vous importunez tout le monde, à la fin !

— Mais je voudrais seulement... dit le jeune homme.

— Écoutez, interrompt le clergyman, je ne sais pas ce que vous cherchez ici exactement. J'ai lu votre curriculum vitae, puisque nous en avons déjà reçu plus de douze exemplaires, vous nous inondez de votre littérature! Eh bien, on dirait que vous avez été bien élevé quand même et que vous avez fait quelques études, alors croyez-vous que ce soit convenable de faire irruption comme ça chez les gens et prétendre que vous avez des rendez-vous qu'on ne vous a jamais donnés?

— Mais c'était la seule façon pour moi de rencontrer votre...

— Il n'a pas le temps, interrompt le clergyman sur le même ton sec. Et de toute façon, nous n'avons pas de place pour vous ici. Vous perdez votre temps. Vous n'avez rien fait, pourquoi voulez-vous qu'on vous engage si vous n'avez pas fait vos preuves?

— Mais, dit le jeune homme, comment puis-je faire mes preuves si vous ne m'en donnez pas la chance?

Le clergyman est agacé.

— Faites-les ailleurs, dit-il.

Le jeune homme ne trouve plus ses mots. Il perd son calme.

— Mais je les ai déjà faites, proteste-t-il. Aux États-Unis! Je reviens des États-Unis, vous comprenez? Des États-Unis! J'ai tout fait là-bas. J'ai écrit dans le journal de mon université, j'ai publié dans la *Gazette de la Vallée*, j'ai gagné ma vie! On m'a tout appris. En Amérique, on dit toujours que...

Nouvelle interruption du clergyman :

— L'Amérique! l'Amérique! Vous n'avez que ça à la bouche. Si c'était aussi bien que ça, l'Amérique, pourquoi n'y êtes-vous pas resté?

L'injustice et la bêtise de la question le laissent, un

instant, sans voix. A bien y réfléchir, cette question n'est pas stupide. Oui, pourquoi, au nom du ciel pourquoi n'y est-il pas resté? Cela va faire deux mois qu'il est rentré en France. Ce n'est déjà pas la première fois qu'on l'interroge ainsi, rarement de façon aussi mesquine qu'ici, le plus souvent par curiosité. « Si c'était tellement bien, pourquoi êtes-vous revenu? » Il ne saurait lui-même répondre. Le désir de revoir les siens; la conviction, acquise dans l'Ouest, que sa vie devait être mobile, et l'idée que, lourd du bagage exceptionnel acquis en Amérique, il allait pouvoir décrocher un beau « job » et parcourir le monde, puisqu'il posséderait une telle avance sur les autres garçons de son âge, qui n'avaient jamais traversé les frontières... Une lassitude de l'Amérique aussi, quelque chose qui était apparu en pleine deuxième année, au milieu des études, comme s'il avait deviné qu'au sortir du *college*, il éprouverait de grandes difficultés à s'adapter définitivement à la vie quotidienne américaine dont il connaissait mieux les routines, les dangers, les terribles contraintes. Tout cela avait dû jouer. Et aussi, et enfin, ce que les spécialistes du saumon et de la truite de mer appellent « l'instinct de retour », qui fait revenir les poissons depuis le Groenland jusqu'au même lit de la même rivière, au cœur du pays dont ils sont issus — un phénomène qui défie toute logique.

Mais l'heure n'est pas à l'analyse. Il faut convaincre, il faut séduire. Comme il ne connaît rien de l'univers aux portes duquel il frappe, il lui est impossible d'imaginer que le clergyman a été envoyé ici en mission. S'il pouvait reconstituer les mots du grand petit homme, cela donnerait sans doute ceci :

— Coco, va voir ce qu'il veut, ce môme. Ça fait un mois qu'il nous empoisonne l'existence. Vois ça et reparle-m'en.

Et s'il savait comment fonctionne cet univers, il comprendrait que le clergyman s'est acquitté de sa tâche, mais à sa manière, c'est-à-dire, zélée. Il croit lire sur le visage du clergyman une expression d'impatience mal réfrénée, un ennui incommensurable, mais aussi une crispation de haine vis-à-vis de sa fougue, son culot, cette merveilleuse capacité qu'a la jeunesse d'ignorer les coutumes et de bousculer les rites, de croire en son étoile. Le jeune homme ne peut pas comprendre que le clergyman en face de lui envie, peut-être, secrètement, cette foi qui l'habite. Mais le clergyman a fait tomber une paroi de verre entre lui et la jeunesse, car il ne dispose pas de la même marge de temps. Il a déjà commencé de descendre l'autre versant de la colline. Le jeune homme jure en silence que s'il devait un jour se retrouver dans une situation inverse à celle qu'il est en train de vivre, il ne céderait pas à la tentation de la porte fermée. A cet instant, bref et pénible, il a fait un serment sur l'avenir et pris cet engagement vis-à-vis de lui-même : ne jamais refuser d'écouter un jeune inconnu.

Découragé, il tend une lettre au clergyman.

— C'est une lettre de mon doyen, le professeur Zachariah Gilmore. Il a connu votre patron pendant la guerre à Washington. Ils étaient dans le même service de décryptage.

Le clergyman empoche la lettre sans un mot.

— Au moins, supplie le jeune homme, faites-lui lire ça, il verra que je ne suis pas un rigolo.

— Je ne vous promets rien, dit le clergyman.

Profitant de ce geste, minuscule concession qui permet d'entériner et d'effacer l'échec, le jeune homme et le clergyman sans s'être concertés, se lèvent alors et passent la porte, se dirigent vers le bureau de l'huissier, au bout du couloir. Le jeune homme sent une boule d'humiliation, d'inachevé, grossir en lui. Pour s'en débarrasser autant que par orgueil, et afin de ne pas admettre ouvertement devant le clergyman l'amertume qui l'envahit, celle d'avoir été incapable de forcer les portes du temple, il le salue et dit sur le ton le plus insolent qu'il puisse emprunter :

— Vous savez, je veux faire du journalisme et j'en ferai. Vous verrez. Vous me reverrez, monsieur, vous me reverrez !

Le jeune homme vient de découvrir que c'est la première fois depuis le début de son odyssée américaine, depuis deux ans ! qu'il essuie un tel échec, un tel déni, qu'il connaît une telle exclusion. Le clergyman réplique avec une suavité nouvelle :

— Écoutez, mon petit vieux, si j'ai un seul conseil à vous donner, la prochaine fois que vous tenterez d'obtenir un rendez-vous auprès de quelqu'un qui compte dans cette ville, ayez au moins la perspicacité de laisser vos accessoires de cirque au vestiaire.

Blessé, le jeune homme se sent rougir, il baisse les yeux jusqu'à ses pieds. Les bouts pointus de ses belles bottes western Tony Lama à talons biseautés surgissent de dessous son costume de ville, protubérances malséantes sur ce sol moquetté et ancien qui a été foulé par tant de gens de poids, de gens « qui comptent ». Elles sont risibles, en effet, les bottes, et il s'en veut de les avoir chaussées ce matin-là, dans un moment de prétention aveugle ou de provocation gratuite. Quand il relève les yeux, le clergyman a déjà tourné le dos.

Le cœur lourd, il descend par le grand escalier aux rampes de fer forgé noir et or, le long des murs recouverts de fresques du style 1930, représentant les forces du mouvement industriel : autos, paquebots, machines-outils, cheminées d'usines qui fument, trains et avions. Au passage, à la hauteur du premier étage, lui parvient une bouffée de sons, d'ordres criés, de sonneries de téléphones, de cliquetis de machines à écrire, ainsi qu'une violente odeur d'encre, de papier et de poussière. Il hume ces bruits et ces parfums comme s'ils étaient l'essence d'un alcool irrésistible auquel il désire si fortement s'adonner. Puis, il sort. Il traverse la rue et s'immobilise, contemplant ce bâtiment mystérieux, chargé d'histoire, où semble se dérouler une vie qui l'attire et d'où émane une lumière et une rumeur qui le captivent. Dans le bruit du moteur des camionnettes bourrées jusqu'à la gueule des ballotins de la dernière édition du journal fraîchement imprimé, le jeune homme, les larmes aux yeux, hurle à la face de l'immeuble :

– Vous me reverrez!

Mais l'écho de son défi puéril se perd dans les vacarmes de la rue Réaumur.

L'histoire, désormais, est achevée.

Il me plaît, pour boucler la boucle, de livrer le texte intégral de *La Loi de la route*.

Tom Morningside a-t-il existé autrement que dans mon imagination ? Puisqu'il est vrai que l'imagination se nourrit du souvenir, j'ai écrit cette chanson en souvenir de *mon* été dans l'Ouest.

Hey vous les routards les pouces qui se lèvent
Vous les chauffeurs de poids lourds et d'autocars
Et toi qui as mis ta guitare sur ton dos et qui as dit adieu aux
*   bureaux aux écoles et aux villes et qui as balancé ton*
*   baluchon kaki sur tes maigres épaules*
et qui tapes l'asphalte la poussière la pluie la nuit le ciment
Écoute un peu que je l'énumère la loi qui souffle avec le vent
la Loi de la route

La première loi c'est qu'y en a pas
Et que tout arrive et tout arrivera
La deuxième loi c'est que tu sais rien
T'en sais pas plus qu'un pauvre chien

La troisième loi c'est qu'il faut aimer
tous les pauvres bougres que t'as rencontrés
tous les clodos les filles foutues
les flics idiots les inconnus
qui cherchent l'amour comme des perdus

Camionneur ouvrier nomade prostituée
tu les aimeras tous Tu les as tous aimés
Tous les orphelins du cœur les déclassés de la mémoire
Tous les soldats sans grade de la grande armée des
    paumés

Quatrième loi t'aventure pas sur les rails les wagons de
    marchandises car l'inspecteur peut te balancer par-dessus
    bord d'un coup de son gros marteau clouté
Quatrième loi quitte pas la route si t'es près du sol
Tu peux pas tomber plus bas que là où tes pieds collent

Cinquième loi faut pas s'arrêter
La Loi de la route c'est d'avancer
Solitude horreur laideur vérole et lâcheté
Tu laisseras tout ça derrière toi si tu continues d'avancer.

Sixième loi tu sais pas ce que c'est que la chance
avant d'avoir à la saisir
Et tu sais pas ce que c'est qu'une femme
avant d'avoir à la séduire
Et tu sais pas ce que c'est qu'un homme
avant d'avoir à t'en servir
Et tu sais pas ce que c'est qu'une tortilla
avant d'avoir à la faire cuire

Septième loi si t'avances assez loin
Si tu la tapes vraiment la route
A quelque prix que ça te coûte
et que tu persistes et que t'insistes
Si tu pousses ta carcasse assez loin
Septième loi tu finiras par la trouver
La beauté la lumière la chose
que tu sais plus pourquoi t'es parti la chercher

Hey vous les routards les crevards les routiers
Vous les drivers de nuit les forçats du gravier
Et toi mon petit bonhomme avec ta guitare vieille
Et qui traînes ta jeunesse dans le désert des gares
Répète-la à qui veut l'entendre
Et chante-la à qui veut l'apprendre
La loi de l'asphalte et de la poussière
La loi qui souffle avec le vent
La Loi de la route, la Loi du temps.

Composé et achevé d'imprimer
par la Société Nouvelle Firmin-Didot
à Mesnil-sur-l'Estrée, le 5 septembre 1988
Dépôt légal : septembre 1988
1ᵉʳ dépôt légal : juillet 1988
Numéro d'imprimeur : 10306
ISBN 2-07-071393-8/Imprimé en France

44390